मैंने दंगा देखा

मैंने दंगा देखा

(एक रिपोर्टर की डायरी)

मनोज मिश्र

राधाकृष्ण प्रकाशन

ISBN : 978-81-8361-101-5

मैंने दंगा देखा

पहला संस्करण : 2007
दूसरा संस्करण : 2021
This book is printed on **Print on Demand** Technology : 2024

मूल्य : ₹495

प्रकाशक
राधाकृष्ण प्रकाशन प्राइवेट लिमिटेड
जी-17, जगतपुरी, दिल्ली-110 051

शाखाएँ : अशोक राजपथ, साइंस कॉलेज के सामने, पटना-800 006
पहली मंजिल, दरबारी बिल्डिंग, महात्मा गांधी मार्ग, प्रयागराज-211 001
1, अनमोल सोराबजी संतुक लेन, धोबी तलाव, मरीन लाइंस, मुम्बई-400 002
वेबसाइट : www.radhakrishnaprakashan.com
ई-मेल : info@radhakrishnaprakashan.com

MAINE DANGA DEKHA
by Manoj Mishra

अपने स्वर्गीय पिता शम्भूनाथ मिश्र की
पावन स्मृति में जिनका आशीर्वाद
आज मेरी सबसे बड़ी ताकत है।

अपनी बात

दंगों पर यह कोई शोध ग्रन्थ नहीं है। सात साल (1989 से 1996) तक पश्चिमी उत्तर प्रदेश के विभिन्न शहरों, कस्बों और गाँवों में हुए साम्प्रदायिक और जातीय दंगों की रिपोर्टिंग का छोटा-सा ब्यौरा है। यह उस दौर के दंगे हैं जब मंडल और कमंडल (अन्य पिछड़ा वर्ग के आरक्षण और अयोध्या राम जन्मभूमि मन्दिर-बाबरी मस्जिद) आन्दोलन अपने चरम पर था। इसके परिणामस्वरूप पहले साम्प्रदायिक दंगे हुए फिर जातीय दंगे। इस इलाके की बनावट, लोगों में अपने बूते खड़े होने की कूबत, दिल्ली और देश की राजनीति से सबसे ज्यादा प्रभावित होनेवाले इस इलाके के बारे नें कुछ ब्यौरा 'दंगों की राजनीति' और 'शान्ति सम्बन्धी दंगों ने की साम्प्रदायिक दंगों की काट' शीर्षक लेख में मैंने देने का प्रयास किया है। मैं मूलतः बिहार का हूँ। राँची विश्वविद्यालय से पढ़ाई खत्म करके सीधे दिल्ली आया और बड़े भाई अरविन्द मोहन (वरिष्ठ पत्रकार) ने मुझे पत्रकार बनाया। उन्हीं के मार्गदर्शन में 1986 में 'जनसत्ता' में अंशकालिक संवाददाता के नाते सक्रिय पत्रकारिता शुरू की। फिर 1989 में मेरठ में पश्चिमी उत्तर प्रदेश संवाददाता बना। 1996 में दिल्ली वापस लौटा। पहले उप-मुख्य संवाददाता और अब मुख्य संवाददाता की जिम्मेदारी का निर्वहन कर रहा हूँ। अब तक के जीवन में मेरे साथ कई अच्छे संयोग बने। मैं पहले दिन से आज तक पत्रकारिता की सबसे अच्छी माने जानेवाली विधा 'संवाददाता' का काम कर रहा हूँ। आज तक 'जनसत्ता' में ही हूँ। इस नाते मैं कुछ उन पत्रकार साथियों की तरह सौभाग्यशाली हूँ जिन्हें प्रभाष जोशी, बनवारी, हरिशंकर व्यास, राहुल देव, अच्युतानन्द मिश्र, रामबहादुर राय और मौजूदा कार्यकारी सम्पादक ओम थानवी के साथ काम करने का अवसर मिला। मैं आस्तिक व्यक्ति हूँ। ईश्वर में मेरा विश्वास है। यह शायद ईश्वर की ही कृपा रही कि इनमें से सभी का मुझे स्नेह मिला और ज्यादातर से अब भी सम्पर्क बना हुआ है। मेरा यह विनम्र दावा है कि अखबार में लिखने की जो आजादी प्रभाष जोशी ने शुरू की थी वह आज भी कायम है। ऐसी आजादी कम अखबारों में सम्भव है।

रिपोर्टिंग की खबरें दिल्ली भेजने का तब माकूल इन्तजाम नहीं था। तब न तो आज की तरह हर गली में फैक्स और पी.सी.ओ. उपलब्ध थे, न ही कम्प्यूटर था।

सरकारी तारघर से हिन्दी में खबर भेजने के लिए देवनागरी के शब्द रोमन में लिखने पड़ते थे। टेलीफोन एक्सचेंज से कॉल बुक करके खबरें दफ्तर में लिखवानी पड़ती थीं। सामान्य दिनों में तो कई विकल्प के लिए समय होता था लेकिन दंगों के दौरान जब पूरा शहर बन्द होता था और हर जगह जाने में अतिरिक्त सावधानी रखनी होती थी तब खबरें दिल्ली भेजना और कठिन हो जाता था। फोन पर एक ही तरह के शब्दों में अन्तर समझाने में ही तीन मिनट निकल जाते थे। दोबारा कॉल बुक करने में बड़ी समस्या होती थी। पश्चिमी उत्तर प्रदेश के ज्यादातर इलाके दिल्ली से करीब हैं। किसी एक घटना को कवर करना होता तो दिल्ली आकर ही खबर दी जा सकती थी। कई मौकों पर ऐसा मैंने भी किया लेकिन दंगों की रिपोर्टिंग एकदम अलग होती है। यह किसी को पता नहीं कि दंगा कब तक चलेगा। इसलिए साप्ताहिक या पाक्षिक पत्रिका की तरह यह भी सम्भव नहीं है कि पूरे दंगे की एक रिपोर्ट बनाकर उसमें पूरा ब्यौरा दिया जाए। अखबार की 'डेट लाइन' होती है। इतने बजे के बाद खबर नहीं दी जा सकती। दैनिक रिपोर्टिंग का एक लाभ है कि आपको हर रोज लिखने का मौका मिलता है। लेकिन अखबारों में इतनी प्रतिद्वन्द्विता है कि आप ऐसी कोई भी बात न लिखना चाहेंगे जो दूसरे अखबार में एक दिन पहले छपी हो। संयोग से इस इलाके में जब दंगे कम हुए तब संचार क्रान्ति का असर पश्चिमी उत्तर प्रदेश में ज्यादा हुआ। राष्ट्रीय अखबारों में इन दंगों की खबरें कम आने का एक कारण यह भी रहा। इसका भारी नुकसान हुआ। स्थानीय अखबारों ने अपने निजी हित के लिए दंगों को हवा दी और मामूली झड़पें भी दंगे में बदल गईं।

खबरें ठीक से न आने का एक कारण मेरा जूनियर भी होना था। बाकी दफ्तरों की तरह अखबारों के दफ्तर में भी इस तरह की कमी रहती है। बड़े अधिकारी दूसरे अधिकारी को जिम्मेदारी सौंपकर निश्चिन्त हो जाते हैं। उनकी भी अपनी व्यस्तता रहती है। कायदे में हर खबर को देखने और समझने का शाम को दैनिक अखबार में इतना कम समय रहता है कि हर खबर के साथ सही न्याय हो पाना कठिन है। इसीलिए अखबारों में देर शाम को भी विभाग प्रमुखों की बैठक होने की परम्परा रही है। भूल से कई बार मेरी खबर स्थानीय संवाददाता के नाम से आ गई और बड़ी-से-बड़ी खबर जगह, समय और चयन में देरी होने से रह गई। फिर भी इस किताब में मैंने अपनी कुछ कतरनों को दिया है। उसे आज पढ़ने में थोड़ा अटपटा भी लगेगा लेकिन उससे कई बातों की जानकारी मिलेगी। ऐसा मेरा विश्वास है।

असल में, पश्चिमी उत्तर प्रदेश में कांग्रेस की चमक फीकी पड़ने के बाद भारी राजनैतिक, सामाजिक और राजधानी दिल्ली से सटे होने के कारण आर्थिक उथल-पुथल का एक तरह से आईना रहा है। इस आईने में तस्वीर कितनी कुरूप दिखती है और अब अगर उसकी रेखाएँ कुछ सीधी उभरती दिख रही हैं तो वह कितनी मार झेलकर उभरी हैं यह जानना-समझना महत्त्वपूर्ण हो सकता है। और यह बदलाव सबसे महत्त्वपूर्ण रहा कि मंडल के उभार के साथ जातिगत झगड़े उभरे और साथ ही साम्प्रदायिक दंगे

रुक गए। पश्चिमी उत्तर प्रदेश इस सिद्धान्त की प्रयोगशाला रहा कि जाति का 'डिसकोर्स' साम्प्रदायिक 'डिसकोर्स' को काटता है। हमारे समाज की व्यापक समझ और राजनीति के दाँव-पेंचों को जानने के लिहाज से भी यह महत्त्वपूर्ण है। यही सोचकर सबसे उथल-पुथल भरे दौर की रिपोर्टिंग को लगभग मामूली सम्पादन के साथ ज्यों-की-त्यों रख देने का विचार आया ताकि उसके अक्स से पाठक खुद-व-खुद नतीजे निकाल सकें और भविष्य में कुछ सबक याद किए जा सकें। शायद यह उपयोगी होगा। खंड II और III में क्रमशः साम्प्रदायिक और जातिगत दंगों की रपटें हैं।

एक रिपोर्टर के लिए नई जगह जाना, देखना और उसकी खबर करना सुखद होता है। इस नाते तो पश्चिमी उत्तर प्रदेश मेरे लिए महत्त्वपूर्ण रहा ही। लेकिन अब तक के बीस साल के पत्रकारिता के वह सात साल मेरे लिए स्वर्णिम रहे। उस दौरान मैंने अमूमन हर विषय की रिपोर्टिंग की। मेरे निजी जीवन के लिए पश्चिमी उत्तर प्रदेश और खास करके मेरठ जहाँ मैं रहता था, महत्त्वपूर्ण है। वहीं मैंने अपनी पत्नी सुधा के साथ पारिवारिक जीवन शुरू किया। वहीं रहने के दौरान दोनों बेटे नीलमणि और विभूति भूषण पैदा हुए। सही मायने में घर बसा। उस इलाके की भाषा रुखी है लेकिन लोग सहृदय हैं। मैंने ज्यादातर समय मुसलमान और ईसाई मुहल्लों में गुजारा। मुसलमान मुहल्ले में रहते हुए ही मैंने 1990, 1991 और 1992 के दंगे झेले। मेरा कोई नुकसान नहीं हुआ बल्कि ईद और बकरीद में हमें खूब दावतें मिलीं। मेरठ मुझे और मेरे परिवार को सदा याद रहेगा।

पश्चिमी उत्तर प्रदेश में काम करने के दौरान दंगे के अलावा माफिया, किसान आन्दोलन और राजनीति पर भी अलग से कुछ लिखने की योजना बना रखी थी लेकिन आलस के चलते यह टलता ही गया। दंगों पर पहली किताब आने से हौसला बढ़ेगा तब शायद कुछ और लिखना हो पाए। किताब लिखने का आग्रह पत्नी का सबसे ज्यादा था। मित्रों ने उत्साह बढ़ाया। बड़े भाई अरविन्द मोहन और उन्हीं जैसे भाई हरिमोहन मिश्र को इस किताब को तैयार करते समय काफी तंग किया। यह मानकर कि उन्हें बुरा नहीं लगा होगा। मैं अलग से कोई माफी नहीं माँग रहा हूँ। इस किताब में पश्चिमी उत्तर प्रदेश के सभी दिग्गज नेताओं–चौधरी अजित सिंह, मुलायम सिंह यादव, कल्याण सिंह, मायावती और उत्तरांचल के मुख्यमन्त्री नारायण दत्त तिवारी–की काफी चर्चा है। पत्रकार के नाते इनकी कमी गिनाना मेरा धर्म था इसलिए मुझे विश्वास है कि उन्हें बुरा नहीं लगेगा। इसमें से मायावती के अलावा सभी से मेरा परिचय रहा और अजित सिंह से आज भी बेहतर सम्बन्ध हैं। तमाम आलोचनाओं के बावजूद मेरा दावा है कि इन नेताओं ने जिस तरह की राजनीति करके अपने को जनाधार का नेता बनाया किसी और के लिए ईर्ष्या का कारण हो सकता है। वे वास्तव में जनाधारवाले नेता हैं।

खबरें पुरानी हैं। मैंने उन्हें नयापन देने के लिए भूमिका में ब्यौरा देने का प्रयास किया। यह इसलिए भी जरूरी लगा कि सभी रिपोर्टों को छापना सम्भव नहीं था। जो रिपोर्ट कुछ ढंग की लगीं उन्हें ही इसमें लिया गया। इसके छपने के साल के हिसाब

से ही किताब में जगह दी गई है। बतौर नए प्रयोग के इसे ज्यादा नहीं बदला गया है। अगर यह पठनीय बन जाए तो मेरी मेहनत सार्थक होगी। पुरानी घटनाओं को याद करके इतने समय बाद लिखने में कई चूक हुई होंगी। इसके लिए क्षमाप्रार्थी हूँ। आपको सुझाव मेरा भविष्य में मार्गदर्शन करेंगे।

'जनसत्ता' में छपी कुछ अपनी खबरों को किताब में छापने की इजाजत देने के लिए कार्यकारी सम्पादक ओम थानवी का बड़ा आभारी हूँ।

इस किताब को तैयार करने में अपने दफ्तर के सहयोगी रामबाबू का बड़ा योगदान है।

—मनोज मिश्र

डी-304 जनसत्ता अपार्टमेंट
सेक्टर-9, वसुन्धरा
गाजियाबाद (उत्तर प्रदेश)

अनुक्रम

मैंने दंगा देखा

खंड-1

दंगों की राजनीति

दंगे होते नहीं, कराए जाते हैं, इसकी जाँच-पड़ताल बहुत मुश्किल नहीं है। दंगे के पहले और बाद के सामाजिक, राजनीतिक, आर्थिक स्थितियों का एक मोटा आकलन ही इसका खुलासा कर सकता है। यह दीगर बात है कि समाज में उसके बीच मौजूद हों मगर सामाजिक स्थितियाँ कैसे बनाई-बिगाड़ी जा सकती हैं और कैसे दंगों की पृष्ठभूमि तैयार की जाती है, यह जानना-समझना कम दिलचस्प नहीं है। इस मायने में पश्चिमी उत्तरप्रदेश के भारी उथल-पुथलवाले दौर के ब्यौरे जानने से काफी मदद मिल सकती है। असल में पश्चिम उत्तर प्रदेश राजधानी दिल्ली से सटा होने के कारण हर राजनीतिक, आर्थिक या नीतिगत बदलावों की जाँच सीधे झेलता रहा है।

यह कांग्रेस विरोध की राजनीति का भी सहभागी रहा है तो कांग्रेस के फीका पड़ने के बाद मंडल-कमंडल की राजनीति का भी। सबसे अहम है कि कांग्रेस के बनाए सामाजिक समीकरणों के टूटने और नए समीकरणों के बनने या लगातार टूटने-बनने की प्रक्रिया के जारी रहने की भारी कीमत लोगों को चुकानी पड़ी। लोगों की बलि सिर्फ राजनीतिक बदलावों ने ही नहीं ली, आर्थिक खासकर किसानी और औद्योगिक नीतियों व स्थितियों का करवट बदलना भी कई रूपों में समाज में टूटन पैदा कर गया। पश्चिमी उत्तर प्रदेश में 1989 ले 1996-97 के दौर में साम्प्रदायिक और जाति सम्बन्धी दंगे ही नहीं हुए, माफिया सरगनाओं का भी तेजी से उभार हुआ। चरणसिंह की राजनीति की टूटती लौ के दौर में एक नई धारा महेन्द्र सिंह टिकैत की अगुआई में किसान आन्दोलन के रूप में उभरी। यह आन्दोलन व्यापक लग रहा था और उस दौर में देशभर में शायद आखिरी बार किसान आन्दोलन की तेजी दिखी थी। अब तो किसान संघर्ष के लिए नहीं, आत्महत्या के कारण ही सुर्खियों में उभरते हैं। उसमें जातिगत और साम्प्रदायिक एकता के भी मुखर तत्त्व थे। उसके बाद शुरू होती है कमंडल और मंडल की राजनीति, बसपा का उभार और सबसे अहम आर्थिक उदारीकरण और भूमंडलीकरण की नीतियाँ, जिसमें किसान पीछे कर दिए गए और आर्थिक अराजकता का सूत्रपात हुआ। इन सबका असर पश्चिमी उत्तर प्रदेश में खुलकर साफ-साफ दिखता है। इस इलाके की शायद एक और खासियत है कि समाज की हर धारा सतह पर मुखर होकर खेलती है, अन्तर्धाराएँ नहीं के बराबर होती हैं। इसकी एक मिसाल हर इलाके में इस

दौर में भारी प्रसार बढ़ानेवाले अखबारों के तौर-तरीकों में भी दिख जाएगी।

हालाँकि लम्बे समय तक दंगों की मार झेलकर पश्चिमी उत्तर प्रदेश के शहरों और कस्बों में स्थिति अब सामान्य हो गई है। चाहे साल-दर-साल होनेवाले मेरठ, आगरा, बुलन्दशहर, कासगंज, मुरादाबाद, अलीगढ़, खुर्जा, बदायूँ, मुजफ्फरनगर, हापुड़, सहारनपुर, गाजियाबाद, बिजनौर इत्यादि शहरों और छोटे-छोटे कस्बों के साम्प्रदायिक दंगे हों या आगरा, मेरठ, हल्द्वानी, शिकारपुर और अनेक गाँवों के जाति सम्बन्धी दंगे, यह पूरा इलाका पिछले दस साल से कमोबेश इन तनावों से उबर चुका है। लेकिन जिस दौर में आधी-अधूरी चिनगारी भी आग भड़काने को काफी होती थी। मई 1989 से जून 1996 तक इस इलाके को करीब से देखने और समझने का मौका मिला, तब उत्तरांचल भी उत्तर प्रदेश का हिस्सा था इसलिए उसे भी पश्चिमी उत्तर प्रदेश का ही अंग माना जाता था। यह तथ्य भी काबिले गौर है कि दिल्ली की सीमा से सटे उत्तर प्रदेश के इस सम्पन्न इलाके को सरकार से अधिक प्रकृति और यहाँ के लोगों ने स्वावलम्बी बनाया है। एक समय ऐसा था जब इस इलाके के सबसे बड़े नेता चौधरी चरण सिंह अपनी बिरादरी 'जाट' को पिछड़ों में शामिल करवाने में सफल नहीं हो पाए थे। लोग पिछड़ा कहलाना नहीं चाहते थे। गंगा और यमुना के बीच की इस 'दोआब' इलाके में औसत किसान अपनी जमीन से हर साल तीन फसल उपजा लेता है। बुनियादी सुविधाओं का ढाँचा तैयार होने और देश की राजधानी के करीब होने का लाभ किसानों को भरपूर मिला।

लेकिन पिछले तीन दशकों से जोत घटने, सरकारी उपेक्षा और गन्ना जैसी एकमात्र नकदी फसल की सही कीमत न मिल पाने से किसान बेहाल हुआ। इन्हीं परिस्थितियों में 1980 के दशक में भारतीय किसान यूनियन और चौधरी महेन्द्र सिंह टिकैत का उदय हुआ। किसान आन्दोलन ने किसानों को अपने हक के लिए तो जागरूक बनाया लेकिन धीरे-धीरे उसका भी राजनीतिकरण हो गया। लिहाजा कुछ साल में ही किसान आन्दोलन खत्म हो गया और केवल किसान नेता रह गए। चौधरी चरण सिंह ने 'जाट-मुसलमान' एकता की राजनीति को बढ़ावा दिया था। उनके पुत्र अजित सिंह इसमें उतना सफल नहीं हो पाए लेकिन उसका लाभ यह हुआ कि गाँव साम्प्रदायिकता की आँच से न झुलस पाए। इसी लाइन को चरण सिंह के राजनीतिक उत्तराधिकारी होने का दावा करनेवाले मुलायम सिंह यादव ने भी आगे बढ़ाया। यह अलग बात है कि उन्होंने भी चरण सिंह से ज्यादा भला अपनी बिरादरी का किया। लेकिन राम जन्मभूमि आन्दोलन के दौरान बाबरी मस्जिद के तोड़े जाने से साम्प्रदायिक कट्टरवाद बढ़ा। बड़े शहर ही नहीं छोटे कस्बे भी दंगों की आग में झुलसे। नब्बे के दशक के शुरू में ही वी.पी. सिंह ने पिछड़ों के लिए आरक्षण लागू करने की घोषणा की तभी बहुजन समाज पार्टी (बसपा) और उसकी नेता मायावती ने दलित को राजनीति का केन्द्र बिन्दु बनाया। इससे दलितों में राजनीति के बारे में जागरूकता बढ़ी। इसकी प्रतिक्रिया भी हुई। 1991 से 1995 के बीच में केवल पश्चिमी उत्तर प्रदेश में करीब दो दर्जन गाँव और कस्बों में दलित-सवर्ण

दंगे हुए। सरकारी जमीन कब्जाए गए। यह वह समय था जब 'ब्राह्मण-मुसलमान-दलित' मतों के बूते राजनीति करनेवाली कांग्रेस उत्तर प्रदेश में कमजोर हो चुकी थी। कांग्रेस के सबसे असरदार नेता नारायणदत्त तिवारी कांग्रेस की राजनीति में दरकिनार किए जा रहे थे और अपनी परम्परागत सीट नैनीताल से 1991 का लोकसभा चुनाव हार जाना उनके लिए सबसे ज्यादा नुकसानदेह साबित हुआ।

ऐसा नहीं है कि भाजपा के मजबूत होने से पहले इस इलाके में दंगे नहीं होते थे लेकिन 1989 से 1995 के दौरान मैंने इस इलाके में 19 बड़े दंगों की रिपोर्टिंग की। गाजियाबाद से लेकर बदायूँ और मुरादाबाद से लेकर आगरा तक के हर छोटे-बड़े कस्बे में कोई-न-कोई महत्त्वपूर्ण घरेलू या लघु उद्योग वर्षों से चल रहा है। फिरोजाबाद में काँच की चूड़ी, आगरा के जूते और चमड़े का काम, अलीगढ़ के ताले, मुरादाबाद के पीतल का सामान, सहारनपुर का बेंत का सामान, खुर्जा के चीनी मिट्टी के बर्तन, मेरठ का कैंची और सरौता, मेरठ, पिलखुआ, हापुड़, बुलन्दशहर आदि शहरों के हैंडलूम के काम देश में ही नहीं दुनिया में मशहूर हैं। करोड़ों का मांस का व्यापार हर साल पश्चिमी उत्तर प्रदेश से होता है। चमड़े, जानवरों की हड्डी, खून से दवा बनाने आदि ऐसे तमाम कारोबार हैं जिनसे सभी शहर-कस्बे आत्मनिर्भर हैं। एक समय ऐसा था जब गन्ने से गुड़ बनाना फायदेमन्द होता था तो किसान गन्ना चीनी मिलों में देने से कतराते थे। इसी से हापुड़ की मंडी देश के नक्शे में प्रमुख स्थान रखती है। इसी तरह की मंडी मुजफ्फरनगर में भी है। दंगों के बाद हालात इस कदर खराब हुए कि व्यवसाय तो ठप्प हो ही गया, लोग दंगेवाले शहरों में अपनी लड़की की शादी तक करने से कतराने लगे। इस डर से लोग मिलीजुली आबादीवाले पुराने शहरों की बजाय नए मुहल्लों का पता देने लगे। व्यवसाय की मजबूरी ही उन्हें पुराने शहर से जोड़े रखी थी।

मैंने मई 1989 में पश्चिमी उत्तर प्रदेश की रिपोर्टिंग करनी शुरू की। 'जनसत्ता' समेत दिल्ली के तीनों बड़े अखबार घरानों ने मेरठ में पश्चिमी उत्तर प्रदेश के लिए दफ्तर बनाया था। जबकि आबादी के लिहाज से आगरा पश्चिमी उत्तर प्रदेश का सबसे बड़ा शहर है। एक तो मेरठ चौधरी चरण सिंह के चलते पश्चिमी उत्तर प्रदेश की राजनीति का केन्द्र बन ही गया था। दूसरा कारण साम्प्रदायिक दंगे थे। मेरे जाने तक मेरठ का सबसे बड़ा 1987 का दंगा हो चुका था। मुरादाबाद, मुजफ्फरनगर और अलीगढ़ में भी भीषण दंगे हो चुके थे। मेरठ दंगों में मलियाना और हाशिमपुरा कांड की गूँज आजतक सुनाई देती है। तब उत्तर प्रदेश में कांग्रेस की सरकार थी और बीरबहादुर सिंह मुख्यमंत्री थे। मलियाना में दलितों ने अपने ऊपर हुए आक्रमण के बदले अल्पसंख्यकों पर हमले किए उसमें पी.ए.सी. के जवानों ने उन्हें सहयोग दिया। एक कुएँ में कई लाशों को ठिकाने लगाया गया। लेकिन मरनेवालों की संख्या पर आखिर तक भ्रम बना रहा ठीक उसी तरह जिस तरह हाशिमपुरा से कुछ मुस्लिम युवकों को पी.ए.सी. ने एक ट्रक में लादकर मुरादनगर के पास गंग नहर में गोली मारकर फेंक दिया गया। इसमें भी कितने युवक थे यह संख्या अलग-अलग बताई जाती है। शुरुआती जाँच में संख्या 41 थी।

बाद में यह 56 बताई गई। दंगे के बाद बने आयोग के सुझाव पर अमल नहीं हुए। इतना ही नहीं इस दंगे के बाद कई अफसरों के साझा प्रयास से बने एंटी रॉफ्ट स्कीम पर भी दंगे में अमल नहीं हुआ। उस ढाई सौ पन्ने के स्कीम के सार को 24 पन्ने में तैयार करके मेरठ के हर थानों में रखवाया गया है। मेरठ आनेवाले हर छोटे-बड़े अधिकारी को इस बारे में बताया जाता है। सालों मेरठ में पी.ए.सी. के 70 पिकेट बने रहे। मेरठ में हर समय 12 कम्पनी पी.ए.सी. रहती हैं। यह अलग मामला है कि स्थायी पिकेट होने के चलते उसका इस्तेमाल दंगा रोकने से अधिक वसूली करने में ज्यादा होने लगा है।

मेरठ में ही नहीं बार-बार दंगा होनेवाले सभी शहरों में सालभर दंगा रोकने के नाम पर तमाम प्रयोग होते रहते हैं। यह अलग मामला है कि इसका ज्यादा लाभ किसी शहर में होता नहीं दिखा। अलबत्ता मजबूत इच्छाशक्तिवाले अधिकारी और दंगा रोकने के लिए राजनीतिक संरक्षण होने से दंगे रुकते रहे हैं। गाजियाबाद से लेकर बरेली, आगरा तक हर शहर के पुराने इलाकों में हिन्दू और मुसलमानों की मिली-जुली आबादी सालों से रहती आई है। आबादी के लिहाज से पश्चिमी उत्तर प्रदेश में मुसलमान अमूमन हर शहर में 30 फीसदी से 65 फीसदी तक हैं। गाँवों में मुस्लिम आबादी शहरों के अपेक्षा कम है लेकिन देश के दूसरे हिस्सों से उलट इस इलाके में मुसलमान जन, धन और बल तीनों में सक्षम हैं। जाट, गूजर जैसे मुसलमान भी मार्शल कौम कहलाते हैं। आबादी के लिहाज से बिहार के पूर्वी इलाके या असम और पश्चिमी बंगाल के कुछ इलाके में मुसलमान अच्छी तादाद में हैं लेकिन उनकी आर्थिक और सामाजिक हैसियत वैसी नहीं है जैसी पश्चिमी उत्तर प्रदेश की है। इस इलाके के मुसलमान जमींदार हर दूसरे गाँव में मिल जाएँगे। इतना ही नहीं शहरों के उद्योग-धन्धों पर उनका पूरा नियंत्रण है। यह चलताऊ धारणा है कि इन उद्योगों के मालिक हिन्दू और मुसलमान होते हैं। मजदूर ज्यादातर मुसलमान हैं यह तो सही है लेकिन मालिक भी बड़ी तादाद में मुसलमान हैं। अलबत्ता थोक व्यापार में उनका दखल हिन्दुओं से कम है। झगड़े की एक वजह यह भी रही है। मेरठ के आसपास के इलाके में बड़ी तादात में बुनकर (अंसारी) मुसलमान हैं। वे हैंडलूम (अब तो केवल पावरलूम) पर कपड़े बनाने का काम करते हैं। लेकिन उन कपड़ों के ज्यादातर निर्यातक हिन्दू हैं। मेरठ या आसपास के इलाकों में खेलकूद का सामान (क्रिकेट बैट, हॉकी, बैडमिंटन, क्रिकेट बॉल, विकेट, पैड), वाद्ययन्त्र से लेकर कैंची, सरौतों का लम्बा-चौड़ा कारोबार है। कारोबार दोनों समुदाय के लोगों के पास है लेकिन मुसलमान बड़े व्यापारी कम हैं। दंगा करानेवालों ने इसी को भेदभाव का नाम देकर साम्प्रदायिक तनाव भड़काया जिसके चलते दंगे हुए। हालत तो यह है कि मांस और चमड़े, हड्डी के व्यवसाय में ज्यादातर कुरैशी (मुसलमान) के होने के बावजूद कई हिन्दू भी लगे हुए हैं। यही स्थिति ताला बनाने के लिए मशहूर अलीगढ़, चमड़े और जूते के लिए चर्चित आगरा, पीतल के सामान बनानेवाले मुरादाबाद, चीनी मिट्टी के बर्तन बनानेवाला खुर्जा, बेंत का सामान बनानेवाले सहारनपुर जैसे शहरों की है।

पश्चिमी उत्तर प्रदेश का कोई भी छोटा-से-छोटा शहर या कस्बा नहीं होगा जहाँ कोई-न-कोई रोजगार या कारोबार बड़े पैमाने पर नहीं होता हो। यहाँ तक कि गाँवों के लोग भी इसमें शामिल हैं। अनेक गाँव में घर-घर कोई-न-कोई उद्योग धन्धा चल रहा है या शहर से कच्चा सामान लेकर उसे तैयार किया जाता है।

जाहिर है इतने बड़े कारोबार में प्रतिद्वन्द्विता तो आ ही जाएगी। ऐसे में दंगा करानेवाले लोग इसका बेजा फायदा उठाकर शहरों को दंगे के हवाले कर देते हैं। लेकिन दंगों को झेलने के बाद लोगों को एहसास होता है कि इससे दूसरे से अधिक उनका ज्यादा नुकसान हुआ। एक तो सरकारी मदद कम होती गई ऊपर से दंगों ने बाहर के व्यापारियों के विश्वास को तोड़ दिया। दंगों के चलते कारोबार करनेवाले 'ऑर्डर' पूरा करने की स्थिति में नहीं होते। किसी भी शहर में एक दिन दंगा होने पर शहर को सामान्य होने में महीनों लग जाते हैं। इतना ही नहीं हालात सामान्य होने पर भी दोनों समुदाय के आम लोगों के मन पर जो चोट लगती है उससे उबरने में और ज्यादा समय लगता है। दोनों समुदाय के लोग एक-दूसरे पर अविश्वास करने लगते हैं। जबकि व्यवसाय विश्वास का ही दूसरा नाम है। आम आदमी दंगाई नहीं होता है। अपनी बिरादरी के किसी व्यक्ति की हत्या उसे उत्तेजित तो करती है लेकिन वह उसके प्रतिशोध में दूसरी बिरादरी के किसी व्यक्ति की हत्या कर दे यह कम होता है। होता यही है कि इसी की आड़ में दोनों समुदाय के ठेकेदार या उनकी राजनीति करनेवाले एक-दूसरी बिरादरी के लोगों की हत्या करवाते हैं।

दंगे का माहौल कैसा होता है इसका अनुमान बगैर दंगा 'भोगे' (झेले) नहीं किया जा सकता है। किसी के मारने के पीछे केवल एक कारण कि वह अमुक सम्प्रदाय का है किसी आम आदमी के समझ में नहीं आ सकता है। महिलाओं की इज्जत लूटना, अपनी बिरादरी की नाक ऊँचा करने के लिए दूसरे बिरादरी के किसी बूढ़े, अपाहिज, बच्चे से लेकर भिखमंगे तक की हत्या कर देना किसी के समझ में आसानी से नहीं आता। दंगेवाले शहर में सामान्य अपराध नहीं होते। ऐसा कुछ नहीं है कि सारे अपराधी शहर से भाग जाते या साधु बन जाते हैं। वास्तव में वे दंगे की आड़ में अपराध करते हैं। दंगे के दौरान होनेवाली लूटपाट-मारधाड़ को भी दंगे का नाम दे दिया जाता है।

वैसे यह तथ्य है कि जिस शहर में एक बार भीषण दंगा हो गया उसका सामान्य जनजीवन सालों के लिए तबाह हो गया और कारोबार में भारी नुकसान हुआ। बाहर के व्यापारी आने से कतराने लगते हैं। बाहर कोई माल लेने में तरह-तरह के अड़ंगे लगाता है। स्वाभाविक ढंग से दोनों समुदाय मिलकर कारोबार नहीं कर पाते हैं। दोनों में दूरी बढ़ जाती है और इससे दोनों का नुकसान होता है। इसका जीता-जागता सबूत 1987 के दंगों के बाद का मेरठ शहर है। सालाना सैकड़ों करोड़ रुपए का कारोबार करनेवाला शहर इस एक दंगे से ऐसा पिछड़ा कि उसे सामान्य होने में सालों लग गए। आज भी इस्लामाबाद, जाकिर कॉलोनी, खैर नगर, गुदड़ी, जलीकोठी, हापुड़ रोड, कोतवाली और दिल्ली गेट के इलाके में रात में अकेले जाने से हिन्दू और शास्त्री नगर,

साकेत, सदर आदि के इलाकों के मुसलमान कतराते हैं। एक ही साथ कारोबार करनेवालों ने घाटा सहकर भी अपना कारोबार अलग कर लिया। विश्वास टूटने के बाद उसे फिर से जोड़ना आसान नहीं होता है।

1990 और 1992 के दंगे शुरू तो हुए अयोध्या मन्दिर-मस्जिद विवाद से लेकिन उसके बढ़ने और कई-कई दिनों तक चलने के दूसरे कारण बन गए। अयोध्या में 30 अक्टूबर और 2 नवम्बर, 1990 को 'कारसेवकों' के मारे जाने की प्रतिक्रिया देशभर में हुई लेकिन सबसे ज्यादा प्रभाव उत्तरप्रदेश और खासकर पश्चिमी उत्तर प्रदेश में हुआ। दोबारा कारसेवा 6 दिसम्बर, 1990 को शुरू हुई और अलीगढ़ में 7 दिसम्बर को दंगा शुरू हो गया। 8 दिसम्बर को दिल्ली जा रही गोमती एक्सप्रेस को अलीगढ़ स्टेशन से बाहर रोककर एक समुदाय के पाँच लोगों की हत्या की गई, पाँच घायल हुए। इसकी प्रतिक्रिया में दूसरे दिन अलीगढ़ मुस्लिम विश्वविद्यालय के मेडिकल कॉलेज में हिन्दू तीमारदारों की हत्या से हुई। फिर क्या था दंगा पूरे शहर में फैल गया और कत्लेआम शुरू हो गया। सबसे सुरक्षित माने जानेवाले सिविल लाइंस इलाके में हत्याएँ हुईं। कलेक्टर देशदीपक वर्मा तक गोलियों की आवाज अनसुनी कर अपने घर में बैठे रहे। समाज में घृणा किस कदर फैलाई गई कि गोमती एक्सप्रेस कांड में दाढ़ी रखे रेलवे कर्मचारी एल.एन. श्रीवास्तव को दंगाइयों ने चाकू घोंप दिया। दंगा शुरू होते ही दंगावाले हर शहर में हिन्दू मुहल्ले में रहनेवाले दाढ़ीवाले लोग उसी तरह दाढ़ी मुड़वा लेते थे जिस तरह 1984 के सिख विरोधी दंगे में सिखों ने अपनी पहचान और दाढ़ी-मूँछ कटवा ली थीं।

गोमती एक्सप्रेस की घटना के बाद लगातार तीन दिन तक अलीगढ़ स्टेशन पर कई गाड़ियों को रोकने का प्रयास किया गया। अलीगढ़ मुस्लिम विश्वविद्यालय के जवाहरलाल नेहरू मेडिकल कॉलेज में हुई हत्याओं को स्थानीय अखबारों में बढ़ा-चढ़ाकर पेश किया जबकि विश्वविद्यालय के कुलपति प्रो. एम. ए. फारूकी का कहना था कि विश्वविद्यालय परिसर से जमालपुर बस्ती लगी हुई है वहीं के लोगों ने परिसर में आकर गड़बड़ी की। उसी तरह उत्तर प्रदेश के दूसरे शहर कानपुर, आगरा, गंजडूंडवारा, बुलन्दशहर, मुजफ्फरनगर, खुर्जा आदि में और अहमदाबाद में दंगा हो गया। आगरा में 15 दिसम्बर को ताजमहलवाले ताजगंज इलाके में इस कदर चाकूबाजी हुई कि पुलिस को गोली चलानी पड़ी उससे एक युवक मरा। 16 दिसम्बर को ताजमहल बन्द करना पड़ा। इस दंगे में 25 लोग मरे। बुलन्दशहर में ग्यारह मरे।

ठीक यही स्थिति 6 दिसम्बर, 1992 को बाबरी मस्जिद तोड़े जाने पर हुई। विश्व हिन्दू परिषद मन्दिर बनाने के लिए 'कार सेवा' शुरू करेगी इसने ही पूरे पश्चिमी उत्तर प्रदेश में तनाव पैदा कर दिया था। 6 दिसम्बर के बाद पश्चिमी उत्तर प्रदेश के हर दूसरे शहर में कर्फ्यू लगा।

दंगे सुनियोजित ही होते हैं इसके लिए किसी जाँच की जरूरत नहीं है। किसी भी उस शहर की आर्थिक स्थिति पर दंगे के पहले और बाद का गणित लगाने से परिणाम

साफ-साफ दिखने लगेगा। दंगों से प्रशासन का इतना ही नुकसान होता है कि उसे अतिरिक्त समय लगाना पड़ता है। इसके अलावा उसे लाभ-ही-लाभ मिलता है। विकास कार्यों से उसकी जिम्मेदारी घट जाती है। सामान्य अपराध कम हो जाते हैं। 1990 के अलीगढ़ के दंगे में दंगाइयों की गोलीबारी से कलेक्ट्रेट दहल रहा था। कलेक्टर देशदीपक वर्मा की सरकारी कोठी की दीवार पर गोलियाँ लग रही थीं और वर्माजी सरकारी घर से निकलने को तैयार नहीं हुए थे। प्रशासन ने उनका तबादला किया मगर कुछ समय बाद ही वे वापस ताकतवर पद पर बैठ गए। आई.ए.एस. अफसर टी. जॉर्ज जोसेफ, विजय शर्मा और देशदीपक वर्मा में क्या फर्क रहा और क्या फर्क रहा अपराधियों को आतंकित करनेवाले आई.पी.एस. अधिकारी बृजलाल और शैलजाकान्त मिश्र और दूसरे अधिकारियों में। यह लिखना अच्छा नहीं लग रहा लेकिन वास्तव में दंगों को एक वर्ग 'सेलेबरेट' (उत्सव जैसा मनाया) करता था। यही कारण रहा कि दंगों के दौरान चर्चित हो चुके जुमले 'अभी तो कुछ नहीं हुआ असली दंगा तो अब होगा' पर मैंने एक अलग से खबर लिखी थी। दंगों से व्यवसाय तबाह हुए और सबसे ज्यादा मार गरीब तबके पर पड़ी। दंगे में मरते भी गरीब हैं, घायल भी गरीब होते हैं और उजड़ते भी गरीब हैं। महीनों कर्फ्यू की मार भी इन्हीं मजदूरों को झेलनी पड़ती है।

दंगे भले ही सुनियोजित होते हों लेकिन प्रशासन सजग हो तो दंगे रुक सकते हैं या जल्दी काबू पाया जा सकता है। 6 दिसम्बर, 1992 को बाबरी मस्जिद टूटने के बाद हर शहर में दंगे की आशंका बढ़ गई और हर शहर में प्रशासन को चौकस कर दिया गया। फिर भी दंगे हुए। पश्चिमी उत्तर प्रदेश में मुसलमान आबादी 18-20 फीसदी है–शहरों में करीब 40 फीसदी है। रामपुर में 65 फीसदी, मुरादाबाद, अमरोहा, मुजफ्फर नगर, मेरठ, बिजनौर, बदायूँ, सम्भल, खुर्जा, अलीगढ़ आदि में 40 फीसदी से ज्यादा मुसलमान आबादी है। मेरठ में 8 दिसम्बर, 1992 को करीब एक लाख मुस्लिम आबादीवाले मुहल्ले इस्लामाबाद से कुछ लोगों ने निकलकर श्याम नगर (पिलोखड़ी) पर हमला किया। कलेक्टर जयशंकर मिश्र और बृजलाल मौके पर पहुँचे। गोली चली, दो मरे लेकिन दंगा वहीं रुक गया। तनाव बना रहा। प्रशासन के रुख से किसी ने हिंसा करने की हिम्मत नहीं जुटाई। दंगों का असर शहर की मिलीजुली आबादी में होता था। सारा शहर हिन्दू और मुसलामान के बीच बँट जाता है। दोनों समुदायों में दूरी इतनी बढ़ी कि जिस मेरठ शहर में साम्प्रदायिक सौहार्द की मिसाल के रूप में हर साल महीने भर नवचंडी देवी के मन्दिर और हजरत बाले मियाँ की मजार पर नौचन्दी मेला लगता है वहीं साम्प्रदायिक दंगे 1993 तक हर साल होनेवाली अनिवार्य त्रासदी जैसे बन गए थे। हिन्दू-मुसलमान आपस में लड़ते ही रहे। और तो और व्यवसाय के चक्कर में मुसलमानों की दो बिरादरियों अंसारी और कुरैशी भी आपस में लड़े। साम्प्रदायिकता ने ऐसा गन्दा खेल खेला जाता रहा कि इराक और अमेरिका जंग में मुसलमान इराक के तो हिन्दू अमेरिकी राष्ट्रपति जॉर्ज बुश का पुतला फूँकने के मुद्‌दे पर हुआ था।

यह वह शहर है जहाँ 1987 के मलियाना और हाथिमपुरा कांड की गूँज दुनिया

भर में सुनाई पड़ी और यह उसी तरह बदनाम शहरों की श्रेणी में आ गया जैसे अभी जमशेदपुर, भागलपुर या अब गुजरात के शहरों के नाम आते हैं। 21 सितम्बर, 1990 को रामलीला के दौरान निकाले जानेवाली राम बारात पर गुदड़ी बाजार के छत्ता अनन्तराम में पथराव हुआ। पुलिस गोलीबारी में अखलाक (20 साल) मारा गया। इस घटना के महज 15 मिनट के भीतर बैली बाजार घंटाघर में हिंसा शुरू हो गई। इस राम बारात की अगुआई पहले कांग्रेस नेता कर रहे थे। बाद में शहर के चर्चित भाजपा विधायक लक्ष्मीकान्त वाजपेयी ने उसका समापन करवाया। बीच में शान्ति के बाद यह दंगा नए सिरे से 1 नवम्बर, 1990 को शुरू हुआ। उसमें 12 लोग मारे गए। पूरे नवम्बर महीने में रुक-रुककर हिंसा होती रही। एक मुहल्ले में शान्ति के प्रयास होते तो दंगा दूसरे मुहल्ले में पहुँच जाता। जनवरी 1991 में दंगा अमेरिकी राष्ट्रपति जॉर्ज बुश के पुतला फूँकने और उसका विरोध करने में ही हो गया। इसमें 50 से अधिक लोग घायल हुए। इसी दौरान लोकसभा चुनाव आ गया और 20 मई, 1991 को चुनाव के दिन ही दंगा हो गया। एक समुदाय के 13 लोगों की निगार सिनेमा में हत्या कर दी गई। जो हालात थे, उससे साफ लगता है कि वह दंगा नेताओं ने हार के डर से करवाया था। वरना जनवरी में दंगा होने के बाद शहर शान्त हो चुका था।

प्रशासन की चौकसी से 6 दिसम्बर की घटना की प्रतिक्रिया में मेरठ ज्यादा नहीं जला लेकिन पश्चिमी उत्तर प्रदेश के अधिकांश शहरों में दंगे हुए, कर्फ्यू लगाने पड़े। दिसम्बर में मेरठ में ज्यादा शान्ति रही तो जनवरी में मलियाना के पी.ए.सी. पिकेट पर बम फेंके जाने से दंगा फिर भड़क गया। उत्तरप्रदेश के पी.ए.सी. फोर्स को 'हिन्दू फोर्स' कहा जाने लगा था। दंगों के दौरान आप किसी भी शहर में जाएँ तो मुसलमान यही आग्रह करते मिलेंगे कि उनके इलाके से पी.ए.सी. हटवा दें। 1987 के मेरठ दंगे में पी.ए.सी. पर हाशिमपुरा से कुछ मुस्लिम युवकों को उठाकर उनकी हत्या करके गंग नहर में फेंकने के आरोप लगाए जाते हैं। फोर्स का वर्गीकरण शहर में हिसाब से किया गया है। दंगों के दौरान उसी हिसाब से पुलिस फोर्स की तैनाती होती है।

मैंने पहला साम्प्रदायिक दंगा बदायूँ का कवर किया। 27 सितम्बर, 1989 को उर्दू को दूसरी राजभाषा बनाए जाने के खिलाफ जुलूस और फिर जवाब में उर्दू को लागू करवाने के लिए एक जुलूस इस्लामिया कॉलेज के बजाय श्रीकृष्ण कॉलेज जाना और एक साथ दंगा बस स्टैंड से शुरू होकर पूरे शहर में फैल जाना आसानी से समझ में नहीं आया। इतना ही नहीं, दूसरे दिन बदायूँ स्टेशन के आउटर पर (नंगला शाकी गाँव के सामने) 105 अप काशीपुर-कासगंज पैसेंजर ट्रेन को रोककर एक ही सम्प्रदाय के 12 लोगों की हत्या की गई और 60 को अधमरा करके छोड़ दिया गया। इस दंगे में कुल 24 मरे। प्रशासन ऐसी बदहवासी में था कि मुर्दाघर में एक अधमरे व्यक्ति को पहुँचा दिया था जिसके हाथ-पाँव हिलाने के बाद उसे अस्पताल भेजा गया। यह दंगा सुनियोजित इसलिए लगता था कि आधे घंटे के भीतर मुख्य बाजार की सभी दुकानें जला दी गईं। बाद में वहाँ शॉपिंग काम्पलेक्स बना। प्रशासन की पहले भी शॉपिंग

काम्पलेक्स बनाने की योजना थी। सबसे आश्चर्यजनक पहलू यह है कि इस बाजार में पहले भी ज्यादातर दुकानें मुसलमानों की थीं और लेनेवाले भी मुसलमान थे अलबत्ता इसमें कुछ बड़े पैसेवाले भी शामिल हो गए थे।

1991 में हापुड़ में दंगा जबरन पूजा स्थल बनाने के लिए हुआ। कोटला सादात गली में नजूल जमीन पर पीपल का पेड़ था। वह जमीन एक प्रॉपर्टी डीलर ने नाजुक जहाँ को बेची लेकिन उस पर हिन्दुओं का कब्जा बना रहने के लिए एक अन्धा साँप पीपल के पेड़ पर रख दिया गया और एक पुजारी से पूजा शुरू करा दी गई कि नाग देवता प्रकट हुए हैं। इस दंगे ने सात लोगों की जान ली। 1990 में बिजनौर में तनाव था। तब के मुख्यमंत्री मुलायम सिंह यादव को न आने की सलाह प्रशासन ने दी। रैली तो ठीक-ठाक बीत गई। रैली से लौटनेवालों ने सूआहेड़ी गाँव में पथराव किया, आगजनी हुई, 60 साल के चुन्ना सिंह की मौत हुई। फिर दंगा पूरे बिजनौर में शुरू हो गया। तीन मरे। महीनों कर्फ्यू लगा रहा। अगर मुख्यमंत्री न आते तो दंगा होता ही नहीं।

अलीगढ़ में 1990 में अफवाहों ने दंगे की आड़ में झोंका। अलीगढ़ मुस्लिम विश्वविद्यालय के चलते अलीगढ़ के मुसलमानों को शहर में एक बड़े समर्थन की मौजूदगी का एहसास होता है और यह हिन्दुओं को अखरता है। इसीलिए जैसे ही शहर में तनाव होता है प्रशासन विश्वविद्यालय के छात्रावास खाली करवाता है। दिसम्बर 1990 के दंगे में प्रशासन शुरू में ही शिथिल था। तीन दिन पूरा शहर जलता रहा। 90 लोग मारे गए। 7 दिसम्बर को दंगा शुरू हुआ। दूसरे दिन अलीगढ़ स्टेशन के आउटर पर लखनऊ से आनेवाली गोमती एक्सप्रेस को रोककर एक समुदाय के दस लोगों की हत्या कर दी गई। उसकी प्रतिक्रिया में अलीगढ़ मुस्लिम विश्वविद्यालय में उत्पात मचा। कैम्पस के बाजार में आग लगी और जान-माल का नुकसान हुआ। एक-दूसरे के आगे निकलने की होड़ में स्थानीय हिन्दी अखबारों में बिना किसी सबूत के यह खबर छाप दी गई कि अलीगढ़ मुस्लिम विश्वविद्यालय के मेडिकल कॉलेज में 70 हिन्दू तीमारदारों की हत्या हो गई है। फिर क्या था पूरा शहर दोबारा दंगे की आग की भेंट चढ़ गया। उससे पहले इस तरह के हालात के लिए न जिला प्रशासन तैयार था न विश्वविद्यालय प्रशासन। तीसरे दिन मैं और इंडियन एक्सप्रेस के संवाददाता राजेश सिन्हा पी.ए.सी. और जिला प्रशासन के मना करने के बावजूद मुस्लिम विश्वविद्यालय में गए। कुलपति प्रोफेसर एम.ए. फारुकी और छात्रसंघ अध्यक्ष से मिले। छात्रों में अखबारवालों के प्रति भारी गुस्सा था। उन्होंने हमारे नोटबुक फाड़ डाले और हमसे जिरह किया लेकिन जब विश्वविद्यालय प्रशासन के लोगों ने उन्हें समझाया कि ये लोग दिल्ली से आए हैं और जो गलत छपा है उसे ठीक तरह से तहकीकात करके छपवाएँगे तो वे हमें मेडिकल कॉलेज ले गए। इतना हंगामा होने के बावजूद उस दिन भी कई हिन्दू मरीज और तीमारदार अस्पताल में मौजूद थे। अलबत्ता वहाँ का बाजार जलाया गया था। प्रशासन के लोगों का कहना था कि वह बाहरी लोगों ने किया है तब हम सजग न थे अब ऐसा नहीं होगा। तब तक उत्तर प्रदेश शासन कलेक्टर और एस.एस.पी. को बदल चुका था

और नए कलेक्टर अरुण कुमार मिश्र और एस.पी. प्रताप सामन्त ने वाकई दो दिन में जी.टी. रोड को खोल दिया। हफ्तेभर में कुछ इलाकों से दिन का कर्फ्यू भी उठा लिया गया। लेकिन शहर सामान्य होने में कई महीने लगे।

खुर्जा में भी लगातार कई दंगे हुए। 29 जनवरी, 1991 को रानीवाला चौक पर एक फल बेचनेवाले की हत्या हुई। उसके दो ही दिन बाद मुहल्ला पंजाबियान में दो गायों की मौत जहर खाने से हुई। फिर क्या था पूरा शहर दंगे की चपेट में आ गया। दो बच्चे मारे गए। गोली चली। कर्फ्यू लगा। कहा गया कि यह दंगा विशुद्ध रूप से चीनी मिट्टी के कारोबार को कब्जाने के लिए कराया गया। दंगा करानेवालों का मन नहीं भरा तो दो साल बाद 1993 में पंजाबियान और मूँदाखेड़ा में हत्या हुई। इस हत्या के सिलसिले में कुछ लोगों की गिरफ्तारी हुई लेकिन दंगा पूरे महीनेभर चला। 11 की जान गई। सबसे ज्यादा तबाही पंजाबियान और सराय आलू में हुई। दंगे की आँच से सहारनपुर जैसा शान्त शहर भी अछूता नहीं रह पाया। एक तो अमूमन दंगा उन्हीं शहरों में होता है जिसमें दोनों समुदायों की आबादी बराबर की हो और दोनों में से कोई भी अपने को कमजोर मानने को तैयार न हो। सहारनपुर में मुस्लिम आबादी कम है फिर भी दंगा हो गया। मार्च 1991 में हर साल की तरह रामनवमी का जुलूस निकल रहा था। जुलूस के लिए प्रशासन ने अपने पर चौकसी बरती लेकिन 24 मार्च को निकले जुलूस पर फव्वारा चौक के पास पथराव हुआ तो जुलूस रोक दिया गया। इसके विरोध में 25 और 26 मार्च को बाजार बन्द रहे। प्रशासन ने जबरन 27 की शाम उसी रास्ते से जुलूस निकालने की अनुमति दे दी जिसका विरोध हो रहा था। शहर में तनाव था ही, दंगा हो गया। इसके लिए 26 मार्च को सभी सम्प्रदाय के नेताओं की बैठक हुई। लेकिन दंगा सुनियोजित इसलिए माना जा रहा था कि जुलूस निकला रामलीला भवन से और नयागंज बाजार पर रुका और दंगा हो गया लोहानी सराय में। कहते हैं वहाँ लकड़ी के बाजार को कब्जाने के लिए दंगा कराया गया। सहारनपुर के सांसद काजी रशीद मसूद का कहना था कि उन्हें हटाने के लिए दंगे कराए गए। इस दंगे में नौ की जान गई और कई दर्जन घायल हुए। लाखों का सामान आग की भेंट चढ़ गया।

हरिद्वार जैसे धार्मिक शहर के पड़ोस में 15 किलोमीटर दूर धनपुरा गाँव में 27 मार्च, 1994 को होली के जुलूस निकालने पर दंगा हुआ जिसमें 16 साल का माजिद मारा गया और 20 साल का अब्दुल गफ्फार घायल हुआ। इसकी पृष्ठभूमि में एक भाजपा सरकार के मन्त्री के रिश्तेदार का नाम लिया जा रहा था। देवबन्द शहर के करीब रणखंडी गाँव में 30 जून, 1994 को मस्जिद बनाने के मुद्दे पर हुए दंगे में दो लोगों की मौत हो गई। मेरठ जिले के सरधना के खिरवा जलालपुर गाँव में रामकिशन की हत्या के बाद दंगा हो गया। एक तो रामकिशन भाजपा का कार्यकर्ता था दूसरे यह गाँव मुसलमान बहुल है। पहले लड़ाई अंसारी और कुरैशी के बीच चलती थी। बाद तक हत्या का कारण पता नहीं चला। मुसलमानों की करतूत मानकर दंगे करा दिए गए। मेरठ जिले के मवाना कस्बे में 12 जुलाई, 1992 को मोहर्रम के जुलूस पर पथराव होने से

दो युवक घायल हो गए। शहर में कर्फ्यू लगा दिया गया। मुसलमानों ने ही पहल करके बाद में शान्ति करवाई। मुजफ्फरनगर में भी कई बार दंगे हुए और बाबरी मस्जिद टूटने के समय भी काफी तनाव बना रहा। बुढ़ाना में 10 जून, 1991 को दंगा हुआ, एक ही हत्या हुई। कई दिन तक शहर में कर्फ्यू रहा। बुलन्दशहर के शिकारपुर कस्बे में 23 जनवरी की रात एक सैनी समाज की लड़की से बलात्कार की कोशिश कर रहे दो अल्पसंख्यक समाज के लड़कों को लोगों ने मार डाला। इससे हुआ दंगा कई दिनों तक चला। इस तरह की साम्प्रदायिक झड़पें और दंगे छोटे-बड़े कस्बों में 1991 से 1993 तक खूब चले। फिर दौर आया बसपा का और जातीय दंगों का। साम्प्रदायिक दंगों की तह में जाने की प्रशासन ने कोशिश नहीं की न ही उन चीजों पर से लोगों का ध्यान हटाया जिसके चलते दंगे होते हैं। इसका एक उदाहरण मथुरा है।

मथुरा कृष्ण जन्मभूमि विवाद भी उसी तरह का है जिस तरह राष्ट्रीय स्वयंसेवक संघ (आर.एस.एस.) ने अयोध्या राम जन्मभूमि मन्दिर और काशी में भगवान विश्वनाथ मन्दिर को माना है। 1990 में मथुरा में दंगा होते-होते बचा और दोबारा उसी मुद्दे को उठाने के लिए 1995 में विश्व हिन्दू परिषद ने विष्णु महायज्ञ की घोषणा करके किया था। मथुरा का विवाद काफी पुराना है (विस्तृत रिपोर्ट किताब में अलग से दी गई है)। दोनों समुदाय एक-दूसरे पर समझौते तोड़ने का आरोप लगाते हैं। ईदगाह के लिए जो शर्त तब की गई थी उसका उल्लंघन हुआ है यह कई मुसलमान नेता भी मानते हैं लेकिन वे यह भी कहते हैं कि समझौता तोड़ने में दूसरा समुदाय भी पीछे नहीं रहा। असल में करीब चार लाख आबादीवाले मथुरा शहर के हिन्दुओं को सालता है कि शहर में महज दस फीसदी अल्पसंख्यकों के लिए 40 मस्जिदें क्यों हैं। उन मस्जिदों में से कुछ पर तो साफ-साफ लिखा है कि यह मन्दिर था इसे तोड़कर मस्जिद बनवाया गया। इन्हीं को हवा देकर 1990 में दंगा कराने की कोशिश हुई थी लेकिन वह सफल नहीं हो पाई। 1995 के विष्णु महायज्ञ के दौरान प्रदेश में भाजपा के समर्थन से चल रही बसपा सरकार के दबाव में यक्ष का स्थान जवाहर इंटर कॉलेज से बदलकर बिड़ला मन्दिर कर दिया गया। अपने लोगों को सान्त्वना देने के लिए विहिप के अनेक नेताओं ने प्रशासन के फैसले के खिलाफ गिरफ्तारी दी। लेकिन कुल मिलाकर आयोजन 'नूरा कुश्ती' ही साबित हुआ।

दंगों की रिपोर्टिंग

पत्रकारिता में रिपोर्टिंग का काम अनोखा और चुनौतीपूर्ण होता है। उसे कई बार जासूस भी बनना पड़ता है तो कई बार विशेषज्ञ। यह मान लिया जाता है कि रिपोर्टर को हर चीज की जानकारी होगी ही। रिपोर्टिंग के अनेक कामों में सबसे कठिन काम दंगे (दो समुदाय के बीच, दो सम्प्रदाय के बीच या जातियों के बीच) की रिपोर्टिंग करना होता है। इसमें दिखाई कम चीजें देती हैं, समझना ज्यादा होता है। दंगे आमतौर पर पुलिस और प्रशासन की मिलीभगत या कमजोरियों के चलते होते हैं। दंगे में जो कारण बताए जाते हैं अमूमन वह कारण दंगों के लिए जिम्मेदार नहीं होते। इसलिए दंगा 'कवर' करते समय पहली सावधानी तो यही रखनी पड़ती है कि घटनाओं की तो खबर करनी है लेकिन दंगों के ठोस कारणों का पता लगाते हुए अपनी रिपोर्ट तैयार करनी है। दंगा 'कवर' के समय सबसे बड़ी समस्या यह होती है कि रिपोर्टर के पास समय, साधन न के बराबर होते हैं। जिसे पुलिस और प्रशासन से सूचना लेनी है अमूमन खबर उन्हीं के खिलाफ बनानी है। दूसरे, दंगा कब शुरू होगा और कब खत्म होता इसका अन्दाजा असम्भव होता है इसलिए कल उसी अफसर से जानकारी लेनी है जिसके खिलाफ आज खबर लिखी है, कठिन फैसला होता है।

दंगे के दौरान शहर पर इलाके में सब कुछ असामान्य होता है। एक रिपोर्टर शहर में तभी पहुँचता है जब दंगा हो चुका होता है। मेरे साथ तो ज्यादातर यही हुआ कि पश्चिमी उत्तर प्रदेश में ज्यादा शहरों में पहली बार मैं दंगा कवर करने ही गया। शहर कहाँ है, किस रास्ते से जाना आसान होगा इसका भी ठीक-ठीक अन्दाजा नहीं होता था। मई 1989 में मैं पश्चिमी उत्तर प्रदेश का संवाददाता बना और छह दिसम्बर को हल्द्वानी (नैनीताल) में कमला कांड हुआ। दंगावाले शहरों की तरह ही हल्द्वानी में भी सात सितम्बर को कर्फ्यू लगा दिया गया। चूँकि लड़ाई पुलिस बनाम आम आदमी के बीच थी। कमला के साथ पुलिसवालों के बलात्कार करने की घटना से लोग इतने गुस्से में थे कि तीन दिन तक कोतवाली को घेरे रखा। शहर में कहीं भी पुलिस वाहन, पुलिस चौकी या पुलिसवाले को देखते ही पथराव होने लगता था। ठीक वही प्रतिक्रिया पुलिसवाले आम आदमी के साथ करते। ऐसे में शहर में किससे मिलकर और क्या खबर भेजी जाए यह चुनौती थी। सभी टैक्सीवाले आसानी से दंगों के शहर में आने को तैयार

नहीं होते थे। एक टैक्सी चालक तैयार हुआ। आधी रात में उसके साथ मैंने मेरठ से हल्द्वानी की सफर शुरू की। तड़के हल्द्वानी पहुँचें। कहाँ जाएँ यह पता नहीं। सभी होटल बन्द। किसी को शहर में जानते नहीं। अचानक एक पत्रकार का नाम याद आया। तब न मोबाईल था न आज जैसे पी.सी.ओ.। किसी के घर की कुंडी बजाने पर क्या प्रतिक्रिया हो इसका ठीक से अन्दाजा न था। संयोग से उस पत्रकार के घर पहुँचे जिसे मैं चेहरे से नहीं पहचानता था। उनसे शहर का भूगोल समझा। उनकी चाय पीकर सीधे कोतवाली आए। टैक्सी चालक की मुसीबत कि उससे धीरे टैक्सी डर से नहीं चले और तेज चलाने के लिए उसे रास्तों का पता नहीं था। अगला पड़ाव कोतवाली का था। वहाँ पुलिस की भाषा में घटना समझकर कलेक्टर और एस.पी. के काफिले में अपने टैक्सी को शामिल कर शहर को देखा। वापस में थोड़ी हिम्मत बँधी तो उन्हें छोड़कर खुद मुहल्लों के नुक्कड़ पर रुककर लोगों से मिलना शुरू किया और रात को वापसी की यात्रा शुरू करते समय शहर और घटना को जितना समझा उसकी रिपोर्ट सीधे दिल्ली आकर बनाई। लेकिन शुरू में अपनी बात में मैंने लिखा है कि समय और जगह की कमी के कारण पूरी बात अखबार में नहीं आ पाई।

दरअसल, जितनी बातें आप जुटा पाते हैं उनको समय से लिखना और सबसे जरूरी है खबर तथ्यपूर्ण बनाना कम चुनौतीपूर्ण काम नहीं होता है। दैनिक अखबार में काम करने का अपना अलग फायदा भी है तो नुकसान भी कम नहीं है। फायदा उसी तरह का है जैसा आजकल टी.वी. पत्रकारिता का है कि घटना घटते ही उसकी सूचना सबसे पहले पाठकों/दर्शकों को दे दी जाती है। कुछ साल पहले यही भूमिका दैनिक अखबारों की थी। हर रोज सवेरे पाठकों को नई सूचना देने का काम अखबार करते हैं। जबकि साप्ताहिक या मासिक पत्रिकाओं में एक बार ब्योरा आ पाता है। अखबार में जगह की कमी और खबरों की महत्ता के हिसाब से खबरों को जगह मिल पाती है। यह समाचार जगत की त्रासदी है कि समाज को जोड़नेवाली घटनाओं को जितनी महत्त्व मिलनी चाहिए उतनी नहीं मिल पाता जबकि दंगे, फसाद और समाज को तोड़नेवाली खबरों को ज्यादा महत्त्व मिलता है। एक रिपोर्टर के लिए घटनाओं की एकसूत्र में बाँधने और तथ्यों के हिसाब से रिपोर्ट करने की चुनौती हर समय रहती है। दैनिक अखबार में हर रोज 'डेट लाईन' (समयसीमा) के भीतर ही खबर करनी रहती है। जिस समय के घटनाओं का ब्योरा इस किताब में देने का प्रयास किया गया है, तब साधन भी कम ही थे। फैक्स, मोबाईल, एस.टी.डी., कम्प्यूटर आदि का चलन उसके बाद शुरू हुआ।

रिपोर्टिंग में एक शब्द सीमा के भीतर ही अपनी खबर देनी होती है। चूँकि 'हार्ड न्यूज' (ताजा खबर) की प्राथमिकता अखबारों में दी जाती है उसके लिए सम्पादन का भी समय कम रहता है। इसलिए संवाददाता को प्रयास करना चाहिए कि वह खबर ज्यादा बड़ी न लिखे। खबरों में बिखराब न हो। रिपोर्टिंग में कई तरह की खबरें करनी होती है। सभा, गोष्ठी, सेमिनार, रैली, प्रदर्शन आदि कवर करने में यह सहूलियत होती है कि जो सामने दिखता है उसी आधार पर खबर तैयार करनी होती है। उसमें परेशानी

होती है ज्यादा तथ्यों को कम शब्दों में समेटें। किस बात से खबर शुरू करें। प्राथमिकता कैसे तय करें। खबर में शब्द भले कम हों लेकिन हर महत्त्वपूर्ण बात आ जाए। दंगों की रिपोर्टिंग में सबसे बड़ी समस्या होती है कि आपके सामने तथ्य आ ही नहीं पा रहे हैं। दंगों में अफवाह सबसे ज्यादा आग में घी डालने का काम करता है। अफवाह और खबर में अन्तर करना सबसे जरूरी काम होता है। सात सितम्बर 1990 को अलीगढ़ में दंगा केवल अफवाहों के चलते हुआ। कभी अफवाह उड़े कि नए इलाके में किसी मुसलमान को मार दिया है तो एक अपवाह उड़ी कि पी.ए.सी. के जवानों ने एक महिला के साथ बदतमीजी की। ऊपर कोट में पी.ए.सी. कैम्प पर पथराव हुआ और दंगा पूरे शहर में फैल गया। दूसरे दिन अलीगढ़ रेलवे स्टेशन के बाहर गोमती एक्सप्रेस को रोककर एक समुदाय के पाँच लोगों की हत्या कर दी गई। दूसरे दिन इसकी प्रतिक्रिया अलीगढ़ मुसलिम विश्वविद्यालय समेत मुसलिम मुहल्लों में हुई। विश्वविद्यालय से लगे जमालपुर, नंगला भल्ला और एकता कॉलोनी में खूब उत्पाद हुआ। डर से विश्वविद्यालय के मेडिकल कॉलेज में उपचार करा रहे कुछ हिन्दू लोग अपने मरीज को डिस्चार्ज करा लाए। अफवाह फैल गया कि 70 हिन्दू तीमारदार मार डाले गए। बिना तथ्य जाने सभी स्थानीय अखबारों ने इस खबर को मोटी सुर्खियों में छाप दिया।

अलीगढ़ दिल्ली के पास होने के चलते मैं दूसरे दिन खबर लेकर दिल्ली आया और अगले दिन सिसौली (मुजफ्फरनगर) में भारतीय किसान यूनियन की सभा में जाने की मनःस्थिति बनाए हुए था। सवेरे अलीगढ़ में छपी स्थानीय अखबारों की खबरों के चलते वापस अलीगढ़ जाना पड़ा। पुलिस और पी.ए.सी. के मना करने के बावजूद मैं और 'इंडियन एक्सप्रेस' अखबार में हमारे सहयोगी राजेश सिन्हा विश्वविद्यालय गए। पहले कुलपति प्रो. एम.एम. फारूकी से मिले। मेडिकल कॉलेज अस्पताल में हिन्दू मरीज और तीमारदारों से मिले। अपवाह झूठी थी। इतना ही नहीं अस्पताल के अध्यक्ष डॉ. सदरूल हैदर को जिला प्रशासन ने हिन्दू मरीजों को सुरक्षा के मद्देनजर हटाने को कहा तो उन्होंने अपने चिकित्सा व्यवसाय के शपथ के हवाले से ऐसा करने से साफ इनकार कर दिया। उन्होंने कहा कि हमारे लिए मरीज केवल मरीज है, हिन्दू-मुसलमान समाज का सदस्य वह बाकी लोगों के लिए है। इस घटना का खंडन विश्वविद्यालय और जिला प्रशासन लगातार करते रहे लेकिन इस अपवाह से शहर का जो नुकसान होना था वह हो गया। जो दंगा दो दिनों में खत्म हो रहा था उसे खत्म होने में महीनों लग गए।

लेकिन एक संवाददाता के पास इतने साधन भी नहीं होते कि वह एक निश्चित समय सीमा में हर अफवाह या चर्चा की ठीक से जाँच कर ले। कई बार अफवाह इस ढंग से फैलती है कि अच्छा-से-अच्छा जानकार व्यक्ति भी उस पर यकीन कर बैठता है। 1989 में बदायूँ में उर्दू को दूसरी राजभाषा बनाने के पक्ष-विपक्ष में निकले जुलूस के चलते दंगा हो गया। बाद में पता चला कि दंगे का कारण शहर के एक बाजार को खाली करवाना है। दंगा भीषण इसलिए बन गया कि वहाँ भी काशीपुर-कासगंज पैसेंजर रेलगाड़ी को बदायूँ स्टेशन के आउटर पर रोककर एक समुदाय के लोगों को

उतारकर उनमें से 12 की हत्या कर दी गई। प्रशासन पहले तो इस घटना को छुपाने में लगा रहा बाद में इसकी प्रतिक्रिया होने पर अपनी सफाई देने लगा। लेकिन इस घटना से दहशत पूरे बरेली मंडल में हो गई थी। मेरठ से बरेली बस से पहुँचकर मैंने बरेली से टैक्सी लेने की हर सम्भव कोशिश की। एक भी टैक्सीवाला 28 सितम्बर को दंगा शुरू होने के तीसरे दिन 30 सितम्बर को भी बदायूँ शहर में जाने को तैयार नहीं हो रहा था। हमारे बरेली के सहयोगी संवाददाता शंकर दास के प्रयास से बरेली में एक स्थानीय अखबार के मालिक हमें बदायूँ ले चलने को तैयार हुए लेकिन वे भी ऐसे दशहत में थे कि अपनी जीप भी वे हेलमेट पहनकर चला रहे थे। मुर्दाघर में जिन्दा व्यक्ति भी पड़ा था जिसे लोगों के शोर मचाने पर प्रशासन ने निकालकर अस्पताल पहुँचाया।

दंगों में सबसे बड़ी कठिनाई यही रहती है कि आपके पास सूचना का उपलब्ध साधन पुलिस और प्रशासन है जिनकी ढिलाई या मिलीभगत से दंगे होते हैं। वे अपने ही खिलाफ जानकारी दे नहीं सकते। दंगा शुरू होते ही शहर में कर्फ्यू लग जाता है यानी शहर बन्द हो जाता है। हर शहर में आपके परिचित लोगों का होना जरूरी नहीं है। कोई जरूरी नहीं है कि आप उसी शहर में दंगा कवर करने भेजे जाएँ जिसे आप जानते हों। उसमें भी अगर 1990 के दंगा के समय अलीगढ़ में तैनात देशदीपक वर्मा जैसे कलेक्टर से पाला पड़े तो आप कुछ कर भी नहीं सकते। 8 दिसम्बर को जब मैं कलेक्टर के सरकारी निवास पर उनका पक्ष लेने गया तो वे घर से निकलने को तैयार नहीं थे। दंगाइयों की गोली उनके सिविल लाइंस के सरकारी निवास के चाहरदीवारी पर लग रही थी। मेरे साथ तब से अलीगढ़ के सांसद सत्यपाल मलिक के सहयोगी जमशेद जैदी और पत्रकार कुरबान अली थे। हम परेशान होकर कलेक्टर की कोठी से वापस लौट रहे थे तो सिविल लाइंस जैसे सम्पन्न और सुरक्षित इलाके के मुसलमान परिवार हमें रोककर गुहार लगा रहे थे कि किसी तरह उनके इलाके से पी.ए.सी. हटवाकर अद्धसैनिक बल तैनात करवा दें। क्योंकि वे पिछले तीन रातों से सो नहीं पा रहे हैं। दंगों की दहशत से ही कुरबान अली के श्वसुर का दिल का दौरा पड़ने से उसी दौरान मौत हो गई थी।

कई बार एक शहर की स्थिति का अन्दाजा दूसरे जगह से बैटकर नहीं लगाया जा सकता है। जून 1990 में आगरा से 18 किलोमीटर दूर पनवाड़ी गाँव के चोखे जाटव की बेटी मुनिया की बारात घोड़े पर आने के सवाल पर जाट और जाटव में दंगा हो गया। आगरा शहर देश का सम्भवतः अकेला बड़ा शहर होगा जहाँ दलित जाटव समाज का दबदबा है। देहात में ज्यादा बदलाव नहीं हुआ है। उत्तर प्रदेश के बाकी शहरों में दलित आर्थिक और सामाजिक रूप से कमजोर हैं। कुछ इलाके में जाट तो कुछ इलाके में ठाकुर सम्पन्न हैं। कहा गया कि यह लड़ाई दरअसल आगरा के बड़े नेताओं अजय सिंह (तब के केन्द्रीय मन्त्री) और रामजी लाल सुमन के आपसी टकराव का नतीजा था। अजय सिंह जाट हैं जबकि सुमन जाटव। तब दोनों एक पार्टी में थे लेकिन दोनों के नेता अलग-अलग थे। इस दंगे को कवर करने मैं मेरठ से आगरा बस से आया।

तब यह अन्दाजा नहीं था कि पनवाड़ी या आगरा के देहात ही नहीं पूरा आगरा शहर दंगे की चपेट में आ चुका है। आगरा बस अड्डे पर पहुँचने पर पता चला कि शहर में जाना ही कठिन है। जैसे-तैसे एक ऑटोवाले को शहर और आसपास ले चलने के लिए तैयार किया। सवेरे से देर रात तक शहर में घूमने के बाद लगा कि अगर जाटवों ने धैर्य खो दिया तो शहर को बचाना मुश्किल हो जाएगा। काफी प्रयास और जाटव समाज के ही योग्य आई.पी.एस. अधिकारी श्रीराम अरुण के प्रयासों से शहर एक हफ्ते में शान्त हुआ। अगर मैं सीधे जनवाड़ी चला जाता और शहर नहीं घूमता तो सच्चाई का पता ही नहीं चलता। जबकि कहने के लिए दोनों इलाके एक-दूसरे से जुड़े थे।

कई तथ्य तो ऐसे उभर आते हैं कि जिनकी पुष्टि आखिर-आखिर तक सम्भव नहीं होती। दंगे में मरने और घायलों की संख्या को लेकर अकसर भ्रम बना रहता है। अखबार और अब टी.वी. चैनल एक-दूसरे से आगे निकलने की होड़ में बढ़ा-चढ़ाकर संख्या पेश करते हैं। पत्रकारिता की यह त्रासदी है कि तमाम सुझावों के बावजूद अखबारों ने अपने ऊपर कोई 'कोड ऑफ कंडक्ट' (आचार संहिता) लागू नहीं होने दिया। मरनेवालों की तादाद के बारे में एक स्थानीय अखबार के संवाददाता का अनोखा तर्क था कि लोग दंगे में किसी को मारकर जला देते हैं ताकि सबूत मिट जाए। लेकिन इसका उनके पास कोई जवाब नहीं था कि सबूत क्यों मिटाना चाहेंगे। क्योंकि दंगों में तो अमूमन एक-दूसरे को किसी रंजिश के तहत कोई मारता नहीं है। उसमें तो एक समुदाय या सम्प्रदाय के लोगों को दूसरे समुदाय या सम्प्रदाय के लोगों को मारना लक्ष्य रहता है। दूसरे, दंगा में या वैसे भी किसी के घर में किसी सदस्य की हत्या हो जाए तो परिवारवाले क्यों नहीं बताना चाहेंगे।

मेरे हिसाब से यह गैर जिम्मेदाराना पत्रकारिता है। पत्रकार का काम समाज को जोड़ने में योगदान देना है। इसलिए कई बार जान-बूझकर सही तथ्यों को भी नजरअन्दाज किया जाता है। मेरठ में एक अतिउत्साही पुलिस अधीक्षक थे। शहर में साम्प्रदायिक तनाव होना आम बात थी। पुराने शहर में तनाव हुआ। एस.पी. ने गोली चला दी, एक व्यक्ति मर गया। यह सही था कि वह तनाव बढ़ा रहा था लेकिन बिना दूसरे तरफ से गोली चले एस.पी. को गोली नहीं चलानी चाहिए थी। एस.पी. के आग्रह पर इस घटना की खबर अखबारों में नहीं आई। दंगा शहर में नहीं फैला। इस पर बहस हो सकती है कि पत्रकारिता में वसूलों के हिसाब से यह सही हुआ या गलत लेकिन शहर के हिसाब से सही हुआ। कुछ मामलों में इस तरह की कार्रवाई को छुपाने का कोई मतलब भी नहीं होता। बाबरी मस्जिद तोड़ने पर हुए दंगों में मेरठ में ज्यादा भयावह दंगा नहीं हुआ क्योंकि दंगा शुरू होते ही तब के एस.पी. बृजलाल और कलेक्टर जयशंकर मिश्र ने बिना भूमिका बनाए अपनी गोली से दंगाइयों को मारा और दंगा ज्यादा नहीं फैला। पत्रकारों द्वारा इस बारे में पूछे गए सवाल का बृजलाल ने सीधा जवाब दिया था। उन्होंने कहा कि दंगाई हम पर गोली चला रहे थे, हमारे पास दो ही रास्ते थे—या तो नियम-कानून का पालन करके हम मरते या उनकी गोली का जवाब देकर

उन्हें मारते। कोई हम पर गोली चला रहा है और हम हाथ बाँधे तमाशा देखें यह बेवकूफी है इसलिए हमने गोली चलाई। उसी बृजलाल के कार्यकाल में एक खूँखार अपराधी को पुलिस ने फर्जी मुठभेड़ में मारा। बृजलाल ने अपने दो साल के कार्यकाल में 50 बदमाशों को मुठभेड़ में मारा।

1987 में मेरठ में बड़ा भीषण दंगा हुआ था। उस दंगे ने ही मेरठ को हर तरह से नुकसान पहुँचाया था। तब मैं मेरठ में नहीं था। लेकिन उसकी चर्चा 1989 में मेरठ जाने पर भी बल्कि आज भी सुनाई पड़ती है। शहर से बाहर मलियाना मुहल्ला में दलितों और मुसलमानों में दंगा हुआ। दलितों का साथ पी.ए.सी. ने दिया। कहा जाता है कि मुहल्ले के बीच में एक कुएँ को मुसलमानों के लाशों से भर दिया था। तब प्रदेश में कांग्रेस की सरकार थी। उसी के कुछ दिन बाद शहर के बीच के मुहल्ले हाशिमपुरा से कुछ मुसलिम युवकों को ट्रक में भरकर पी.ए.सी. के जवान मुरादनगर ले गए और गला काटकर गंगा नहर में बहा दिया। इन दोनों घटनाओं ने उत्तर प्रदेश को ही नहीं पूरे देश को आहत किया। इस घटना के लिए जाँच समिति बनी। मुआवजे दिए गए। जिन अल्पसंख्यक परिवारों के साथ ये हादसे हुए वे ज्यादातर गरीब लोग थे। कई परिवार तो ऐसे थे जिनका मुखिया ही इस हादसे का शिकार हुआ। कई परिवार के एक से ज्यादा सदस्य इस घटना के शिकार हुए। लेकिन इसका दूसरा पक्ष और दुर्भाग्यपूर्ण रहा कि मरनेवालों की संख्या पर भ्रम आखिर तक बनी रही। दंगों की रिपोर्टिंग की सबसे बड़ी समस्या यही होती है कि खबर को प्रमुखता दिलाने के लिए संवाददाता बढ़ा-चढ़ाकर अपनी रिपोर्टें लिखता है। मरनेवालों की तादात भी ज्यादा लिखता है। बाद में उस संख्या पर कायम रह पाने के लिए उसे तमाम 'किन्तु-परन्तु' का सहारा लेना पड़ता है।

कुछ शहरों का मिजाज ही अजीब बन गया है। उन शहरों में किस बात पर दंगा हो जाए कहा नहीं जा सकता है। अमेरिका की इराक पर हमले का मुसलमानों ने ही नहीं तमाम दूसरे लोगों ने भी विरोध किया। इन्हीं विरोधों के चलते ही तमाम दबाव के बावजूद आज तक भारतीय फौज इराक नहीं जा पाई। अगर भारत में कोई सर्वेक्षण कराया जाए तो मेरा मानना है कि बहुमत इराक के राष्ट्रपति सद्दाम हुसैन के साथ होगा। इराक में अमेरिका के हस्तक्षेप के खिलाफ जनवरी 1990 में मेरठ के फैजा-ए-आम इन्टर कॉलेज के छात्रों ने जुलूस निकाला। जुलूस जली कोठी, खैर नगर होता हुआ घंटाघर पर जाकर सभा में बदल गया और वापस केसरगंज होता हुआ कॉलेज में खत्म होनेवाला था। केसरगंज में उस पर पथराव हो गया। दोनों तरफ से पथराव हो गया और 50 से ज्यादा लोग घायल हो गए। जुलूस मुश्किल से 500-700 लोगों का था लेकिन इससे पूरे शहर में तनाव हो गया। चूँकि मुसलमान इराक के साथ थे तो हिन्दू अमेरिकी राष्ट्रपति के साथ हो गए।

बाबरी मस्जिद गिराए जाने के दिन 6 दिसम्बर को पश्चिमी उत्तर प्रदेश के ज्यादातर शहरों में या तो कर्फ्यू लग गया था या कर्फ्यू जैसे माहौल बन गए थे। मेरठ में किसी ठेलेवाले को केसरगंज में किसी ने चाकू मार दिया। फिर क्या, फिर तो सारा शहर ही

दंगे की चपेट में आ गया। इसी तरह 20 मई 1991 को लोकसभा चुनाव के दिन दंगा शुरू हुआ था। दंगाइयों ने बुढ़ाना गेट पर ही निगार सिनेमा पर हमला बोलकर एक समुदाय के 13 लोगों की हत्या कर दी। उस हत्या के कारणों को जानने की किसी को फुरसत नहीं थी, दनादन घटनाएँ होने लगीं। पूरे शहर में कर्फ्यू लग गया। जिस तरह से घटना हुई उससे साफ लगा कि इस दंगा को चुनाव में हारने के डर से नेताओं ने करवाए। हापुड़ में दंगा एक जमीन को कब्जा करने के लिए कराया गया। कब्जा करने के लिए उस खाली जमीन के पीपल के पेड़ पर अन्धा साँप रखकर पूजा-पाठ शुरू करवा दी गई।

अमूनन हर दंगे के दो कारण होते हैं। एक तो जो दिखता है और दूसरा वास्तव में दंगा करानेवालों के निशाने पर होता है। पश्चिमी उत्तर प्रदेश अपेक्षाकृत सम्पन्न इलाका है। खेत में जोड़ घटने और आबादी बढ़ने से बेरोजगारी की समस्या से हालात बदलने लगे अन्यथा गंगा-यमुना नदी के बीच के दोआब के किसान अपने बूते पर अपना घर चलाते थे। हर शहर किसी-न-किसी लघु और घरेलू उद्योग के लिए मशहूर हैं। संयोग से इस पूरे इलाके में अल्पसंख्यक भी अच्छी तादाद में हैं। बल्कि इस इलाके का रामपुर, सम्भल ऐसा शहर है जहाँ मुसलमान बहुमत में हैं। दंगे तो काफी समय से चल रहे थे लेकिन आजादी के बाद दंगे शहरों में ही होते थे। रामजन्म भूमि और बाबरी मस्जिद आन्दोलन ने उसे गाँवों तक पहुँचाया। उसके बाद एक दौर बहुजन समाज पार्टी और मुलायम सिंह यादव के समाजवादी पार्टी का आया जब अल्पसंख्यक और दलित या अल्पसंख्यक और पिछड़े जो आपस में लड़ते थे एक साथ खड़े होने लगे। दंगों का रूख बदला। फिर जाति के बीच दंगे होने लगे। लेकिन संयोग से यह खतरनाक खेल ज्यादा लम्बा नहीं चला। राजनीतिक दल भले ही इस इलाके का शोषण ही करते रहे और विकास ज्यादा लोगों ने अपने बूते किया। बावजूद इसके दंगों की दहशत अब कम होने लगी है और फिर शहरों में कारोबार जमने लगे हैं।

दंगों पर एक पत्रकार का नजरिया सकारात्मक होना चाहिए। यानी उसका यह प्रयास होना चाहिए कि उसके लिखे या रिपोर्ट से दंगा बढ़े नहीं। दंगों में 'महाभारत' के संजय की तरह भूमिका नहीं निभानी चाहिए कि जो रहा है वह ज्यों-का-त्यों अन्धे धृतराष्ट्र को बता दें। घटना तो कोई पत्रकार नहीं छुपाता है और नहीं छुपाना चाहिए। घटना का ब्यौरा भी सीधे-सपाट शब्दों में देना चाहिए। घटना को बढ़ा-चढ़ाकर रिपोर्ट करना वैसे भी पत्रकारिता का दुरुपयोग करना माना जाता है। पत्रकारिता के साथ एक त्रासदी भी है कि लिखने की आजादी के नाम पर हम कोई आचार संहिता लागू करने को तैयार नहीं हैं। इसी किताब के एक अध्याय में मैंने दंगों के दौरान अखबारों की भूमिका पर एक लेख लिखा है। जिन दंगों को मैंने कवर किया उसमें कई घटनाओं में स्थानीय अखबारों से हमारी खबरों में अन्तर होता था। आमतौर पर अखबार के अधिकारी अपने संवाददाता पर यकीन करते हैं इसलिए मुझसे ज्यादा पूछताछ नहीं हुई लेकिन जब कभी पूछा गया तब मैंने कहा कि मैंने वही संख्या लिखी जिसकी पुष्टि हुई

है। किसी के कहने या अफवाहों के आधार पर मैंने कोई खबर नहीं लिखी। इसका परिणाम हुआ कि दंगों से जुड़े किसी भी खबर का मुझे खंडन नहीं करना पड़ा। कई ऐसी खबरें मैंने और हमारे साथ दिल्ली के अखबारों के लिए खबर करनेवाले साथियों ने नहीं लिखी जिसकी पुष्टि नहीं हो पाई थी। इस पर कई बार अपने सहयोगियों की टिप्पणी झेलनी पड़ी लेकिन अपनी रिपोर्ट पर कभी भी शर्मिन्दा नहीं होना पड़ा।

अमूनन दंगा कवर करने की प्रक्रिया तब ही शुरू होती है जब शहर में तनाव फैल चुका होता है और पुलिस पूरे शहर को अपने हिसाब से चलाने का प्रयास करने लगती है। शहर में कर्फ्यू लगता है। आम आदमी का चलना-फिरना बन्द हो जाता है। जिस शहर में आप रहते हैं उसकी भी सारी गलियाँ और मुहल्ले आप नहीं जानते। नए शहर में और परेशानी होती है। दंगा किसी दो व्यक्ति के बीच तो होता नहीं है। दंगों में तो एक ही जुनून दिखता है कि एक सम्प्रदाय या जाति के इतने व्यक्ति मरे तो बदले में दूसरे सम्प्रदाय या जाति में उतने व्यक्ति मारे जाएँ। संवाददाता भी किसी-न-किसी जाति या सम्प्रदाय का होता है। इसलिए दंगे की चपेट नें आने का खतरा भी होता है। सबसे पहली प्राथमिकता यह होती है कि अपने को बचाते हुए शहर का हाल जानकर समय पर रिपोर्ट अपने दफ्तर भिजवाएँ। कम्प्यूटर आदि की सहूलियत से खबर भेजने में अब कम समय लगता है। अस्सी और नब्बे के दशक में तो आधा तनाव इसी बात का होता था कि खबर दिल्ली दफ्तर में समय से कैसे पहुँचे। खबर आपके लिए ज्यादा महत्त्वपूर्ण है लेकिन आपके दफ्तरवाले उसे कितना महत्त्व दे रहे हैं यह भी महत्त्वपूर्ण है। इतना ही नहीं आपकी खबर कब और किस हालत में पहुँच पा रही है यह भी जरूरी है। खबर की भाषा ठीक होनी चाहिए अन्यथा आखिरी समय में सम्पादन करने में कठिनाई होगी। बाहर से खबर भेजने में खबर कम शब्दों में सभी तथ्यों के साथ सन्तुलित होनी चाहिए। एक बार मैं फोन एक्सचेंज से कॉल बुक कराकर खबर लिख रहा था। जैसे ही कॉल मिला दफ्तर की बत्ती चली गई। जो नोट किया था वह पढ़ें कैसे ? दफ्तर में मैं अकेला बैठा था। दोबारा कॉल बुक कराने के इन्तजार में देर हो जाती। फिर खबर लगनी मुश्किल होती। मैंने बिना समय गँवाए जो दिनभर देखा उसे जबानी लिखाते गया। संयोग से तथ्यों की कोई गलती नहीं हुई और–खबर ठीक से लगी। एक बार ऐसा भी हुआ कि हर सम्भव प्रयास करके मैं खबर लिख ही नहीं पाया। फोन मिले और कट जाए। आधी रात तक फोन से जूझकर मैं दुखी मन से घर लौटा।

फोन के प्रयोग से तंग आकर मैं दिल्ली करीब होने के चलते टैक्सी लेकर दफ्तर आ जाता था। उसमें सड़क जाम, गाड़ी खराब होने से लेकर कई समस्याएँ झेलनी पड़ती थी। समय कम लगे इसलिए वापसी में टैक्सी में ही खबरों के बिन्दु लिखता आता था। ताकि कम-से-कम समय में खबर तैयार हो सके। संवाददाता अगर इस तनाव से मुक्त रहे तो ज्यादा बेहतर काम कर पाएगा। इस किताब में कई कतरनों को भी दिया गया है। उसमें कुछ में रिपोर्ट अधूरी-सी लगती है उसका कारण यही है कि खबर समय से

दिल्ली पहुँच नहीं पाई या दूसरी खबर को जगह देने के लिए मेरी खबर छोटी की गई। इसलिए तमाम सावधानी रखने के बावजूद दैनिक के संवाददाता के साथ यह परेशानी बनी ही रहेगी। इसमें थोड़ी सहूलियत संचार क्रान्ति से हुई है लेकिन ज्यादा सजग संवाददाता को ही रहना होगा। उसका अपने अखबार के 'डेस्क' से बेतहर तालमेल रहे। समाचार ठीक शब्दों के इस्तेमाल के साथ समय से पहुँचे। तथ्य साफ-साफ लिखे हों। खबर में विवाद के बिन्दु कम हों। तब खबर छपने की सम्भावना ज्यादा होती है। कभी भी रिपोर्टर को खबर में पक्ष (पार्टी) नहीं बनना चाहिए। दंगे में तो पक्ष लेकर आप अपना, अखबार का और समाज का भारी नुकसान करेंगे। वैसे रिपोर्टिंग के बारे में कहा जाता है कि 'बिना मरे स्वर्ग नहीं दिखता'। जब तक कोई व्यक्ति व्यवहार में रिपोर्टिंग नहीं करेगा उसे इसकी अच्छाई या बुराई का पता नहीं चलेगा। तमाम लिखा-पढ़ी, तर्क-वितर्क, नियम-कानून उस समय बेमतलब हो जाते हैं जब घटनास्थल का माहौल दिखता है। उसमें संवाददाता का संयम और सजगता सबसे ज्यादा कारगर हो पाता है। दंगे की रिपोर्टिंग किसी भी संवाददाता के लिए सबसे कठिन और सबसे चुनौतीपूर्ण काम होता है। उसमें सारे फैसले आपको खुद लेने होते हैं। जो दिख रहा है वह सही भी है लेकिन अन्तिम सत्य नहीं है। जिससे जानकारी लेनी है खबर उसी के खिलाफ लिखनी है। तमाम अफवाहों के बीच सच्चाई खोजकर समय से पूरे तथ्यों के साथ बिना पक्षपात के दंगों की रिपोर्टिंग करनी होती है। प्रशासन-पुलिस और राजनेता के दबाव को नजरअन्दाज करना भी कठिन होता है क्योंकि आप भी समाज के अंग हैं। आपको भी उसी शहर से वास्ता है। इसलिए एकतरफा रिपोर्टिंग के लिए दंगों के दौरान भारी दबाव रहता है और आसानी से तथ्य न दिख पाने के चलते एकतरफा रिपोर्टिंग का खतरा भी रहता है। उन सबसे बचकर तटस्थ रिपोर्टिंग करना एक बड़ी चुनौतीपूर्ण कार्य है।

साम्प्रदायिक दंगों की काट जाति सम्बन्धी दंगा

शुरू से ही पश्चिमी उत्तर प्रदेश के मैदानी इलाकों में जाट, गूजर, यादव, कुर्मी, राजपूत और त्यागी लाठी से मजबूत जातियाँ (मार्शल कौम) थीं। मुसलमान भी पहले से ही मजबूत थे। इसलिए पढ़े-लिखे और हर तरह से सम्पन्न मुसलमानों के हर आन्दोलन में इस इलाके की महत्त्वपूर्ण भूमिका रही है। अलीगढ़ मुस्लिम विश्वविद्यालय के चलते मुसलमानों में पढ़े-लिखे लोगों की संख्या बढ़ी। पढ़ाई-लिखाई का ज्यादा सकारात्मक असर रहा। लेकिन देश के विभाजन में भी एक तबके की हिस्सेदारी के बाद मुसलमानों में भी साम्प्रदायिक तत्त्वों की पैठ हुई लेकिन कांग्रेस के जमाने में उसे उभरने का मौका कम मिला। शहरों की अर्थव्यवस्था में बराबरी का योगदान होने के चलते शहरों में हुए दंगों का नुकसान दोनों समुदायों को बराबर हुआ। राम जन्मभूमि-बाबरी मस्जिद आन्दोलन के बाद नए तरह की साम्प्रदायिकता दिखी। पश्चिमी उत्तर प्रदेश में आर्य समाज आन्दोलन का असर रहा। इसके बावजूद गरीबी और बेकारी की मार और आरक्षण की राजनीति ने इस इलाके को भाजपाई बना डाला। कांग्रेस के जमाने में लड़ाई कांग्रेस और समाजवादियों, बाद में चौधरी चरणसिंह से होती थी। अस्सी के दशक में भाजपा ने कांग्रेस का स्थान लेने की कवायद शुरू की। उस दौरान कल्याण सिंह भाजपा के सबसे असरदार नेता बने और उनकी बिरादरी लोध राजपूत भी 'मार्शल कौम' बन गई। भाजपा के साथ लोध के साथ-साथ कुर्मी जुड़े और सवर्ण आरक्षण के चलते जुड़ते गए। एक समय ऐसा आ गया जब हर तरफ भाजपा-ही-भाजपा दिखने लगी।

उसी दौरान बहुजन समाज पाटी (बसपा) और उसकी नेता मायावती ने चुनाव हारते-जीतते अपने को उत्तर प्रदेश में स्थापित करा लिया और दलितों की सबसे मजबूत जाति जाटव उनके साथ एकजुट हो गए। दलितों में जाटव सवर्ण जैसे माने जाते हैं। वे हर दृष्टि से बाकी दलितों से आगे हैं। पश्चिमी उत्तर प्रदेश के सबसे बड़े शहर आगरा में जाटवों की ही तूती बोलती है। पहले जाटव भी अन्य दलितों के साथ कांग्रेस के साथ थे। फिर जनता पार्टी, जनता दल के समर्थक हुए। दलितों में पिछड़ी जाति बाल्मीकि ज्यादातर भाजपा के साथ हैं। कल्याण सिंह की सक्रियता के चलते गैर यादव, कुर्मी, गुर्जर, पिछड़े लोध एवं राजपूत, धींवर, मल्लाह, गड़रिया, माली, तेली, कोइरी, काछी आदि भाजपा में आ गए थे। कुछ दिन कल्याण सिंह के भाजपा से बाहर रहने के चलते

भाजपा का समीकरण गड़बड़ा गया और कल्याण सिंह की वापसी के बावजूद भाजपा की गाड़ी पटरी पर आती हुई नहीं दिख रही है।

राम जन्मभूमि-बाबरी मस्जिद आन्दोलन के समय उत्तर प्रदेश की राजनीति में दबदबा रखनेवाले सभी बड़े नेता कल्याण सिंह (भाजपा), मुलायम सिंह यादव (अब, सपा), अजितसिंह (अब, राष्ट्रीय लोक दल), नारायण दत्त तिवारी (कांग्रेस) और मायावती (बसपा) इसी पश्चिमी उत्तर प्रदेश के रहनेवाले थे। तिवारी के चुनाव हारने के बाद कांग्रेस इस इलाके में बैठ ही गई। अब वे बूढ़े भी हो गए। उत्तरांचल के मुख्यमन्त्री बने रहने के लिए उन्हें काफी प्रयास करने पड़ रहे हैं। साम्प्रदायिक दंगे तो हर शासन में हुए। मेरठ, मुरादाबाद, अलीगढ़ और मुजफ्फरनगर में बड़े दंगे तो कांग्रेस शासन में ही हुए थे। लेकिन तब दंगा बड़े शहरों तक केन्द्रित था। भाजपा के ताकतवर होने के बाद दंगे गाँव-गाँव में होने लगे और यही हाल बसपा के उदय के साथ सवर्ण दलित दंगों का हुआ। वैसे तो हर बिरादरी में आपस में टसल होती है। और लड़ने के लिए कोई-न-कोई बहाने खोजे जाते हैं।

सितम्बर 1995 में मुसलमानों की दो बिरादरी अंसारी और कुरैशी मेरठ में भिड़ गईं। मुद्दा था बूचड़खाना (कमेला)। असल में यह कमेला जिस इलाके में बना था वहाँ अंसारी लोग रहते है। उनका कारोबार कपड़ा बुनने का है। इस कमेले की बदबू के चलते उनके पास व्यापारी नहीं आते थे। वे प्रशासन से कई बार कमेला हटाने का आग्रह कर चुके थे। कमेला में न केवल जानवरों को काटा जाता है बल्कि वहीं जानवरों के खून, चमड़े, हड्डी से विभिन्न सामानों को बनानेवाली फैक्ट्री हैं जिनकी दुर्गन्ध से परेशान तो शास्त्रीनगर से लेकर हापुड़ रोड तक के दर्जन भर मुहल्लों के लोग थे लेकिन अंसारी बिरादरी के कारोबार ठप्प हो रहे थे। अंसारियों के मुहल्लों में कुरैशियों की दुकानें जला दी गईं। उसी दौरान किसी ने यामिन अंसारी नाम के युवक को चाकुओं से गोदकर हत्या कर डाली। फिर दंगा शुरू हो गया। कई दिनों तक कर्फ्यू और हिंसा के बाद दोनों बिरादरी के लोगों में सुलह-सफाई के बाद मामला शान्त हुआ।

इसी तरह की हिंसा हल्द्वानी (नैनीताल) में सितम्बर 1989 में हुई। कमला नाम की गरीब महिला सब्जी लेकर मंडी आई। रात होने के चलते मंडी में ही सो गई। तीन पुलिसवालों ने उसके साथ बलात्कार किया। सब्जी मंडी के लोग पुलिसवालों के चौथ वसूली से लेकर तरह-तरह से उत्पीड़न से परेशान थे। बलात्कार की सूचना आग की तरह फैल गई। लोग सड़क पर आ गए। पुलिस पर पथराव होना शुरू हो गया। पुलिस चौकी जला दी गई। कोतवाली पर हमले हुए। पुलिस ने गोली चलाई, नौ लोग मरे, कई घायल हुए। सवा लाख लोगों के शहर में कई दिनों तक कर्फ्यू लगे रहने के बावजूद भी शहर जलता रहा। लोगों को अपने सांसद सतेन्द्र गुड़िया (नारायणदत्त तिवारी के करीबी) के खिलाफ भी भारी गुस्सा था जो 5 सितम्बर की घटना के कई दिन बाद आए तो लोगों ने दिखाया।

लेकिन सवर्ण-दलित जातीय दंगे ने पश्चिमी उत्तर प्रदेश को सालों बुरी तरह

झुलसाया। जून 1990 में आगरा से मथुरा के रास्ते में 18 किलोमीटर दूर पनवाड़ो गाँव में 21 जून की रात चोखे जाटव की बेटी मुन्द्रा की शादी में बारात घोड़े पर चढ़कर आने का जाटों ने विरोध करके दंगा करवा दिया। आगरा शहर में जाटवों का और गाँव में जाटों का बोलबाला है। जाटवों की बढ़ती ताकत जाटों की आँखों में खटक रही थी। धीरे-धीरे इलाका गरम होता गया और इस शादी के बहाने दंगा कराया गया। इस शादी पर झगड़े की आशंका से 13 जून से ही जाटव गाँवों से पलायन करने लगे थे। 21 जून को घोड़ी पर चढ़कर दूल्हा के आने पर संघर्ष हुआ। इस दंगे में 10 लोग मारे गए, कई घायल हो गए। प्रशासन ने जैसे-तैसे 22 जून को शादी करवा दी लेकिन दंगे की लपट आगरा पहुँचते ही पुलिस प्रशासन के हाथ-पाँव फूलने लगे। क्योंकि शहर में जाटव इस हैसियत में हैं कि वे जाटों का ज्यादा नुकसान कर दें। विवाद शादी से पहले शुरू हो गया था और कहा जा रहा था कि लाखनपुर की 12 बीघा जमीन कब्जाने के लिए झगड़े कराए गए। इस पनवाड़ी कांड को शान्त होने में काफी समय लगा।

इसी तरह का दूसरा भीषण कांड मार्च 1994 को मेरठ के शेरगढ़ी में हुआ। शास्त्रीनगर और शेरगढ़ी गाँव के बीच में उत्तर प्रदेश आवास विकास परिषद ने पार्क के लिए जमीन छोड़ी थी। 29 मार्च की रात कुछ दलित युवकों ने उस पार्क में डॉ. अम्बेडकर की मूर्ति लगा दी जिसे प्रशासन ने हटवा दिया। दूसरे दिन गाँव के लोग इकट्ठे होकर उसे फिर लगाने गए तो पुलिस से झड़प हुई। पुलिस गोली से दो दलित युवक मारे गए। इस पर पूरे प्रदेश में ही नहीं देशभर में भूचाल आ गया। बसपा नेता मायावती, रामविलास पासवान, संघप्रिय गौतम आदि अनेक नेता आए। वापस अम्बेडकर की मूर्ति लगवाई गई। दोनों मृतकों के परिवारवालों को भारी मुआवजा दिया गया। कई अधिकारियों के खिलाफ कार्रवाई हुई।

उसी समय मेरठ के पास भोला की झाल में जातीय हिंसा से एक दलित युवक जिलेसिंह की हत्या हो गई। अग्रवाल मंडी, टटीरी में रवा राजपूतों के साथ दलितों के झगड़े में 50 साल के हरिजन भोपाल की हत्या हो गई। गड़ीना गाँव में गुर्जर-हरिजन विवाद छोटी-सी जगह (दस इंच) के लिए हुए झगड़े में डेढ़ दर्जन लोग घायल हुए। मेरठ के दलित–सवर्ण हिंसा की शुरुआत 22 मई, 1989 को जंगेठी में दलित युवक कोमलसिंह की हत्या के बाद हुई। बुलन्दशहर के नरेन्द्रपुर गाँव में तो गड़रियों के डर से ठाकुर लोग घर छोड़कर भाग गए थे। यही हाल मेरठ के अब्दुल्लापुर गाँव में हुआ था। नरेन्द्रपुर में ठाकुर कुँवरपाल का घर अलग था लेकिन उनके रिश्तेदार बाबूसिंह दीवान का घर गड़रियों के बीच में था। उन्होंने अपनी जगह कुँवरपाल की पत्नी श्यामवती को बेच दी थी। इससे नाराज होकर गड़रियों ने कुँवरपाल के घर में आग लगा दी, उसमें उनका भतीजा जिन्दा जल गया। प्रशासन के प्रयास से मामला शान्त हुआ। इस तरह के झगड़े पश्चिमी उत्तर प्रदेश में नब्बे के दशक में खूब हुए।

दरअसल, दलितों में जागरूकता आने से पहले सवर्ण गाँवों पर राज करते थे। दलितों के मत के मालिक गाँव जमींदार हुआ करते थे। सालों तक दलितों को वोट न

देने की शिकायत मिलती रही है। भय के कारण किसी भी गाँव के दलित सालों से वोट डाल ही नहीं पाते थे। पहला प्रयास तो उन्हें घर से निकलने ही न देने का होता था। अगर वे निकल भी गए तो चुनाव कराने आए कर्मचारियों को धमकाकर उनके मतपत्र पर मुहर दबंग लोगों के एजेन्ट ही लगाते थे। कई इलाकों में तो चालाकी करके कई दलों के एजेन्ट एक ही पार्टी के समर्थक बन जाते हैं। इतना ही नहीं उन्हें कर्ज में डुबाए रखना, उन तक सरकारी सुविधाएँ न पहुँचने देना इस तरह की तमाम बातें नब्बे के दशक तक होती रही हैं। झगड़े की वजह तो दलितों में अधिकारों के प्रति जागरूकता आना है, दूसरा कारण गाँवों की सार्वजनिक जमीन है। पहले आबादी कम थी। कुछ जमीन गाय, भैंसों के घास के लिए, तो कुछ जमीन लोगों के घूमने-फिरने के लिए खाली छोड़ दी जाती थी। आबादी बढ़ने और जोत घटने के बाद इन जमीनों पर कब्जे होने लगे। पहले कब्जे सवर्ण और दबंग जातियों के लोगों के होते थे। बसपा के उदय और दलित सक्रियता के बाद इन जमीनों को दलित हथियाने लगे। इसके लिए उन्होंने सांकेतिक तरीका बनाया। जिस जमीन को वे अपने समुदाय के इस्तेमाल के लिए लेना चाहते हैं उस पर सबसे पहले अपने आदर्श डॉ. भीमराव अम्बेडकर की मूर्ति लगा देते हैं। इस मूर्ति को देखते ही सवर्ण बिदकते हैं और इसके परिणामस्वरूप हर जगह संघर्ष होने लगता है। असल में दलितों की समस्या दूसरी भी है—ज्यादातर गरीब हैं। किसी तरह उन्होंने सिर छुपाने के लिए जगह बना ली तो सार्वजनिक जरूरतों—शादी, ब्याह के लिए तो दूसरों पर निर्भर नहीं रहना पड़ेगा। इसलिए उन्होंने खुद अपनी व्यवस्था कर ली। यह अलग मामला है कि मायावती के मुख्यमंत्री बनने के बाद दलितों के गाँवों में काम भी हुए। मायावती ने सौ अम्बेडकर गाँव बनाकर उन्हें विकसित किया।

उत्तरांचल अब अलग प्रदेश है। उसमें भी भौगोलिक और असरदार नेताओं के हिसाब से तीन हिस्से हो सकते हैं। मुख्यमंत्री नारायण दत्त तिवारी का असर कुमाऊँ में ज्यादा है। किसी जमाने में उन्हें कुमाऊँ का विकास पुरुष कहा जाता है। रामपुर से नैनीताल-अल्मोड़ा की तरफ जाते हुए अगर आप केवल सड़कों को ही देख लें तब भी तिवारीजी के काम का आकलन लगाया जा सकता है। लोग उनके जबरदस्त फैन थे इसलिए 1984 के चुनाव में उनके नाम पर सत्येन्द्रचन्द्र गुड़िया चुनाव जीत गए। इसी आत्मविश्वास में उन्होंने 1989 में हल्द्वानी में कमला कांड के कुछ ही दिनों बाद हुए विधानसभा चुनाव में उतरकर सबकी जमानत जब्त कराकर जीते जबकि उनकी परम्परागत सीट काशीपुर थी। वे तब प्रदेश के मुख्यमन्त्री थे। लेकिन यही आत्मविश्वास उन्हें 1991 में ले डूबा। दूसरों को जिताना तो दूर नैनीताल लोकसभा सीट से खुद चुनाव नहीं जीत पाए। भाजपा के बलराज पासी ने उन्हें पराजित कर दिया। तब नारायणदत्त तिवारी को देश का भावी प्रधानमन्त्री बताया जा रहा था। किसी तरह उन्होंने हल्द्वानी सीट बचाई। वह चुनाव भाजपा के लिए स्थानीय चुनाव था जिसमें ज्यादातर सीटें भाजपा ने जीती थीं। लेकिन पहाड़ के ही दूसरे इलाके गढ़वाल में तिवारीजी का वैसा असर नहीं था। वहाँ पहले हेमवतीनन्दन बहुगुणा असरदार होते थे। आज उत्तरांचल में

कांग्रेस सरकार के मुखिया बनकर सरकार चला रहे तिवारी सहज नहीं हो पा रहे हैं। इसका एक बड़ा कारण तो उनकी बढ़ती उम्र है लेकिन दूसरा कारण उनकी सत्ता में पहले जैसी पकड़ न होना भी है। तिवारी की छवि धर्मनिरपेक्ष नेता की थी बल्कि यूँ कहें कि उत्तर प्रदेश में कांग्रेस के अकेले जनाधारवाले नेता नारायण दत्त तिवारी रहे तो इसमें कोई अतिशयोक्ति नहीं होगी। उन्हें मुसलमानों का पूरा सहयोग मिला इसलिए वे पहाड़ और मैदानी इलाके दोनों के ही नेता रहे। अब उत्तरांचल में जो मैदानी इलाका शामिल हुआ है उसमें नैनीताल जिले का हिस्सा रहा उधमसिंह नगर और हरिद्वार। हरिद्वार में सहारनपुर से लगे इलाकों में जाट-गूर्जर उसी तादाद में हैं जैसे पश्चिमी उत्तर प्रदेश के दूसरे इलाकों में। इसलिए उनका गणित अलग है। छोटे प्रदेश बनाकर विकास करवाने का दावा करनेवाले पहाड़ के नेताओं के सामने सबसे बड़ी समस्या सत्ता में पहाड़ी मूल के लोगों का दबदबा बनाए रखने की है।

कभी उत्तर प्रदेश का मुख्यमन्त्री बनने का सपना देखनेवाले चौधरी अजितसिंह सालों से पश्चिमी उत्तर प्रदेश के मैदानी इलाकों को उत्तर प्रदेश से अलग करके हरित प्रदेश बनवाने का आन्दोलन चला रहे हैं। राजनीति में आए बदलाव से जिन लोगों को सबसे ज्यादा नुकसान हुआ उनमें पूर्व प्रधानमन्त्री चौधरी चरणसिंह के इकलौते पुत्र अजितसिंह का नाम सबसे पहले लिया जा सकता है। प्रधानमन्त्री के दावेदार और जनता दल में प्रधान महासचिव रहे अजितसिंह को जनता दल की राजनीति ने 1989 में उत्तर प्रदेश का मुख्यमन्त्री नहीं बनने दिया। उन्हें उनके पिता के शिष्य मुलायम सिंह यादव ने मुख्यमन्त्री की दौड़ में पराजित कर दिया। चौधरी चरणसिंह भी राजनीतिक महत्त्वाकांक्षावाले नेता थे। मुख्यमन्त्री बनने के लिए 1967 में कांग्रेस तोड़ी और मुख्यमन्त्री बने। लेकिन उन्होंने अपना इलाका ठीक रखा। उन्हें देश और खासकर पश्चिमी उत्तर प्रदेश की समझ थी। जिस समय चौधरी साहब की राजनीति शीर्ष पर थी उस समय ब्राह्मण, हरिजन कांग्रेस के वोटर थे। उन्होंने अपनी जाति जाट के साथ मुसलमान और गुर्जर का समीकरण बनाया। गुर्जर शुरू से ही जाटों को अपना प्रतिद्वन्द्वी मानते थे इसलिए गुर्जर तो उनके साथ मन से नहीं लगे। रामचन्द्र विकल और चौधरी यशपाल सिंह साथ-साथ कांग्रेस में रहे। लेकिन गुर्जरों का विश्वास जीतने के लिए उन्होंने कोई कसर नहीं छोड़ी। 1977 में देश के उपप्रधानमन्त्री बनने पर दिल्ली पुलिस के डी.आई.जी. पी.एस. भिंडर को गुर्जर सुन्दर डाकू को यमुना में डुबोकर मारने के 'अपराध' में निलम्बित कर दिया। क्योंकि गुर्जर सुन्दर को अपना आदर्श मानते थे और गुर्जरों में ऐसी प्रतिक्रिया हुई कि उन्होंने अपनी बिरादरी के नेता रामचन्द्र विकल को गाँवों में घुसने नहीं दिया। बाद में सबकुछ सामान्य हुआ तो वही पी.एस. भिंडर दिल्ली पुलिस के प्रमुख बनाए गए।

चौधरी चरणसिंह ने यादवों में अपनी पकड़ बनाई और हिन्दीभाषी क्षेत्रों के यादवों के सबसे बड़े नेता बन गए। इसी बूते उन्होंने बिहार के मुख्यमन्त्री रहे कर्पूरी ठाकुर को राम जयपालसिंह यादव के मुकाबले विधानसभा उपचुनाव जिताया था। वे कहा भी

करते थे जाटों ने तो हमें बाद में नेता माना यादव तो पहले ही नेता मानते थे। जाट अब अन्य पिछड़ी जाति में शामिल हुए हैं लेकिन चौधरी चरणसिंह अपने समय में भी पिछड़ों के नेता थे। इसका सबसे बड़ा कारण था कि उनके साथ मुसलमान मजबूती से खड़ा था। मेरठ, मुरादाबाद, सहारनपुर और आगरा मंडल में 18 लोकसभा सीटें ऐसी हैं जहाँ जाट एक लाख से तीन लाख तक मतदाता हैं और मुसलमान इससे भी ज्यादा। चौधरी चरणसिंह के वे फार्मूले अब मायावती और मुलायमसिंह यादव अपना रहे हैं तभी तो उन्होंने ज्यादातर सीटें जाट और मुसलमानों में बाँटीं। इन दोनों बिरादरियों की दोस्ती भी इसलिए चली कि जाटों पर आर्यसमाज आन्दोलन का असर था दूसरे उनका कारोबार मुसलमानों से अलग था। इन दोनों के गठबन्धन के साथ अन्य पिछड़े जुड़ते गए और मजबूत ताकत बनकर अपनी उपस्थिति दर्ज कराते रहे।

इसे तोड़ा, मन्दिर और मंडल आन्दोलन ने। लेकिन इसके लिए चौधरी चरणसिंह के पुत्र अजितसिंह जिम्मेदार माने जाते हैं। उन्होंने सत्ता में बने रहने के लिए हर दल से हाथ मिलाया। अपने लोगों को खो जाने के भय से जनता दल के बाद किसी भी दल में अपनी पार्टी का विलय नहीं किया। बावजूद इसके उनके पुराने साथी बारी-बारी से साथ छोड़कर अलग होते गए। कहते हैं कि कर्पूरी ठाकुर के निधन के बाद मुख्यमन्त्री बनने के सबसे प्रमुख दावेदार अनूपलाल यादव ने चौधरी चरणसिंह खेमे में होने के चलते मुख्यमन्त्री बनने से रोकने के लिए देवीलाल से शरद यादव ने पैरवी करके लालूप्रसाद यादव का नाम आगे कराया। उन्हें मुख्यमन्त्री बनवाया। यह अलग मुद्दा है कि उसी लालू यादव ने शरद यादव को पराजित करके अपने को उनसे बड़ा नेता साबित करवा लिया। अजितसिंह के पिता हिन्दीभाषी क्षेत्रों के सबसे बड़े नेताओं में थे और अजितसिंह आज उत्तर प्रदेश के नेता भी नहीं रहे। यादव कौन कहे जाटों में भी वे सर्वमान्य नेता नहीं रहे। राजस्थान के जाट कांग्रेस और भाजपा में बँट गए। हरियाणा के जाट ओमप्रकाश चौटाला और कांग्रेस के साथ हैं। पश्चिमी उत्तर प्रदेश के जाटों में भी भाजपा की अच्छी पैठ हो गई। अपराजेय कहे जानेवाले बागपत लोकसभा सीट से भाजपा के जाट सोमपाल शास्त्री ने एक बार अजितसिंह को पराजित कर दिखाया। इस इलाके की जाट दबदबावाली विधानसभा सीटें छपरौली, बरनावा, बघरा, खतौली, अगौरा, अनूपशहर, दयालबाग, फतेहपुर सीकरी, मांट, गोकुल, चाँदपुर, धामपुर, खैर और कांठ पर एकतरफा कब्जा अजितसिंह का नहीं रहा। भाजपा नेतृत्ववाली राजग सरकार में शामिल होकर अजितसिंह ने मुसलमानों को नाराज किया। उत्तर प्रदेश में कांग्रेस मृतप्राय है इसलिए भाजपा को हटाने की कुब्बत रखनेवाले मुलायमसिंह यादव और मायावती को ही मुसलमानों का समर्थन मिल रहा है। इसी के चलते उत्तराखंड अलग होने के बावजूद अजितसिंह पश्चिमी उत्तर प्रदेश को अलग कर हरित प्रदेश बनाने की माँग करते रहे हैं। लेकिन सत्तासुख के कारण प्रदेश विभाजन के धुर विरोधी मुलायमसिंह यादव की सरकार में शामिल हैं। कहा जा रहा है कि अजितसिंह यह मान चुके हैं कि वे अपने बूते उत्तर प्रदेश नहीं जीत सकते तो न सही उत्तर प्रदेश हरित प्रदेश ही उन्हें मुख्यमन्त्री

बनाए। कुल 15-16 साल में जो व्यक्ति देश के प्रधानमन्त्री बनने का ख्वाब देखता था और उसे जनता दल सरकार में नम्बर दो की हैसियत का नेता माना जा रहा था। वह आज की तारीख में उत्तर प्रदेश के कुछ जिलों का नेता बनकर रह गया।

चौधरी चरणसिंह की विरासत न सँभाल पाने के चलते और कुछ मंडल-कमंडल की राजनीति ने ऐसे हालात बना दिए। 'मंडल' का ही असर हुआ कि उत्तर प्रदेश में मुलायमसिंह यादव बड़े जनाधारवाले नेता बन गए। जब उन्हें चरणसिंह ने विधान परिषद का सदस्य बनाया था तब वे अपना विधानसभा चुनाव जीतने की हैसियत में नहीं थे। चरणसिंह ने सत्यपाल मलिक या किसी जाट के बजाय मुलायमसिंह को विधान परिषद सदस्य बनाने पर कई बार सफाई दी थी कि उन्हें जान का खतरा है। तब मुलायमसिंह यादवों में बड़ा नाम नहीं थे। लेकिन मंडल की प्रतिक्रिया में कमंडल आन्दोलन शुरू होने और जाट समेत सभी सवर्ण नेताओं के भाजपा के साथ जुड़ने की प्रतिक्रिया में मुसलामान मुलायमसिंह के साथ जुड़े। उसी दौरान अपनी जाति जाटव के दम पर बसपा नेता मायावती उत्तर प्रदेश की राजनीति में कूदीं। दलितों में जाटव और पिछड़ों में यादवों की स्थिति लगभग समान थी। दोनों भाजपा को हटाने के नाम पर मुसलमानों को साथ लाने के लिए हर कोशिश करने लगे। तब तक मुसलमानों में कांग्रेस और चरणसिंह का असर खत्म हो गया था। क्योंकि पहले तो कांग्रेस में मुसलमानों में असर रखनेवाले कई बड़े नेता थे। उनमें रामपुर के एक नबाव जुल्फिकार अली खाँ उर्फ मिक्की मियाँ थे। जिनके आशीर्वाद के बिना मुलायमसिंह यादव के सबसे बड़े मुस्लिम सिपहसालार आजम खाँ तक चुनाव नहीं जीत पाए थे।

मिक्की मियाँ पहले भी कांग्रेस में थे, अब उनकी बेगम नूर बानो कांग्रेस में हैं। वे पहला चुनाव 1967 में कांग्रेस के टिकट पर जीते। उनके बहनोई ने कह दिया कि आप तो कांग्रेस के नाम पर जीते। फिर तो नबाव ने लोकसभा सीट से इस्तीफा देकर पीलू मोदी की स्वतन्त्र पार्टी से उपचुनाव लड़कर अपने बहनोई कांग्रेस उम्मीदवार की जमानत जब्त करा दोबारा चुनाव जीते। वे ज्यादातर विदेश या दिल्ली में रहते थे। उनकी गैरहाजिरी में चुनाव क्षेत्र का काम विनोद राजशरण सेठ देखते थे। उनको मिक्की मियाँ ने जिला कांग्रेस अध्यक्ष, जिला परिषद और को-ऑपरेटिव का चेयरमैन बनवाया। एक दिन सेठ से उन्होंने एक पद किसी और नेता को देने के लिए छोड़ने को कहा तो सेठ ने यह कहकर मना कर दिया कि वे तो चुनाव से जीते हैं। फिर तो मिक्की मियाँ उनके खिलाफ अविश्वास प्रस्ताव लाकर उन्हें हटाने लगे। दो पद उनसे लेने के बाद जिला परिषद चुनाव के लिए 13 अप्रैल, 1992 को दिल्ली से रामपुर जाते हुए सड़क दुर्घटना में उनकी मौत हो गई। कहते हैं कि सेठ अपना इस्तीफा लेकर बेगम के पास नूर महल गए। बेगम ने मना कर दिया। कहा कि मिक्की मियाँ तुम्हें चुनाव हरवाना चाहते थे बिना चुनाव के तुम्हें नहीं हटाएँगे। चुनाव हुआ और उन्हें हटाया गया। मिक्की मियाँ के बूते आसपास के इलाके में मुसलमानों पर चरणसिंह का ज्यादा असर नहीं हो पाया।

राम जन्मभूमि-बाबरी मस्जिद (कमंडल) आन्दोलन ने भाजपा में भी एक पिछड़े नेता

कल्याण सिंह को ताकतवर बना दिया। वे जाति से लोधे हैं। उन्हें प्रदेश अध्यक्ष और विधायक दल का नेता, बाद में मुख्यमन्त्री बनने से गैर यादव पिछड़े उनके साथ जुड़ गए और बुलन्दशहर से शाहजहाँपुर तक एकतरफा भाजपा के पक्ष में आँधी चलने लगी। जाट गाँवों में मंडल की प्रतिक्रिया में लोग भाजपा समर्थक बन गए। राजनीतिक उठा-पटक में कल्याण सिंह दोबारा मुख्यमन्त्री तो बने लेकिन वे पहलेवाले कल्याण सिंह नहीं रह पाए। जिनके डेढ़ साल के राज में अपराधी जेल में या उत्तर प्रदेश के बाहर हो गए थे। परीक्षा में नकल बन्द हो गई थी, गाँवों के अस्पतालों में भी डॉक्टर समय पर पहुँचने लगे थे। स्कूलों में सुधार हुआ था। उत्तर प्रदेश में हालत यह हो गई कि कभी भाजपा और मुलायम साथ, कभी भाजपा और बसपा तो कभी भाजपा और अजितसिंह। इतना ही नहीं, बसपा मुलायम एक हुए। कभी बसपा-अजित मिले तो कभी बसपा-कांग्रेस के साथ गई। कुल मिलाकर उत्तर प्रदेश राजनीति की प्रयोगशाला बनी। इस जोड़-तोड़ का लाभ मुलायमसिंह यादव और मायावती को मिला। कांग्रेस हाशिए पर आ गई। कल्याण सिंह को दोबारा पार्टी में लेकर भी भाजपा पुरानी स्थिति में नहीं लौट पाई और अजितसिंह कुछ जिलों तक सीमित रह गए। बाकी दलों का उत्तर प्रदेश में ज्यादा असर नहीं रहा।

अगर साफ-साफ कहें तो भाजपा के ताकतवर होने पर हिन्दू समाज गोलबन्द हो गया था और मुसलमानों से हर जगह टकराव हुआ। जो साम्प्रदायिक दंगा पहले शहरों में होता था वह गाँवों में पहुँचा। इसमें केवल दोष भाजपा का नहीं रहा। भाजपा के ताकतवर दिखने के चलते कई स्थानों पर असुरक्षा में मुसलमानों ने दंगे शुरू करवाए। लेकिन जो सौहार्द पहले गाँवों में था, वह कम होने लगा। उसी दौरान मायावती के प्रयास से दलित राजनीति ताकतवर हुई। भाजपा की सरकार बनवाने या खुद मुख्यमन्त्री बनकर मायावती ने दलितों को मानसिक रूप से मजबूत किया और आर्यसमाज आन्दोलन और कई और संगठनों के असर से दलित सवर्ण समरसता की जो प्रक्रिया बेहद धीमी थी वह लड़ाई-झगड़े का रूप ले बैठी। भूमिहीन दलित, आर्थिक रूप से कमजोर दलित बसपा के बूते सवर्णों से टक्कर लेने लगे या टकराने लगे। इसकी प्रतिक्रिया में ही आगरा का पनवाड़ी कांड, मेरठ का शोरगढ़ी या हल्द्वानी का कमला कांड हुआ। दलित मुख्यधारा की राजनीति में इसी दौर में आए। आरक्षित कोटे के आई.ए.एस., आई.पी.एस. अफसरों का राज आया। कभी एक समय था कि सामाजिक उपेक्षा का दंश झेल रहे दलित अपने जाति सूचक उपनाम सार्वजनिक नहीं करते थे, एक समय ऐसा आया जब सवर्णों ने अपने जाति सूचक उपनाम लगाने बन्द कर दिए। मेरठ के अब्दुल्लापुर में ठाकुरों के घर के आगे ग्रामसभा की जमीन पर दलितों ने कब्जा कर लिया। ठाकुर गाँव छोड़कर भाग गए। बुलन्दशहर के नरेन्द्रपुर में भी यही हुआ। जिसकी हत्या हुई वह परिवार भागा फिर रहा था और हत्या के आरोपी सीना ताने गाँव में मौजूद थे। मेरठ के शेरगढ़ी कांड में पुलिस प्रशासन को वह सब कुछ करना पड़ा जो पहले कभी सम्भव नहीं था। अम्बेडकर की मूर्ति वापस लगी। मृतकों को मुआवजा मिला। अफसरों के खिलाफ

कार्रवाई हुई और हफ्ते भर पुलिस कार्रवाई की जिम्मेदारी एक-दूसरे पर डालने की होड़ बड़े अफसरों में लगी रही।

जिन इलाकों में मुलायमसिंह यादव का असर है वहाँ यादवों की स्थिति भी सवर्ण जातियों जैसी है। जिस तरह दिल्ली से लगे इलाकों में जाति से जुड़े दंगे ठाकुर और जाट बनाम जाति होते हैं उसी तरह गुर्जर इलाके में गुर्जर बनाम और यादव इलाके में यादव बनाम। इसलिए तमाम प्रयास करके भी मुलायमसिंह यादव दलितों में अपना असर नहीं बढ़ा सकते। यही स्थिति मायावती की है। मुसलमानों पर दोनों का दावा है। आज की स्थिति में ज्यादातर उत्तर प्रदेश के मुसलमान मुलायमसिंह यादव के साथ हैं। दोनों नेता अपनी जाति और मुसलमानों को अपने पाले में लाने के प्रयास करने के बाद कांग्रेस और भाजपा का असर कम होने के बाद सवर्णों को अपने पाले में लाने के अभियान में जुटे हुए हैं। इनके असर बढ़ने से मुलसमान-हिन्दू तनाव हर जगह कम हुए। यह अलग मामला है कि इससे जातियों में तनाव बढ़ा। लेकिन संयोग से यह चरण भी ज्यादा लम्बा नहीं चला। तनाव अब भी गाँवों में हैं लेकिन झगड़े कम हो गए। अगर यह स्थायी रह गया तो उत्तर प्रदेश भी आर्थिक और सामाजिक रूप से मजबूत हो सकता है और पश्चिमी उत्तर प्रदेश का इलाका तरक्की कर सकता है।

साम्प्रदायिक और जाति सम्बन्धी दंगे रुक गए इसका मतलब यह नहीं कि सब कुछ सामान्य हो गया। आज भी पश्चिमी उत्तर प्रदेश के किसी हिन्दू मुहल्ले में मुसलमान या मुसलमान मुहल्ले में हिन्दू रहने को तैयार नहीं हैं, न ही कोई उसे रहने देगा। दंगों का दौर खत्म होने के बाद इंडियन एक्सप्रेस के चंड़ीगढ़ संवाददाता एस.एम.ए. काजमी मेरठ में तबादले पर आए। चंडीगढ़ जैसे साफ-सुथरे शहर में रहनेवाले व्यक्ति को मेरठ का पुराना शहर या मुसलमानों की नई बस्तियाँ रास न आईं। कुछ समय हमारे साथ रहने के बाद वे अपने ईसाई साथी जिनका पहला नाम हिन्दू (रमेश जॉन) था, के साथ हिन्दू मुहल्ले में किराए पर मकान लेकर रहे लेकिन मुसलमान होने के चलते उन्हें हिन्दू मुहल्ले में कोई मकान देने को तैयार नहीं हुआ। इस चक्कर में उन्हें कई रात अखबार के दफ्तर में गुजारनी पड़ी। मैं मेरठ में, जहाँ शुरू में रहता (नौचन्दी के पास भवानी नगर) था, उसके तीन तरफ मुस्लिम आबादी थी। पत्रकार के नाते लोगों के मना करने पर भी मैं वहाँ काफी समय रहा। 1992 में इस्लामाबाद में हुई पुलिस फायरिंग के पहले कई घंटे के यातनापूर्ण माहौल ने मुझे अपने बीस दिन के बेटे के साथ मकान बदलने पर मजबूर कर दिया। मेरठ ही नहीं तमाम शहरों में आज भी मुहल्ले बँटे हुए हैं। वोट उसी हिसाब से डलते हैं। दंगों के समय तो पूरा शहर दो सम्प्रदायों में बँट जाता था। भाजपा मेरठ के नेता लक्ष्मीकान्त वाजपेयी हों या अलीगढ़ के कृष्ण कुमार नवमान जैसे लोग हिन्दू मुहल्लों में दिखते थे। किसी सेकूलर पार्टी के हिन्दू नेता में यह हिम्मत नहीं थी कि वह हिन्दुओं को या किसी मुसलमान नेता में मुसलमानों को समझाने दंगों के दौरान उनके इलाके में पहुँच जाएँ। शान्ति डंडे के जोर पर ज्यादा होती थी या धार्मिक नेताओं की पहल उपयोगी होती थी।

नब्बे के दशक से पश्चिमी उत्तर प्रदेश आज तक जाति और साम्प्रदायिक बँटवारे से नहीं उबर पाया है। प्रशासन ने तो पहले भी इलाके को विकसित करने के लिए कोई ठोस पहल नहीं की थी न अब कर गँवाना नहीं चाहता है। आबादी बढ़ने और रोजगार घटने से आम लोगों की परेशानी बढ़ी है। किसानों की जोत घटने से फसल के दाम ठीक नहीं मिल रहे हैं। बावजूद इसके अभी भी प्रकृति के साथ होने और दिल्ली करीब होने से कारोबार के अवसर ज्यादा होने के कारण आज भी पश्चिमी उत्तर प्रदेश देश के कई राज्यों से बेहतर आर्थिक स्थिति में है। पश्चिमी उत्तर प्रदेश से अलग होकर बने उत्तरांचल में भी ठोस विकास कार्य नहीं हुए। उत्तरांचल का तराई इलाका अन्न के मामले में सम्पन्न है इसलिए बड़ा कुछ होने पर ज्यादा असर नहीं हो पा रहा है। उत्तरांचल को वही इलाके मिले जहाँ अल्पसंख्यक कम हैं। इसलिए वहाँ समस्या साम्प्रदायिक के बजाए जातीय और क्षेत्रीय है। उत्तर प्रदेश के मुख्यमन्त्री बनने में असफल रहे चौधरी अजितसिंह पश्चिमी उत्तर प्रदेश को अलग कर हरित प्रदेश बनाने के आन्दोलन में उनके ही बड़े सहयोगी और उत्तर प्रदेश के मुख्यमन्त्री मुलायमसिंह यादव के विरोधी हैं। यह आन्दोलन अब तक असरदार नहीं दिखा। देश के बाकी हिस्सों की तरह पश्चिमी उत्तर प्रदेश के मुसलमान भी उसी राजनीतिक पार्टी के हैं जो भाजपा को हरा सके। हर दल अपने-अपने मतदाताओं पर कब्जा बरकरार रखने के लिए प्रयोग करते रहते हैं। उस चक्कर में वे कुछ भी करने-कराने को तैयार रहते हैं।

लेकिन हालात ने लोगों को दंगा न करने के लिए मजबूर किया है। दंगों ने तमाम कारोबार को तबाह किया। मेरठ, अलीगढ़, मुरादाबाद जैसे शहरों के पुराने मुहल्ले खाली हो गए। हालात ऐसे बन गए कि मिली-जुली आबादीवाले मुहल्लों में जाने से लोग कतराते थे। दस साल से अधिक समय बीत जाने के बावजूद अब भी वैसा सामान्य जीवन नहीं लौटा है जैसा मुहल्ले बसने के समय था। अब भी लोग अपनी-अपनी बिरादरी के लोगों के बीच ही रहना चाहते हैं। दंगों ने जो घाव इन शहरों को दिए हैं उन्हें भरने में अभी और काफी समय लगेगा। बशर्ते राजनीति में कोई नया मोड़ न आए।

दंगों में अखबारों की भूमिका

आजादी के आन्दोलन से जुड़े अनेक बड़े नेता पत्रकार थे और महात्मा गांधी, बाल गंगाधर तिलक, मदनमोहन मालवीय, लाला लाजपत राय, पंडित जवाहर लाल नेहरू, डॉ. भीमराव अम्बेडकर, डॉ. राजेन्द्र प्रसाद, सरदार वल्लभ भाई पटेल, मौलाना अब्दुल कलाम आजाद से लेकर नेताजी सुभाष चन्द्र बोस, शहीद भगतसिंह, डॉ. राममनोहर लोहिया, जे. पी. आदि सभी नेता अपनी बात आम जनता तक पहुँचाने के लिए अखबार, पत्रिका का सहारा लेते थे। कई बड़े नेताओं ने खुद अखबार, पत्रिका निकाले। पत्रकार गणेश शंकर विद्यार्थी की शहादत को देश कभी नहीं भूल पाएगा। जो अखबार केवल व्यावसायिक कारणों से भी निकाले गए उनमें भी राष्ट्रहित सर्वोपरि रहता था। यह आम धारणा बनी कि अखबार में छपी खबर पर लोग ज्यादा यकीन करते हैं इसलिए समाज को तोड़नेवाली खबरों को कम महत्त्व दिया जाए, समाज को जोड़नेवाली खबरों को ज्यादा महत्त्व मिले। भारत और पाकिस्तान की लड़ाई में तो भारत की हर बार जीत हुई, चीन से 1964 की लड़ाई भारत हारा फिर भी सारे अखबार उसे इस तरह से प्रस्तुत कर रहे थे जैसे भारत की जीत हुई हो।

लेकिन व्यावसायिकता के होड़ में सभ्य समाज पर वीभत्स दाग दंगे भी अखबारों को जमाने और प्रसार को बढ़ाने के माध्यम बन गए। पत्रकार साथी बताते थे कि दंगों के दौरान मेरठ के एक अखबार के मालिक रात में दफ्तर आकर 'स्कोर' (दंगों में मरनेवालों की तादाद) पूछते थे। कहते हैं कि पंजाब समस्या ने पंजाब केसरी को पंजाबी समुदाय का प्रमुख अखबार बना दिया और 1984 के सिख विरोधी दंगों में दंगाइयों के खिलाफ छाप-छाप कर 'जनसत्ता' ने अपना प्रसार 1984-85 में दो लाख पार करा लिया और सिखों का सबसे विश्वासी अखबार बन गया। अब इलेक्ट्रॉनिक मीडिया की होड़ पर तो चर्चा ही बेमानी हो गया है। 1990 में बिना अलीगढ़ मुस्लिम विश्वविद्यालय गए स्थानीय हिन्दी अखबारों ने लिख दिया कि वहाँ के मेडिकल कॉलेज अस्पताल में हिन्दू तीमारदारों की हत्या कर दी गई। उसी दिन यह खबर आई थी कि लखनऊ से आनेवाली गोमती एक्सप्रेस को अलीगढ़ स्टेशन के बाहर रोककर दस मुसलमानों की हत्या की गई। उसकी अलीगढ़ मुस्लिम विश्वविद्यालय में प्रतिक्रिया हुई। कैम्पस के बाजार को जलाया गया और कुछ हत्याएँ भी हुईं लेकिन उसे बाहर हुई घटना बताने की कोशिश की गई।

पुलिस-प्रशासन इतने बड़े दंगे को झेलने को तैयार नहीं था इसलिए अधिकारिक रूप से स्थानीय अखबार में 90 हिन्दू तीमारदारों के मारे जाने की खबर का खंडन भी नहीं कर रहा था। बिना जाने-समझे भाजपा विधायक कृष्ण कुमार नवमान इसे मुद्दा बनाए हुए थे। इस घटना से दोबारा शहर में दंगा भड़क चुका था और मरनेवालों की तादाद नब्बे तक पहुँच गई थी।

पुलिस दफ्तर में नवमान प्रशासन से मुस्लिम विश्वविद्यालय के हिन्दुओं की सुरक्षा की माँग कर रहे थे। दिल्ली से दंगा कवर करने गए वरिष्ठ पत्रकार सईद नकवी उनसे विश्वविद्यालय चलने का आग्रह करते तो वे यह कहकर टाल देते कि उनके जान के हिफाजत की जिम्मेदारी कौन लेगा। इसके लिए नकवी ने जिम्मेदारी लेने की बात की तो उन्होंने प्रशासन से ही सुरक्षा लेकर जाने की माँग की। कुल मिलाकर आधे घंटे की झड़प के बावजूद न तो यह खबर छापनेवाले अखबारों के संवाददाता अपनी खबर के बारे में कोई तथ्य देने को तैयार हुए न ही भाजपा विधायक मुस्लिम विश्वविद्यालय जाकर घटना की तहकीकात करने को तैयार हुए। इतना ही नहीं, न तो उस अखबार ने कोई माफी माँगी न ही उनके खिलाफ कोई कार्रवाई की गई। 1991 के खुर्जा दंगे में 12 की मौत हुई। पहले दिन (दो फरवरी 91 तक) नौ लोग मरे थे। मेरठ रेंज के तब के डी.आई.जी गुणेश्वर झा ने यही जानकारी पत्रकारों को दी। दिल्ली के अखबार के संवाददाताओं ने यही खबर अपने-अपने अखबारों में भेजी लेकिन एक स्थानीय अखबार ने यही संख्या 16 लिखी तो दूसरे ने छत्तीस लिखी। इस पर दूसरे दिन डी.आई.जी से सवाल करने पर उन्होंने मुकदमा करने का दावा किया लेकिन दावा हवा में ही रह गया।

इस तरह की गलत जानकारी लिखने के बारे में एक वरिष्ठ संवाददाता ने बताया कि उनसे सम्पादक/मालिक जबरन लिखवाते हैं। इतना ही नहीं दंगों पर सट्टे लगाए जाते हैं। एक जुनूनी पुलिस अफसर ने सट्टे की पड़ताल के लिए पूरे शहर को छान मारा, जुआरियों को पकड़वाया तो पता चला कि सट्टे कहीं शहर में नहीं, अखबारों के प्रसार बढ़ाने के लिए अखबारों के दफ्तर में खबर लिखकर लगाए जाते हैं। बिना सबूत के बेहिसाब मृतकों की संख्या लिखने के जवाब में एक पत्रकार ने बताया कि दरसअल दंगाई हत्या करके लाश को जला डालते हैं ताकि उनके गुनाहों का सबूत न मिले। एक तो दंगे में कोई एक हत्यारा नहीं होता दूसरे दंगों का उद्देश्य लोगों को मारना होता है, सबूत मिटाना नहीं। उन्हें मैंने कहा कि यह आपलोगों के भी हित में है क्योंकि अगर कोई इसे प्रेस काउंसिल या अदालत नें ले जाए तो आप जाने कैसे छुड़ा सकेंगे।

दूसरा तरीका है इतने लोग गायब कर दिए गए। अगर किसी के बेटे को कोई गायब कर दे तो वह उसकी खोज नहीं करेगा ? दो-चार दिन के इन्तजार के बाद तो राज खुलेगा। 1987 में हाशिमपुरा से कुछ मुस्लिम युवकों को उठाकर पी.ए.सी. ने मारकर उन्हें गंगा नहर में फेंक दिया। इसमें शक नहीं है कि दोषी पी.ए.सी. के अधिकारी और जवानों पर जितनी कार्रवाई हुई उससे कठोर कार्रवाई होनी चाहिए थी।

मृतकों के परिजनों को मुआवजा आदि मिलना चाहिए था, कुछ मिली भी लेकिन मृतकों की संख्या बढ़ाने की होड़ अखबारों में लगी रही। संख्या 16 से लेकर 100 तक बताई गई।

यह तो माना जा सकता है कि दंगे के दौरान सही घटनाक्रम मिल पाना कठिन होता है। ज्यादातर सूचना के लिए पुलिस प्रशासन पर ही निर्भर होना पड़ता है। शहर में कर्फ्यू लगा होता है। फिर भी ऐसा कुछ नहीं है कि अगर सही तहकीकात की जाए तो सच्चाई 24 घंटे में न पता चल जाए। 1990 में अलीगढ़ दंगों में प्रशासन के मना करने के बावजूद हम लोग अलीगढ़ मुस्लिम विश्वविद्यालय गए तो सच्चाई सामने आ गई।

इसी तरह नेताओं की भूमिका भी अजीब होती है। भाजपा के नेता तो बिना कर्फ्यू पास शहर में घूमते दिखे और दूसरे दलवाले, जो धर्मनिरपेक्ष कहलाना पसन्द करते हैं न तो हिन्दू मुहल्ले में जाने की हिम्मत जुटा पाते थे न मुसलमान मुहल्लों में। भाजपा के हिन्दू नेता तो खुलकर अपने लोगों की मदद करते दिखे मगर मुसलमानों की मदद या तो मस्जिदों से होती है या वे प्रशासन के रहमोकरम पर रहते हैं। दंगों के लिए बदनाम शहर में लोगों के लिए दंगा उनके रूटीन का हिस्सा बन गया था। नब्बे के दशक में दंगा शुरू होते ही लोग आटे की बोरी, आलू, प्याज जैसी जल्दी न खराब होनेवाली चीजों को जुटाकर घर में बैठ जाते थे। दंगों से उनका भी नुकसान होता था लेकिन ज्यादा नुकसान गरीब और कारोबारी लोगों का होता था। खुर्जा दंगे के दौरान चीनी मिट्टी के बर्तन के कारोबार से जुड़ा एक छोटा कारोबारी बता रहा था कि 'सालों की मेहनत पर पानी फिर गया है अब पुराने जगह को पाने के लिए फिर महीनों प्रयास करने पड़ेंगे।' इन दंगों से समाज इस कदर बँट जाता था कि लोग एक-दूसरे के जीवन-मरण में शामिल होने से कतराते थे। इतना ही नहीं, लोगों में ऐसी नफरत भर जाती थी कि लोग एक-दूसरे समुदाय के व्यक्ति की दुकान से सामान खरीदने में कतराते थे। अगर विकल्प न हुआ तभी वे दूसरे बिरादरी के लोगों के पास जाते थे। सालों तक शान्ति के बाद इस सोच में तो कमी आई है लेकिन साम्प्रदायिक विभाजन अब भी कम नहीं हुआ है। किस तरह से निरीह इमराना या गुड़िया की खबरें तोड़-मोड़ कर उसे ब्रांड की तरह बना-बनाकर चटखारे लेकर दिखाने की होड़ लगी है या किस तरह की एक्सक्लूसिव खबर के चक्कर में किसी अधिकारी को निलम्बित कराया जाता है या किसी फर्जी शत्रुघ्न सिन्हा को जेल की हवा खिलाई जाती है, इस पर चर्चा ही बेमानी हो गया है। 24 घंटे के खबरिया चैनलों को चटपटा खबर दिखाने के लिए हर समय मशाले की जरूरत होती है और जब कुछ नहीं मिलता तो जबरन खबर बनाई जाती है।

पश्चिमी उत्तर प्रदेश में दोनों बड़े अखबार 'अमर उजाला' और 'दैनिक जागरण' वह सब कर चुके हैं जो आज अपने को जमाने के लिए खबरिया चैनल कर रहे हैं। पत्रकारिता के लिए कोई आचार संहिता नहीं है। प्रेस काउंसिल जैसी संस्था की नजरें

बचाकर अखबारें मनमर्जी खबरें छापती हैं। इन दोनों अखबारों ने 'नूरा कुश्ती' लड़ाई लड़कर अपने को एक-एक समुदाय का प्रवक्ता बना दिया। 'अमर उजाला' की पकड़ मुसलमानों में तो, 'जागरण' की हिन्दुओं में है। इसलिए 'दैनिक जागरण' अमूमन हर शहर में 'अमर उजाला' से आगे है क्योंकि पढ़ा-लिखा तबका मुसलमानों के मुकाबले हिन्दुओं में ज्यादा है। दूसरे 'अमर उजाला' गाँव का और 'जागरण' शहर का अखबार बन गया है। पत्रकारिता में पहली सीख दी जाती है कि बलात्कार की शिकार लड़की या महिला की पहचान किसी भी रूप में न कराई जाए। दंगों में शवों की तस्वीर न दिखाई जाए। कोशिश यही हो कि भड़कानेवाली खबरें न दी जाएँ। जैसे छोटे बच्चे की प्रवृत्ति होती है कि जिन चीजों के लिए उसे मना किया जाएगा वही वह करेगा। ठीक यही स्थिति दंगों में इन अखबारों की होती थी। मरनेवालों की तादात सरकारी तौर पर इतनी है अपुष्ट सूत्रों के मुताबिक इतनी है। किसी भी, अपुष्ट खबर की कितने दिनों में पुष्टि होगी इस बारे में कोई जानकारी नहीं दी जाती। एक ही दंगे में हम लिखते हैं मरनेवाले इतने और घायल इतने जबकि इन अखबारों में संख्या कई गुणा ज्यादा रहती थी। पश्चिमी उत्तर प्रदेश में अखबार का प्रसार देखनेवाले एजेंट नाराज होकर कहते थे कि आपको सही संख्या का अन्दाजा क्यों नहीं लगता। आप लोग कम संख्या क्यों लिखते हैं। या झेंप मिटाने के लिए कहते थे कि हम लोग बढ़ा-चढ़ाकर नहीं लिखते। आम आदमी की टिप्पणी होती थी कि दिल्ली के अखबारवाले ऊपर के दबाव में सही बातें नहीं लिखते हैं।

1987 के दंगे में मेरठ में तैनात एक आई.पी.एस अधिकारी बताते हैं कि दंगा तो हफ्तेभर चला लेकिन दोनों स्थानीय अखबारों ने एक-दूसरे से आगे निकलने की होड़ में पुराने शवों को ही बार-बार दिखाया। जिससे दंगा भड़कता गया और दंगा तीन महीने चला। इस दंगे ने दोनों अखबारों को मेरठ में जमा दिया। एक तो 1987 में ही शुरू हुआ था दूसरा कुछ समय पहले से चल रहा था। इन अखबारों से टक्कर लेने 'बनारस' का 'आज' भी आया लेकिन उसे इन्होंने चलने नहीं दिया। दोनों अखबारों की रणनीति अव्वल है। तभी तो 'दैनिक जागरण' आज तक किसी शहर में फैल नहीं सका और देश का सबसे ज्यादा प्रसारवाला अखबार बना हुआ है। 'अमर उजाला' की योजना में थोड़ी चूक हो गई । बीच में मालिकों में थोड़ी तकरार भी हो गई। भले ही दूसरी जगह यह अखबार उतना सफल नहीं है लेकिन पश्चिमो उत्तर प्रदेश में इनको कोई पीठ नहीं लगा सकता है। इनके असर का एक उदाहरण काफी है कि जिस समय भारतीय किसान यूनियन का आन्दोलन शीर्ष पर था और उसके नेता चौधरी महेन्द्र सिंह टिकैत की तूती बोलती थी उसी समय 'नवभारत टाइम्स' ने टिकैत के खिलाफ एक खबर छापी। खबर में लिखा गया था कि किस तरह टिकैत ने अपने बेटे को दिल्ली पुलिस में नौकरी दिलवाने के लिए तब के केन्द्रीय गृहमन्त्री बूटासिंह से पैरवी की। अपने गाँव सिसौली की मासिक पंचायत में टिकैत हाथ में 'नवभारत टाइम्स अखबार' लिए हुए थे और कह रहे थे कि देखो 'नवभारत टाइम्स' ने मेरे बारे में क्या लिख दिया है।

खंड-2

बदायूँ का दंगा यूँ ही नहीं हुआ

मेरठ, अलीगढ़, मथुरा और मुजफ्फरनगर शहरों की सूची में एक और नाम जुड़ गया–बदायूँ। पश्चिमी उत्तर प्रदेश के मुहाने पर बसे इस शहर का अब तक साम्प्रदायिक सद्भाव के लिए उल्लेख किया जाता है। 28 सितम्बर, 1989 के पहले कभी भी यहाँ के रहनेवाले करीब एक लाख लोगों ने कर्फ्यू लगने का अनुभव नहीं किया था। लेकिन क्या इस भीषण दंगे के पीछे उर्दू को उत्तर प्रदेश में दूसरी राजभाषा का दर्जा देने के सवाल पर निकले दोतरफा जुलूस ही हैं ? क्या इसी शहर में राम जन्मभूमि और बाबरी मस्जिद विवाद सबसे अधिक हुआ, जिसके चलते दंगा हुआ ? क्या दंगे आगामी चुनाव में अपने वोट बैंक तैयार करने के लिए करवाए गए ? क्या इस दंगे की पृष्ठभूमि पहले से तैयार की गई थी ? इस शहर के लोगों से मिलने और शहर के हालात का जायजा लेने पर यह दंगा इस तरह की तमाम सम्भावनाओं का मिला-जुला रूप लग रहा है। अब तक 27 सितम्बर को उर्दू के दूसरी राजभाषा लागू हो जाने के विरोध में निकले जुलूस और उसकी प्रतिक्रिया में 28 को उर्दू लागू करवाने के लिए निकले जुलूस को ही दंगे का कारण माना जा रहा है। यह भी सही है कि अगर प्रशासन जुलूस को रोक देता तो यह दंगा टल जाता। लेकिन आगे दंगा नहीं होगा इसकी कोई गारंटी नहीं थी। अभी भी पश्चिमी उत्तर प्रदेश के आधे दर्जन शहरों में दंगे की पृष्ठभूमि तैयार होने की चर्चा है और किसी भी धार्मिक मामले पर जुलूस निकालने या कोई जलसा होने पर हालात बिगड़ने लगते हैं। वहाँ अभी तक दंगा नहीं हो पाया है, इसमें प्रशासन का कोई चमत्कार नहीं है, बल्कि हालात बिगाड़नेवालों को उसे दंगे तक पहुँचाने का कोई आधार नहीं मिलता।

दंगा शुरू 12 बजे हुआ और आधे घंटे में मुख्य बाजार में मौजूद आढ़तियों के सामने फल बाजार की सारी दुकानें एक साथ जला दी गईं। बाकी इलाकों में भी हिंसा के पहले आगजनी की घटनाएँ घटीं। बताते हैं कि अब तक ऐसी आगजनी कहीं देखने को नहीं मिली। इसका कुछ अनुमान तो शहर में दंगा शुरू होने के दो दिन बाद जाने पर भी मिलता है। जो दुकानें थोक भाव में जलाई गईं उनके बारे में स्थानीय लोगों और दुकानदारों का कहना है कि विभिन्न दलों के नेता, प्रशासनिक अधिकारी या ऐसे तमाम पहुँचवाले लोग जो शहर को अपने हिसाब से व्यवस्थित करने में लगे हैं उस जगह पर

'शापिंग कॉम्पलेक्स' बनवाना चाहते थे। चूँकि यह जगह शहर के बीच में है इसलिए इसकी कीमत ऊँची है यानी यहाँ कॉम्पलेक्स बनने के बाद भारी पगड़ी लेकर व्यापारियों को दुकानें दी जातीं इसमें लाभ प्रशासनिक अधिकारी से अधिक नेताओं को होता। दुकानें अधिकतर अल्पसंख्यकों की थीं, लेकिन उन्हें हटवाने में भी अल्पसंख्यक नेता ही लगे हुए थे।

इसी तरह की घटना 1979 में जमशेदपुर के साम्प्रदायिक दंगे में हुई थी। वहाँ का साकची सबसे बड़ा बाजार है। उस बाजार में जितने भी फलवालों की दुकानें थीं उन्हें भी चन्द घंटों में इसी तरह जला दिया गया। बाद में टाटा कम्पनी ने ऊँची पहुँचवाले एक नेता/ठेकेदार को ठेका देकर आधुनिक बाजार बनवाया और इस आधुनिकीकरण ने तमाम फलवालों को सड़क पर ला दिया। बदायूँ में भी केवल फलवालों की दुकानों को जलाने के लिए ही दंगा नहीं हुआ था। इसका असली कारण राजनैतिक है। क्योंकि जिन लोगों ने छात्रों के दोनों जुलूस देखे हैं उनका कहना था–दूसरे जुलूस में आधे से अधिक गैर छात्र शामिल थे। जिस तरह से जुलूस श्रीकृष्ण कॉलेज के मेन गेट पर पूरे शहर का चक्कर लगाने के बाद डट कर हंगामा करने लगी और इसकी प्रतिक्रिया में कॉलेज के लड़के पत्थर चलाने लगे, इससे दंगाइयों को दंगा करने का मौका मिला। जुलूस निकालने की तैयारी बहुत पहले नहीं की गई थी, यह इससे साफ होता है कि जुलूस में अपेक्षा से कम लोग शामिल थे। लेकिन इसी जुलूस को मुद्दा बनाने के पीछे भी एक किस्सा बताया जाता है।

बदायूँ संसदीय सीट मुस्लिम बहुल है। संख्या के लिहाज से इलाके में हिन्दू ही बहुसंख्यक हैं लेकिन शहर में मुसलमानों की संख्या हिन्दुओं की अपेक्षा अधिक है। अब तक प्रायः इस सीट पर कांग्रेस का विपक्षी दल मुस्लिम उम्मीदवार बनता आ रहा है। भाजपा या पूर्व जनसंघ ही इसका अपवाद रहा। 1984 के चुनाव में इंका के सलीम इकबाल शेरवानी जीते थे। उन्होंने लोकदल के शरद यादव को पराजित किया था। उस चुनाव में भाजपा का उम्मीदवार तीसरे स्थान पर था। चुनाव में जिस तरह से वोट पड़े थे उससे कहा जाता है कि अगर विपक्ष से अकेला उम्मीदवार चुनाव लड़ता तो उसकी जीत निश्चित होती। अगले चुनाव में भी शरद यादव को उम्मीदवार बनाने की तैयारी है। उनका इस शहर से हर रोज का सम्पर्क नहीं रहता लेकिन जनता दल के दूसरे लोग वहाँ सक्रिय हैं। भाजपा और इंका तो सक्रिय हैं ही।

शहर में भाजपा का भी अच्छा प्रभाव बताया जाता है, इसलिए राम जन्मभूमि शिलापूजन की भी वहाँ जोरदार तैयारी की गई थी। उधर बाबरी मस्जिद एक्शन कमेटी में भी इस शहर के कई लोग सक्रिय बताए जाते हैं। जैसे-जैसे दोनों पक्षों की तैयारी होती गई वैसे-वैसे इस शहर के भी दोनों सम्प्रदायों में दूरियाँ बढ़ती गईं।

इस जनता दल में भी अल्पसंख्यक समुदाय के कई पुराने नेता सक्रिय थे। इससे दूसरे दल को परेशानी होनी शुरू हो गई थी क्योंकि उन्हें अपने वोट बैंक खिसकने का खतरा पैदा हो गया था। अभी तक यह तय नहीं है कि भाजपा और जनता दल में

तालमेल होगा और बदायूँ में किसका उम्मीदवार चुनाव लड़ेगा। परन्तु शरद यादव की सक्रियता से लगता है कि अबके भी वही उम्मीदवार होंगे। इसके बावजूद भाजपावाले अपनी तैयारी जारी रखे हुए हैं। इसीलिए दूसरी जगहों की तरह यहाँ भी भाजपा के नेता चुनावी तैयारी में जोर-शोर से लगे हुए हैं। भाजपा में अल्पसंख्यक कम संख्या में है यह बात भाजपावाले भी स्वीकारते हैं। इसीलिए उन्होंने हिन्दुओं को ही मुख्य आधार बनाया है।

शहर का पुराना इलाका काफी घना है। आबादी भी दोनों समुदायों की लगभग बराबर-बराबर की है। कुछ इलाकों में मुसलमान अधिक संख्या में हैं। स्थानीय लोग बताते हैं कि जब से विश्व हिन्दू परिषद के कार्यक्रमों के अनुरूप बदायूँ में हिन्दू समुदाय के लोग सभा या कोई जलसा कर रहे हैं तब से ही इंका के नेताओं की शहर में सक्रियता बढ़ी है। दंगा किसने करवाया इसका सीधा उत्तर मिलने में अभी समय लगेगा। लेकिन जिस तरह से दंगा हुआ यानी एक चिंगारी लगी और पूरा शहर जल गया, उससे इस दंगे को अचानक हुआ नहीं कहा जा सकता।

दंगा शहर में शुरू होने के केवल तीन घंटे बाद रेलगाड़ी को बदायूँ स्टेशन के पास नंगला शाकी गाँव के पास रोककर 12 लोगों की सामूहिक हत्या करना, 60 लोगों को अधमरा कर देना दो-चार के बस का काम नहीं है। उस घटना को करीब से देखनेवाले कहते हैं कि दंगाई कई दर्जन थे। इतने सारे लोग क्या एक साथ तीन घंटे में तैयार होकर सामूहिक हत्या करने रेलवे स्टेशन पहुँच सकते हैं ?

अक्टूबर 1989

बदायूँ दंगे में घायल लोगों का बुरा हाल

शहर में हुए दंगे की चपेट में आनेवाले अभी तक सँभल नहीं पाए हैं। इनमें सबने बुरी स्थिति घायलों की है। प्रशासन मानता है कि दंगे में अब तक तीन सौ घायल हुए और 25 लोग मारे गए हैं। जबकि आम लोगों का मानना है कि इतने लोग तो 28 को मारे गए थे या घायल हुए थे। इसमें पैसेंजर ट्रेनवाले मृतक और घायलों को भी शामिल नहीं माना जाता है। जो मारे गए उनकी लाशें जैसे रखी गई हो उससे लोगों को अधिक एतराज नहीं है। लेकिन घायलों के साथ जो हो रहा है उससे रोंगटे खड़े हो जाते हैं।

अगर आईजी की बात सही मानें तो 28 तारीख को 108 घायलों को जिला अस्पताल में और 46 लोगों को प्राथमिक जाँच मोबाइल वेन से की गई। उस दिन 46 लोगों को जिला अस्पताल में भर्ती किया गया। 29 को भी 50 लोगों को अस्पताल में भर्ती किया गया। कल तक वहाँ से बरेली में गम्भीर रूप से घायल 28 लोगों को लाया जा चुका है। अस्पताल में अभी तक केवल एक की मौत हुई है जबकि आम लोगों का कहना है कि इससे अधिक तो पहले ही दिन घायल हुए थे। घायलों को जैसे-तैसे अस्पताल में लाया गया। इस अस्पताल में केवल दो एम्बुलेंस है। वही मरीजों को ले

जाने, मरे हुओं को मुर्दा घर पहुँचाने और राहत काम करने से लेकर गम्भीर मरीजों को बरेली ले जाने का काम कर रही है। गाड़ी के अभाव में जहाँ-तहाँ मरीजों को सामान की तरह डम्प कर दिया जाता है। दंगे हुए चार दिन हो गए। अभी तक अस्पताल में डॉक्टरों की अतिरिक्त टोली आने की कौन कहे भरपूर मात्रा में दवाई नहीं मिल रही है। यहाँ तक कि मरीज भूख से तड़प रहे थे। उन्हें खिलाने के लिए अस्पताल में खाना नहीं है। डॉक्टरों को जब मरीजों की स्थिति दयनीय लगी तो कई डॉक्टरों ने अपने घर से खाना लाकर गरीबों को खिलाया। लेकिन अस्पताल में एक-पर-एक लदे मरीजों के लिए वह भी अपर्याप्त है। अस्पताल में मरीजों को रखने की जगह नहीं है। इसके बावजूद अभी तक वहाँ एक की जगह दो-दो मरीज ठूँसे गए हैं। काशीपुर कासगंज पैसेंजर ट्रेन कांड में घायलों को घंटों अपनी बारी की प्रतीक्षा करनी पड़ी। इस कांड के बाद प्रशासन इस कदर घबरा गया कि लाशों को कहाँ छुपाया जाए। इस पर कोई फैसला नहीं हो पा रहा था। आखिरकार सभी लाशों को मुर्दाघर में बोरे की तरह एक-पर-एक करके रखा गया।

वहाँ जाने पर यह अन्दाज लगाना मुश्किल हो जाता है कि वास्तव में कितने मरे हैं। कल तक केवल 12 लाशों के ही पोस्टमार्टम होने की जानकारी आई.जी. दे रहे थे। उनके मुताबिक 12 लाशें और मुर्दाघर में हैं। बाहर से और डॉक्टर क्यों नहीं बुलाए जाते ? इसका उनके पास कोई ठोस जवाब नहीं है। उनका मानना है कि अभी तक कोई बिना दवाई या इलाज के नहीं मरा। जबकि वास्तविकता यह है कि कम ही लोगों का सही इलाज हो पाया।

बरेली के एक अस्पताल में भर्ती हुए युवक के परिवारवाले बता रहे थे कि अगर उनका लड़का बदायूँ में रहता तो नहीं बच पाता। उनका अनुमान था कि 30-40 घायल बगैर किसी को सूचना दिए बाहर इलाज करा रहे हैं। उसके अलावा बदायूँ में करीब सौ ऐसे घायल अपने घरों में पड़े हैं जिन्होंने डर के कारण कहीं जाना मुनासिब नहीं समझा।

सरकारी अस्पताल के एक डॉक्टर का कहना था कि परसों रात में उनके घर ऐसा ही एक मरीज आया था जिसके पैर में छर्रे लगे थे। अगर एक दिन और देर हो जाती तो पैर काटना पड़ता। घायलों में 70 साल के बूढ़े से लेकर दूध पीते बच्चे भी हैं। एक माँ और उसके दो साल के बेटे का सर दंगाइयों ने जामा मस्जिद के पास फोड़ दिया। वहीं सड़क पर दिन भर बैठकर मोची का काम करनेवाले गैर हरिजन युवक को घायल अवस्था में अस्पताल पहुँचाया गया। अब होश आने पर भी उसे अपने घायल होने की घटना याद नहीं आ रही है।

दंगे की शुरुआत प्राइवेट बस स्टैंड से हुई थी। वहाँ श्रीकृष्ण (एस.के.) इंटर कॉलेज के दो छात्र मारे गए। इस बारे में अभी तक कोई बताने को तैयार नहीं है। लोगों का तो कहना है कि 29 की रात में कर्फ्यू के बावजूद हिंसा हुई और पुलिसवाले देखते रहे।

प्रशासन ने 29 की शाम शान्ति कमेटी बनाई। उसके दो काम तय किए गए। एक

तो अमन बनाने में सहयोग करे दूसरा राहत या बचाव काम में प्रशासन का सहयोग करे। दोनों में से कोई काम नहीं हो रहा है। अस्पताल के सारे काम के लिए दो ही गाड़ियाँ क्यों हैं, वहाँ और गाड़ी भेजी जाए, वहाँ पर्याप्त मात्रा में खाने के सामान ले जाएँ और अब तक इस बारे में कोई काम नहीं हुआ है। प्रशासन के अधिकारी अपना पीछा छुड़ाते हैं कि अधिक तो ऐसे घायल हैं जिन्हें कहीं से एकाध पत्थर या गिरने-भागने में चोट लगी है। इसलिए अस्पताल से जल्दी छोड़ा गया। जबकि वास्तविकता दूसरी है। अस्पताल में जगह नहीं होने, वहाँ पूरी व्यवस्था नहीं होने, घायल होने के बावजूद पूरी शिकायत का भरोसा नहीं होने के कारण अस्पताल में मरीजों की संख्या जल्दी-जल्दी घट रही है। एक मरीज ने कहा कि लाल-पानी जैसी दवाई से ही सभी चोट का इलाज किया जा रहा है। दूसरा वहाँ इतना हल्ला मचा हुआ है कि वहाँ जाने पर कई साधारण रूप से घायल भी गम्भीर बीमार हो सकते हैं।

1 अक्टूबर, 1989

तो बदायूँ में दंगा न भड़कता

प्रशासन चौकस रहता तो बदायूँ शहर में दंगा नहीं होता। भाजपावाले इंका पर ओर इंकावाले भाजपा पर दंगा कराने का आरोप लगा रहे हैं। दंगा जिस तरह से मिनटों में पूरे शहर में फैल गया उससे उसके पूर्व नियोजित होने का भी शक होता है। इसके बावजूद अगर प्रशासन 27 सितम्बर को उर्दू को दूसरी राजभाषा बनाने के विरोध में निकाले गए जुलूस के बाद सँभल जाता तो दंगाइयों के हाथ कुछ भी नहीं आता। अभी भी प्रशासन के आला अफसर जो भी दावा करते हैं शहर में ठीक उसका उलटा होता जा रहा है। रोजाना किसी-न-किसी की जान जा रही है। लेकिन प्रशासन हालात काबू में होने का दावा करता जा रहा है।

27 सितम्बर के जुलूस के बाद दूसरा जुलूस क्यों निकालने दिया गया, इसका जवाब किसी के पास नहीं है। आई.जी. ए.पी मिश्र कहते हैं कि अभी हालात सामान्य हो जाने दें उसके बाद गलती किसकी है यह तय किया जाएगा। उनका मानना है कि जब से कर्फ्यू लगाया गया तब से कोई घटना नहीं हुई। तीन दिन की घटनाएँ उनके दावे को झूठा साबित करती हैं। वे खुद एक तरफ हालात सामान्य होने का दावा करते हैं दूसरी तरफ बदायूँ में स्थिति खराब होने की सूचना देते हैं।

अब दंगे होने के कई तथ्य भी सामने आने लगे हैं। शहर में कर्फ्यू होने के कारण आम लोगों से बातचीत कर कोई नतीजा निकालना कठिन है। जिन लोगों से बातचीत हुई वे भाजपा या इंका को दोषी ठहराने के बजाय प्रशासन की नाकाबलियत को दंगे के लिए दोषी बता रहे हैं। जहाँ से दंगा शुरू हुआ वहाँ से इस्लामिया इंटर कॉलेज डेढ़ किलोमीटर दूर है। इस्लामिया इंटर कॉलेज के अलावा सरकारी इंटर कॉलेज के भी लड़के उर्दू लागू करवानेवाले जुलूस में शामिल थे। 27 सितम्बर के जुलूस के बाद शहर में धारा

144 लगा दी गई थी। इसके बावजूद दूसरा जुलूस पहले जुलूस के करीब 22 घंटे बाद निकला।

खुद जिलाधिकारी मानते हैं कि शहर में 27 सितम्बरवाले जुलूस के बाद तनाव हो गया था। इसके बावजूद जुलूस निकालने की इजाजत देने और जुलूस के आगे सिर्फ चार डंडे लिए पुलिसवालों को रखने का सुझाव उन्हें किसने दिया। जिलाधिकारी जिले के गुप्तचर विभाग को सही सूचना नहीं देने के लिए दोष दे रहे हैं। वहाँ के लोग इतना तक तो प्रशासन की भूल मानने को तैयार हैं। लेकिन उसके बाद जुलूस जिलाधिकारी को ज्ञापन देकर वापस इस्लामिया कॉलेज के बजाय श्रीकृष्ण कॉलेज कैसे गया ? उसे क्यों नहीं रोका गया ? इतना ही नहीं वहाँ जाकर जुलूस में शामिल छात्र अन्दर जाने के लिए 20 मिनट तक बकझक करते रहे। उसके बाद पथराव हुआ।

जिस समुदाय के लड़के जुलूस में थे उसी समुदाय के लोगों की दुकानें एसके कॉलेज के सामने अधिक थीं। इसलिए पत्थर से वे ही ज्यादा पीटे गए। पत्थरबाजी 12 बजे हुई और जिलाधिकारी शिशिर प्रियदर्शी और पुलिस अधीक्षक एनआर श्रीवास्तव साढ़े 12 बजे आए। जब तक दंगा पूरे शहरे में फैल गया था। दोनों अधिकारियों को चारों तरफ से आग की लपटें दिखाई पड़ने लगीं। उन्होंने दनादन लाठीचार्ज, आँसू गैस और गोली चलाने के आदेश दिए। उसके बाद से स्थिति बिगड़ गई।

उसके बाद दो बजे शहर में कर्फ्यू लगाने का एलान हुआ और तीन बजे 105-अप काशीपुर-कासगंज पैसेंजर ट्रेन को बदायूँ स्टेशन के आउटर सिगनल पर रोककर 12 लोगों की हत्या कर दी गई। तब तक शहर में एक दर्जन लोग मर चुके थे। शाम सात बजे तक इतनी फोर्स नहीं थी कि शहर के हर मुहल्ले में फोर्स तैनात की जा सके। स्थानीय लोग अभी भी इतने सहमे हुए हैं कि वे अपना नाम बताना नहीं चाहते। इस घटना का ब्यौरा देते हुए एक ने कहा कि पुलिसवालों ने लाश पोस्टमार्टम हाउस में छुपाना शुरू कर दिया। लेकिन इसका कोई असर नहीं हुआ। सारी घटनाएँ सबको विस्तार से पता चल ही गईं।

जो दंगाई हैं उनके पास जाने में आज भी पुलिस डर रही है। आई.जी. का कहना था कि पुलिस की गोली से कोई नहीं मरा। दूसरी तरफ इस दंगे में गिरफ्तार हुए किसी भी आदमी से राइफल बरामद नहीं हुई है जबकि सरकारी अस्पताल के एक डॉक्टर का कहना है कि कई मौतें राइफल की गोली से हुई हैं। अब तक करीब 80 दंगाइयों को गिरफ्तार किया गया है। लेकिन उनके पास के देसी तमंचों के अलावा कुछ भी बरामद नहीं किया जा सका है।

28 सितम्बर की रात सात पी.ए.सी कम्पनी तैनात की गई। रोज अधिकारी हालात काबू करने का दावा करके और पी.ए.सी मँगा लेते हैं। अब तक पाँच और पी.ए.सी कम्पनी मँगा ली गई हैं। 29 सितम्बर को पी.ए.सी के फ्लैग मार्च के बाद अधिकारी फिर से हालात काबू में होने का दावा करने लगे। अब आईजी ने सी.आर.पी और बी.एस.एफ. की माँग की है।

पहले दिन ट्रेनवाली घटना पुलिस नहीं मान रही थी। अब अचानक घायलों की संख्या में भी बढ़ोतरी होने की बात मानी जाने लगी। खुद आई.जी. बताते हैं कि 28 सितम्बर को करीब दो सौ लोग घायल हुए। उनमें से 46 को अस्पताल में भर्ती किया गया। 29 को 13 भर्ती हुए। यानी हर रोज प्रशासन के अधिकारी बयान बदल रहे हैं। पहले पत्रकारों के बदायूँ जाने पर रोक लगा दी गई। बाद में जबरन जितने पत्रकार गए (आई.जी, कमिश्नर को बिना बताए) उन्हें बदायूँ शहर में किसी ने पूछा तक नहीं।

एक बड़े अधिकारी ने अपना नाम नहीं बताते हुए कहा कि कुछ काम तो 'ऊपर' के दबाव से जल्दी-जल्दी करना पड़ रहा है। बताते हैं कि लगातार भोपा कांड, हल्द्वानी कांड के बाद हुए इस दंगे से मुख्यमन्त्री भी बौखला गए हैं। अभी तक किसी भी बड़े अधिकारी पर कोई कार्रवाई नहीं हुई है, लेकिन जैसे हालात बनते जा रहे हैं, उसमें कई अधिकारियों की छुट्टी होने की चर्चा है।

1 अक्टूबर, 1989

मुख्यमन्त्री न आते तो दंगा न होता

उत्तर प्रदेश के मुख्यमन्त्री मुलायमसिंह यादव की रैली के बाद हुई साम्प्रदायिक हिंसा से इलाके में भारी तनाव है। इस हिंसा में तीन की मौत हो गई और कई घायल हुए हैं। बिजनौर शहर के अलावा आसपास के दर्जनभर गाँवों और कस्बों में लगातार दो दिन से हिंसा और आगजनी की घटनाएँ हो रही हैं। प्रशासन ने दंगाइयों को देखते ही गोली मार देने के आदेश देने से तनाव और भी फैल गया है। दुबारा हिंसा कभी भी भड़क सकती है। गिरफ्तारी सौ से ज्यादा हो चुकी है और घायलों की संख्या 150 से ज्यादा बताई जा रही है। वैसे गम्भीर रूप से दो दर्जन घायल हुए हैं।

दोनों सम्प्रदायों में तनाव मुख्यमन्त्री की साम्प्रदायिक सद्भावना रैली की तारीख तय होने के बाद से ही था। रैली के दिन सवेरे ही दोनों सम्प्रदायों में झड़प हुई। शहर को आनेवाले तीनों रास्तों पर जगह-जगह रुकावटें खड़ी कर दी गई थीं। नांगल जट गाँव के पास रैली समर्थकों और विरोधियों में जमकर पथराव हुआ था जिसमें राजेन्द्र प्रसाद घायल हो गए। पर तब तक मामला साम्प्रदायिक नहीं था। लेकिन रैली में मुख्यमन्त्री ने पथराव करनेवालों को ललकारकर रैली समर्थकों में उत्साह भर दिया। शहर में पहले से ही तनाव था। रैली से वापस लौटनेवाले जिस-जिस रास्ते से गए उस रास्ते में तोड़फोड़ आगजनी होती गई। झगड़े में केवल पथराव नहीं हुआ बल्कि गोली चली और हथगोले फेंके गए। यानी रैली में आनेवाले पूरी तैयारी से आए थे। वापसी के बाद शाम को जो भी झगड़े हुए वे साम्प्रदायिक थे।

शहर से 12 कि.मी. दूर सूआहेड़ी गाँव के पास जब रैली से लौटे तब उन्होंने नारेबाजी की और पथराव किया, क्योंकि सवेरे वहाँ भी रास्ता रोका गया था। पथराव के साथ-साथ आगजनी हुई और सड़क से लगे लल्लू, राजे, किशोरी और मुन्ना हरिजन और जाट चन्द्रपाल के घर जलाए तो गाँववाले भी संगठित होकर आ गए। यह घटना करीब साढ़े पाँच बजे की है। पथराव के दौरान उसी गाँव के 60 साल के बूढ़े चुन्ना सिंह की मौत हो गई। कई और घर जले। हुकुमसिंह का क्रेसर जला दिया गया।

उधर बिजनौर शहर में शिवसेना के लोगों ने करीब 10 जगहों पर मुलायमसिंह का पुतला फूँका। जब वे कोतवाली के सामने पुतला जला रहे थे, तभी रैली से चाँदपुर की ओर लौटनेवाले पहुँच गए। पहले दोनों ओर से नारे लगे फिर पथराव और गोलीबारी

का सिलसिला शुरू हुआ जो देर रात तक चलता रहा। उनमें कई घायल हुए। घायलों में तीन को मेरठ मेडिकल भेजा गया। उनमें से 23 साल के जहीर अहमद की मौत अस्पताल में हो गई। बाकी दो की हालत गम्भीर बताई जा रही है। जहीर मेरठ के शाहपीर गेट का रहनेवाला था। वह टी.वी. कम्पनी की बिजनौर शाखा में काम करता था। उसे मेरठ में ही कल शाम दफनाया गया। उसके चलते मेरठ में भी हल्का तनाव पैदा हो गया है। शहर के संवेदनशील मुहल्लों में पुलिस गश्त बढ़ा दी गई है।

बिजनौर शहर में आगजनी लगभग हर मुहल्ले में हुई। लेकिन सबसे अधिक चाँदपुर रोड के चाहशीरी मुहल्ले में आगजनी और हिंसा की घटनाएँ हुईं। रामलीला नैदान के सामने गांधी बाजार की अमूमन सारी दुकानें जला दी गईं। चौराहे के सारे खोखे और दुकानों को आग के हवाले कर दिया गया। वहीं अरोड़ा जनरल स्टोर में आग लगाकर 45 हजार रुपए के सामान लूट लिए गए। कई और दुकानों में लूटपाट की गई। करबला नई बस्ती, बुखारा कॉलोनी, बाजार सफा में भी आगजनी और लूट-पाट की घटनाएँ हुईं।

अगर मुख्यमन्त्री मुलायमसिंह यादव मौके पर अपना कार्यक्रम रद्द कर देते तो बिजनौर में साम्प्रदायिक हिंसा न होती। अमनपसन्द लोगों के प्रयास और प्रशासन के डंडों ने दंगा तो रुकवा दिया लेकिन नुकसान और दोनों सम्प्रदायों के बीच पड़ी दरार को पाटने में महीनों लग जाएँगे। हिंसा शुरू होते ही प्रशासन और पुलिस अफसरों ने जो हाय-तौबा मचाई उससे और हालात बिगड़े।

शहर और आसपास के गाँवों और कस्बों में तनाव उसी दिन से था जिस दिन मुख्यमन्त्री के बिजनौर आने की सूचना दी गई। हिन्दू संगठन उनसे खार खाए बैठे थे। मुसलमान उनके आने से और उत्साह में आए। शहर में तनाव की सूचना आम लोगों को मुख्यमन्त्री की रैली होने से तीन दिन पहले से थी। जैसा तनाव था उसके हिसाब से मुख्यमन्त्री को भी सूचना होनी चाहिए थी। इसके बावजूद मुख्यमन्त्री ने रैती की। साथ ही काफी तादाद में पुलिस भी तैनात की गई। रैली के दिन झगड़ा सवेरे से ही शुरू हो गया। संयोग से रैली में आते समय हुए पथराव में घायल युवक हिन्दू था वरना दंगा उसी समय शुरू हो जाता। इसके बावजूद कोई विशेष चौकसी नहीं रखी गई। और शाम को रैली से लौटनेवालों के शहर और गाँव में झगड़े हुए, जिसमें तीन की मौत हो गई।

प्रशासन की चौकसी का नमूना हिंसा हो जाने के बाद भी गाहे-बगाहे देखने को मिल जाता था। शहर को सेक्टरों में बाँटकर मजिस्ट्रेट और डी.एस.पी तैनात किए गए थे। लेकिन पूरे शहर में इक्का-दुक्का जगह पर ही जिम्मेदार अधिकारी दिख रहे थे। बाकी इलाका पुलिसवालों के जिम्मे छोड़ा गया था। लगातार तीन दिन दंगे के डर से पुलिस प्रशासन ने यहाँ भी दुकानें खुलवाने का प्रयास नहीं किया। जिससे तीन दिन तक पूरे शहर में लोग भारी दहशत में रहे।

इतना ही नहीं तीसरे दिन 11 अक्टूबर को मुहल्लों और बाजारों के अल्पसंख्यक उस बाजार या मुहल्लों को छोड़कर अपने समुदाय के लोगों के मुहल्लों में चले गए।

दिन में कई दुकानदारों को रिक्शा और ठेले पर अपना सामान लादे जाते हुए इस संवाददाता ने देखा। उन्हें रोकने या समझाने का किसी ने प्रयास नहीं किया। मुहल्लों से युवकों को बेहिसाब उठा-उठाकर कोतवाली में बन्द कर दिया गया। कोतवाली में 16 लोगों को एक ही हवालात में ठूँस दिया गया था। एक तरफ तो पुलिसवाले उन्हें दंगाई मान रहे थे। दूसरी ओर दोनों समुदाय के लोगों को एक ही हवालात में रखा गया था।

अक्टूबर 1990

शहर अब बरबादी के क़गार पर–'मेरठ दंगा'

दंगों के लिए बदनाम शहर मेरठ अब बरबाद हो रहा है। पूरा शहर दो सम्प्रदायों में बँट गया है। लगातार हुए दंगों ने तमाम घरेलू उद्योगों को बन्द होने के कगार पर पहुँचा दिया है। प्रायः हर साल होनेवाले साम्प्रदायिक दंगों के कारण शहर के संवेदनशील इलाकों में सालभर पुलिस की पहरेदारी होती है। इसके चलते दंगे तो नहीं रुकते लेकिन सामूहिक वारदातों पर एक हद तक अंकुश लग गया है। इसी का नतीजा हुआ कि अबके लगातार दो बार दंगे होने पर भी दूसरे दंगों के मुकाबले कम लोग मरे।

अबके दंगा यहाँ 2 नवम्बर और 12 दिसम्बर को हुआ। 30 अक्टूबर को अयोध्या में हुए हंगामे का भी यहाँ फौरन प्रभाव पड़ा और शहर के लोग उलटी गिनती करने लगे। 31 अक्टूबर तनाव में बीत गया। 1 नवम्बर को सदर बाजार में दो बिहारी मजदूरों को चाकू घोंपकर मार डाला गया। आज तक यह साफ नहीं हो पाया उसमें एक हिन्दू था या मुसलमान। 2 नवम्बर को प्रशासन इस भरोसे में था कि केवल चौकसी बरतकर हालात को काबू में कर लिया जाएगा। लेकिन 2 नवम्बर को केवल 45 मिनट के दंगे में पूरा शहर दंगे की चपेट में आ गया। इस दंगे में आखिरी हत्या 17 नवम्बर को हुई। उसके बाद तनाव बना रहा और उसके चलते आखिर तक रात का कर्फ्यू नहीं उठाया गया।

दोबारा दंगा 12 दिसम्बर को हुआ। प्रह्लाद नगर और इस्लामाबाद को जोड़नेवाले स्थान पर लिसाड़ी गेट थाने के पास युवा व्यापारी मदन की हत्या शाम को पौने छह बजे कर दी गई। उसके 15 मिनट बाद ब्रह्मपुरी थाने के पत्थरवालान में एक व्यापारी राजेन्द्र प्रसाद गुप्ता को चाकू मारके घायल कर दिया गया। उसकी मौत 21 दिसम्बर को हुई। अबके प्रशासन पहले से सचेत हो गया और रातोंरात पूरे शहर में कर्फ्यू लगा दिया गया। जिसके चलते 13 दिसम्बर को इसकी प्रतिक्रिया शहर के बाहर परतापुर बाईपास के एक होटल पर हुई। वहाँ दो मजदूरों की हत्या कर दी गई। लेकिन इसकी शहर में दोबारा प्रतिक्रिया नहीं हुई। शहर में तनाव बना रहा। प्रायः हर रात धमाका, फायरिंग होती रही। अबके दंगों में पी.ए.सी. पर हमले लगातार तीन दिन तक होते रहे क्योंकि हिन्दू तो उन्हें रक्षक और मुसलमान भक्षक मान चुके हैं।

पहली बार दंगों में हिन्दू आक्रामक थे। अयोध्या विवाद तेज होने के बाद कई बार

उत्तेजक नारे सार्वजनिक स्थानों पर लगाए गए। यहाँ तक कि 30 अक्टूबर को सफल कार सेवा मानकर शहर में मनों मिठाई बाँटी गई और दिवाली के जैसे पटाखे छोड़े गए, नारे लगाए गए। हिन्दू संगठन हिन्दुओं को उकसाने में लगे थे। लेकिन एक बार दंगा होने पर वे फिर चुप हो गए। भाजपा के नगर विधायक डॉ. लक्ष्मीकान्त वाजपेयी इकलौते नेता थे जो शुरू से आखिर तक कर्फ्यू में बगैर पास घूमते रहे और लोगों को राहत दिलवाने से लेकर शान्त करवाने में सक्रिय रहे। उसके चलते इंका, जनता दल समेत तमाम पार्टियाँ प्रशासन पर भाजपा के हाथ में खेलने का आरोप लगाती रहीं। इस दंगे में एक नई परम्परा शुरू हुई कि जिस इलाके में हत्या हो, वहाँ पुलिस घरों की तलाशी ले और वहाँ के लोगों को गिरफ्तार करे। फिर गिरफ्तार लोगों को छुड़वाने के लिए थानों पर प्रदर्शन हुए। शुरू में भाजपावालों ने प्रदर्शन की अगुआई की, बाद में मुसलमान नेताओं ने भी यही तरीका अपना लिया।

अबके दंगा पिछले दंगे जैसा ही था। फर्क इतना था कि तब हिन्दुओं ने उकसाकर दंगे करवाए, अबके वही काम मुसलमानों ने किया। दूसरा दंगे का स्थान भी बदल गया। तब दंगा कोतवाली, दिल्ली गेट थाना क्षेत्र से शुरू होकर नौचन्दी, टी.पी नगर, रेलवे रोड थाने तक पहुँच गया था। अबके दंगे का इलाका लिसाड़ी गेट और ब्रह्मपुरी रहा। मेरठ में मुसलमानों में सबसे अमीर अंसारी जाति के लोग हैं। उनमें से अधिकांश का अपना कारोबार है। पॉवरलूम से लेकर कैंची और दूसरे सामान बनाने का। शुरू में एक पक्ष उनसे मदद लेता था। हिन्दुओं को भी व्यवसायी पैसा देते थे। पहली बार जब दंगा हुआ तब हरिजन तबका दंगे में नहीं जुड़ा था। अबके उसे उकसाने के लिए मलियाना के पास हरिजनों के दो खोखे जला दिए। उसके बाद फिर दंगे का माहौल बनने लगा। शायद पश्चिमी उत्तर प्रदेश में मेरठ प्रशासन अबके दंगा रोकने के लिए अधिक सतर्क था इसलिए भी दंगा जल्दी थमा।

मेरठ के लिए यह माना जाता है कि जब दंगाइयों को यह मालूम हो जाए कि शहर में पुलिस बल की कमी है तब दंगा ज्यादा होता है। 2 नवम्बरवाले दंगे में यही हुआ। तब आम चर्चा थी कि मेरठ से अतिरिक्त पुलिस बल को अयोध्या भेज दिया गया है। दूसरी बार दंगे का प्रमुख कारण प्रदेश के मुख्यमंत्री का रवैया माना जा रहा है। अल्पसंख्यकों को यह विश्वास हो गया था कि वे मुख्यमंत्री के रहते हुए पीछे नहीं होंगे। मेरठ में तनाव बढ़ने और तिबारा दंगा होने की सम्भावना दिल्ली के जामा मस्जिद के शाही इमाम सैयद अब्दुल्ला बुखारी के बयान ने बनाई। उस बयान में उन्होंने संयुक्त राष्ट्रसंघ से सेना भेजने और आमना-सानना करने की घोषणा की थी। उसकी दोनों समुदायों में प्रतिक्रिया हुई।

इस शहर में इंका, भाजपा और जनता दल का असर ज्यादा है। प्रधानमंत्री चन्द्रशेखर और उत्तर प्रदेश के मुख्यमंत्री मुलायमसिंह यादव का नामलेवा ही इस शहर में हैं। उनका राजनीतिक आधार है ही नहीं। दंगों के दौरान भाजपा के लोग हिन्दू इलाकों में और सभी पार्टी के मुसलमान नेता मुस्लिम इलाकों में सक्रिय रहे। पहले भी

यहाँ का समाज दोनों सम्प्रदायों में बँटा था। वह बँटवारा अब और साफ हो गया है। दोनों सम्प्रदायों के बीच की खाई इतनी बड़ी हो गई है कि उसे पाटना किसी के वश में नहीं है। इसी का लाभ उठाकर भाजपा ने शहर के दोनों विधानसभाओं की सीटों को हथिया लिया। आगे भी मुकाबला पार्टी के आधार पर कम और धर्म के आधार पर अधिक होगा।

दंगा अबके कम हुआ। प्रशासन इसके लिए भले ही अपना कन्धा अपने आप थपथपा रहा है लेकिन जितना समय उसे तैयारी करने के लिए मिला उसमें भी अगर दंगा हुआ और जल्दी हालात सामान्य नहीं हुए तो उसे नकारा ही माना जा सकता है। इस शहर में दंगा लगभग हर साल होता है। इसे रोकने के लिए या इससे निपटने के लिए शहर में तीन साल पहले एंटी रॉइट स्कीम बनी थी। उस पर अमल अभी तक नहीं हुआ है।

लेकिन अधिकारियों की बात में कतई दम नहीं है। अगर 1987 जैसा दंगा शहर में हो जाता तो मौजूदा सुरक्षा-व्यवस्था की धज्जी उड़ जाती। शहर की हालत स्थायी तौर पर ऐसी ही रहनेवाली है। एक तो हर साल होनेवाले दंगे दोनों सम्प्रदाय को मिलने-जुलने नहीं देंगे। ऊपर से वोट के लिए राजनीति करनेवाले नेता भी ऐसा नहीं चाहेंगे। इस शहर को सामान्य बनाने के लिए चाहे कितनी भी शान्ति समितियाँ बन जाएँ, चाहे जितने शान्ति मार्च करवा लिए जाएँ, शहर तब तक सामान्य नहीं बनेगा जब तक यहाँ के नेता वोट की राजनीति छोड़कर शहर को बचाने के लिए ईमानदारी से काम न करें।

शहर अभी शान्त नहीं है। दंगा हो सकता है। इसे रोकने के लिए कोई कारगर पहल नहीं हो रही है। अबके दंगा शुरू होता है तो बचा शहर भी बरबाद हो जाएगा। दुबारा हुए दंगे में खुलेआम पुलिस बल पर हमले हुए। हमले पूर्व नियोजित थे। प्रशासन की हर तरकीब इसे छुपाने में नाकाम रही। शाही इमाम के पैगाम के पहले और बाद में इस्लामाबाद में पी.ए.सी. की टुकड़ी पर हमले हुए। पिछले दंगे में एक जवान मारा गया था। प्रशासन के तमाम तामझाम के बावजूद पी.ए.सी. वाले हिन्दुओं को सुरक्षित करते रहते हैं। और प्रदेश में उनकी तादाद 50 हजार है। उनके स्थान पर उतनी पुलिस बल बाहर से आ भी नहीं सकती। इसलिए यह सिलसिला आगे भी जारी रहनेवाला है।

दिसम्बर, 1990

मेरठ में दंगे के बाद भारी तनाव, हालात बेकाबू होने का अन्देशा

कल देर रात हुई साम्प्रदायिक हिंसा और तोड़फोड़ के बाद आज शहर में भारी तनाव है। थोड़ी-सी चूक होने पर हालात कभी भी बेकाबू हो सकते हैं। पुराने शहर के अधिकांश बाजार डर के मारे बन्द रहे। कल की हिंसा में एक युवक की मौत हो गई थी और करीब दो दर्जन घायल हो गए थे। घायलों में तीन की हालत अभी भी गम्भीर

है। आज पूरे दिन कई इलाकों में भगदड़ मचने, रास्ता जाम करने से लेकर पथराव होने की खबर मिली।

कल शाम सात बजे हर साल की तरह इस साल भी राम बारात बुढ़ाना गेट से चली। करीब डेढ़ किलोमीटर लम्बी बारात 10 बजे के आसपास गुदड़ी बाजार की चौकी के सामने जैसे ही पहुँची पथराव शुरू हो गया। उस स्थान को छत्ता अनन्तराम भी कहते हैं। उस समय राम बारात का एक हिस्सा सर्राफा बाजार में था जबकि पिछला हिस्सा कोतवाली के सामने गुजर रहा था। यह पथराव क्यों हुआ इस पर अभी अलग-अलग अटकलें लगाई जा रही हैं। लेकिन इस पथराव के बाद मुश्किल से 15 मिनट और बीते होंगे यानी करीब साढ़े दस बजे घंटाघर और बैली बाजार में हिंसा फैल गई। दोनों सम्प्रदाय के लोग एक-दूसरे पर पथराव करने लगे। पथराव के बाद भयंकर भगदड़ मच गई। उस भगदड़ में कई इलाकों में तोड़-फोड़ की गई और उन्हें लूटा गया। करीब 11 बजे रात को गोली चलने लगी। दोनों सम्प्रदायों के लोगों में घंटेभर गोली चली। फिर पुलिस ने भी गोली चलाई। गोली बैली बाजार के कसाईवाली गली यानी कोटला में दूसरे मोड़ पर चली। पुलिस गोली से 20 साल का अखलाक मारा गया। वह कोटला का रहनेवाला था और ठेले पर चप्पल बेचा करता था।

गोलीबारी, पथराव में दो दर्जन से अधिक लोग घायल हुए। यह सब इतना भयंकर था कि पुलिस के दो उपाधीक्षक मोतीलाल यादव और शैलेन्द्र प्रताप सिंह भाग खड़े हुए और वरिष्ठ पुलिस अधीक्षक कपड़े बदलने चले गए। दिल्ली गेट और कोतवाली के थानेदार के अलावा उपाधीक्षक दुर्गाचरण मिश्र और मजिस्ट्रेट सुरेन्द्र बहादुर सिंह वहाँ थे। दोनों अधिकारी घायल हुए। पुलिस अधिकारियों के गायब होने से हड़बड़ी में पुलिस ने दस गोलियाँ चलाईं। पुलिस की गोली से अखलाक मरा, यह पुलिसवाले नहीं मानते। पोस्टमार्टम की रपट में भी साफ नहीं बताया गया कि वह पुलिस गोली से मरा।

करीब दो घंटे तक हंगामा होता रहा। रात एक बजे पथराव बन्द हुआ। उसी समय दूसरे सम्प्रदाय के पाँच लड़कों को गिरफ्तार किया गया। राम बारात या राम की झाँकी जिमखाना की थीं। उसे इंका नेता की अगुआई में निकाला गया था। बाद में भाजपा विधायक लक्ष्मीकान्त वाजपेयी ने झाँकी को सुरक्षित स्थान पर पहुँचाया। प्रशासन के लोग इतने बौखला गए कि कई जगह उन्होंने ही भगदड़ मचवा दी। आज सवेरे से ही बैली बाजार, सर्राफा बाजार, बजाजा बाजार, गुदड़ी बाजार, लाला का बाजार, कबाड़ी बाजार, घंटाघर, दिल्ली गेट और जली मोठी के इलाके की दुकानें बन्द रहीं। सारे भीड़वाले इलाके खाली रहे। जबकि इन इलाकों से आम दिनों में पैदल निकलना कठिन था। दोपहर 12 बजे कलेक्टर और एस.एस.पी. बैली बाजार आए। एक तरफ राम सम्प्रदाय और दूसरी तरफ दूसरे सम्प्रदाय के लोग इकट्ठे थे। उन्हें देखते ही इन अधिकारियों ने उन्हें भगा दिया और चार लड़कों को गिरफ्तार किया। उस भगदड़ ने लगभग 10 किलोमीटर के इलाके में आतंक फैला दिया।

प्रशासन दंगा रोकने में नाकाम रहा है। पश्चिमी उत्तर प्रदेश के दंगोंवाले सभी

शहरों का यही आलम है। हर शहर में पुलिस नाकाफी पड़ गई है। प्रशासन अपनी नाकामी ढँकने के लिए हर शहर में सेना बुला रहा है जबकि कुछ शहरों के अलावा बाकी में हालात थोड़ी चौकसी के बाद ही काबू में आ जाते।

अयोध्या विवाद के चलते इस इलाके में पहले से ही तनाव है। लेकिन अफरातफरी में गलत फैसले हो रहे हैं। इसका सबसे बड़ा नमूना शामली है। वहाँ शहर में अल्पसंख्यक काफी कम हैं। पर प्रशासन ने राम मन्दिर के सत्याग्रहियों को वहीं मालीवाड़ा स्थित बीबी इंटर कॉलेज में रखा। कारसेवक नारे लगाते रहे। उससे उत्तेजित होकर दूसरे समुदाय के कुछ लोगों ने गोली चलाई, पथराव किया और दंगा भड़क गया।

चूँकि एक ही समय में कस्बे के पाँच स्थानों पर हिंसा और आगजनी हुई उससे लगता है कि दंगा सुनियोजित था। लेकिन मौके पर पुलिस बल की संख्या कम होने के कारण फायरिंग केवल इंटर कॉलेज के पास ही हुई। तब तक दूसरे मुहल्ले में तीन लोगों को जिन्दा जला दिया गया। जब पुलिस अफसरों को बात समझ में आई तो उन्होंने इंस्पेक्टर को निलम्बित करके अपनी कमजोरी छिपाने की कोशिश की। फिर एक प्लाटून सेना वहाँ तैतान कर दी।

यही आलम मुजफ्फरनगर में हुआ। वहाँ दंगाई और पुलिसवालों के बीच लुका-छिपी का खेल अभी चल रहा है। कल रामपुर मुहल्ले में छुरेबाजी में एक के मरने के बाद वहाँ पुलिस भारी संख्या में तैनात हुई है। पर शहर में घूमने पर साफ लगता है कि वहाँ पुलिस नाकाफी है। यह बात खुद एस.पी. एल.पी मिश्रा और डी.आई.जी. गुणेश्वर झा ने मानी है। वहाँ भी तीन बार सेना से फ्लैग मार्च करवाने के बाद दो प्लाटून सेना तैनात की गई।

बुलन्दशहर में भी पुलिसवाले कहीं-कहीं ही दिखाई दे रहे हैं। शहर में कर्फ्यू लगने की हालत कई बार बनी पर वास्तव में सुरक्षा बल न होने के कारण यह सम्भव नहीं हो पाया। जहाँ दंगा हुआ वहाँ तो फोर्स चाहिए ही जहाँ दंगा नहीं हुआ वहाँ भी हालात नहीं बिगड़ने देने के लिए चाहिए। मेरठ में किसी भी समय दंगा भड़क सकता है। अगर प्रशासन ने थोड़ी-सी भी ढील बरती।

प्रशासन की कमजोरी का दंगाई भरपूर फायदा उठा रहे हैं। शामली में खुलेआम एस.डी.एम. और ए.पी. से रिवाल्वर छीनने की कोशिशें हुईं। बिजनौर में तो कर्फ्यू का अभी तक कोई असर ही नहीं हो पा रहा है।

यहाँ शुरू हुई साम्प्रदायिक हिंसा में कम-से-कम 12 लोग मारे जा चुके हैं। दर्जनों घायल हैं। प्रशासन ने नौ लोगों के मरने की बात कही है। लेकिन सरकारी अस्पताल के शवगृह से दस शवों के वहाँ पहुँचने की पुष्टि हुई है। शहर में दोपहर को बेमियादी कर्फ्यू लगा दिया। सेना ने दंगेवाले इलाकों में फ्लैग मार्च किया। कोटला और लाल बाजार जैसे संवेदनशील इलाकों में सेना घरों की तलाशी ले रही है। पर कलेक्टर गिरिश चन्द्र चतुर्वेदी के मुताबिक स्थिति पूरी तरह नियंत्रण में है।

साम्प्रदायिक दंगे की शुरुआत सदर बाजार की दाल मंडी में छुरेबाजी की एक

वारदात से हुई। दो पल्लेदारों को कुछ लोगों ने छुरे भोंक दिए जिनमें से एक की मौत हो गई। रात में बैली बाजार और लाला बाजार के चौराहे पर एक दुकान में आग लग गई। प्रशासन ने इसे शॉट सर्किट का मामला बताया।

सुबह दंगा भयावह रूप में भड़का। सर्राफा बाजार में रिक्शे पर जा रहे एक आदमी को दंगाइयों ने छुरा घोंप दिया। वह घायल अवस्था में बैली बाजार की तरफ भागा तो अफवाह फैल गई। हिन्दू-मुस्लिम दोनों सम्प्रदायों के लोग लाला बाजार के चौराहे पर आमने-सामने खड़े हो गए। पर पुलिस ने उन्हें जबरदस्ती हटा दिया। उसके बाद शहर में कई जगह छुरेबाजी की वारदातें हुईं।

हिंसा की वादात ने शहर में और तनाव फैला दिया है। आगजनी की छिटपुट घटनाएँ होती रहीं। कर्फ्यू बड़ी सख्ती से लागू किया जा रहा है। सरकारी तौर पर मृतकों की संख्या 17 हो गई है जबकि वास्तविक संख्या 23 है। प्रशासन कुछ मृतकों की पुष्टि भी नहीं कर पाया है। सेना के सहयोग से आज कोतवाली इलाके में घरों की तलाशी हुई। शहर में आज प्रदेश के नगर विकास मन्त्री विक्रमादित्य पांडेय ने दौरा किया।

दहशत और आतंक के माहौल में रात सुल्तान नगर में एक व्यक्ति की चाकू मारकर हत्या कर देने से तनाव और बढ़ गया। घटना रात सवा नौ बजे की है। लेकिन पुलिस को इसकी सूचना रात साढ़े दस बजे मिली। मुहल्ले के भोला रोड तिराहे के पास हरीश डेरी के 55 साल के चौकीदार को कुछ लोगों ने चाकुओं से गोदकर हत्या कर दी। सिविल लाइंस क्षेत्र में एन.एस. कॉलेज के पास एक कबाड़ी की दुकान और लालमूर्ति में दो दुकानों को दंगाइयों ने जला दिया। दिल्ली गेट में एक मकान से एक बम बरामद किया गया। गिरफ्तार लोगों की तादाद अब 452 तक पहुँच गई है। सेना के सहयोग से तलाशी का काम होने का भी दंगाइयों पर असर पड़ा है।

पाँच दिन से दंगे में झुलस रहे शहर में उत्तर प्रदेश के नगर विकास मन्त्री विक्रमादित्य पांडेय आए। उन्होंने शहर के दंगा पीड़ित इलाकों में जाने की बजाय सर्किट हाउस में ही जन प्रतिनिधियों, अधिकारियों और पत्रकारों से मुलाकात की। उन्होंने राहत काम में तेजी लाने, हालात सामान्य होने पर कर्फ्यू में ढील देने और जन प्रतिनिधियों को कर्फ्यू पास देने के आदेश दिए।

मन्त्री के आने के बाद प्रशासन थोड़ा ढीला पड़ा। अब तमाम नेताओं और सभासदों तक को पास देने का एलान किया गया। कलेक्टर जी.सी. चतुर्वेदी और एस.एस.पी. बाबूलाल यादव के मुताबिक कर्फ्यू में कल तक कोई ढील नहीं दी जाएगी। उनके मुताबिक 12 घायलों की स्थिति अभी भी नाजुक बनी हुई है। उन्होंने दंगा शुरू होने के बाद केवल कल की हत्याओं को दंगा से जोड़ा है। जबकि अभी भी कंकड़खेड़ा में परसों हुई हत्या की शिनाख्त नहीं हो पाई है। कलेक्टर के मुताबिक अब तक 11 टन अनाज और 27 हजार लीटर दूध कर्फ्यूवाले इलाकों में बँट चुका है।

नगर के मेयर और प्रशासन में अभी तक तालमेल न हो पाने से पूरे दंगावाले इलाकों में सफाई का काम ठप्प पड़ा हुआ है। उसके चलते महामारी फैलने की आशंका

है। वैसे अब प्रशासन ने डॉक्टरों की टीम और सफाई करनेवालों को पास देने शुरू कर दिए हैं। कुछ स्वयंसेवी संस्थाओं से भी मदद लेने की बात प्रशासन ने बताई। शहर की हालत अभी सुधरी नहीं है। पुलिस ने सख्ती के नाम पर ज्यादती करनी शुरू कर दी है। तमाम मुहल्ले से बेगुनाहों को गिरफ्तार करने की घटनाएँ सामने आई हैं।

1990

प्रशासन की गलतियों ने मेरठ को झुलसाया

कर्फ्यू के फैसले में देरी होने से मेरठ शहर दंगों में झुलसा। दूसरी गलती 2 नवम्बर को सवेरे सेना का फ्लैग मार्च नहीं करवाने की हुई। इन दोनों से दंगा एकाएक भड़का जिससे 15 लोगों की मौत हो गई। अस्पताल में भर्ती घायलों में से 12 की हाल्त अभी भी नाजुक है। वैसे तो हालत काबू में हैं लेकिन मेरठ जैसे शहर के लिए हालत काबू में नहीं हैं।

मेरठ में दंगों का रिहर्सल 21 सितम्बर को राम बारात के दिन ही हो गया था। जब कोटला में एक व्यक्ति मारा गया था। प्रशासन ने उस समय कर्फ्यू नहीं लगाया लेकिन पूरे पुराने शहर की नाकेबन्दी करके दंगे पर एक दिन में काबू पा लिया। तब से अब तक प्रशासन वास्तव में सतर्क और चौकस था। दंगा हुए बगैर कई बार उसे रोकने का अभ्यास कराया गया था। वरिष्ठ पुलिस अधीक्षक बाबूलाल यादव को दंगा नहीं होने देने के लिए बधाई दी जा रही थी।

30 अक्टूबर भी बीत गया। उस दिन अयोध्या में कारसेवा होने की खुशी में हिन्दू मुहल्लों में मनों मिठाइयाँ बँटी और पटाखे छोड़े गए। रात लोगों ने जाग कर बिताई। जब 30 शान्तिपूर्वक निकली तब प्रशासन ने चैन की साँस ली। लेकिन अचानक किसी भी तरह से संवेदनशील नहीं माने जानेवाले सदर बाजार में कुछ बदमाश लोगों ने 2 नवम्बर की रात दो बिहारी मजदूरों को चाकू मारा। एक मर गया दूसरा घायल हो गया। उसकी भी मौत बाद में हो गई। इस घटना के घंटे बाद बैली बाजार की एक दुकान में आग लग गई। प्रशासन उसे शॉट सर्किट बताता रहा लेकिन उससे तनाव बढ़ता गया।

इस तरह दंगाइयों के मंसूबे पूरे हो गए। प्रशासन ने 21 की तरह इस बार भी बगैर कर्फ्यू लगाए हालात पर काबू पाने की कोशिश की। उसी रात जली कोठी में पथराव हुए। 2 नवम्बर को सबेरे माहौल तनावपूर्ण था लेकिन उस समय दंगा शुरू होने का अन्देशा किसी को नहीं था। सबेरे 10 बजे एक व्यक्ति सर्राफा बाजार से बैली बाजार की ओर रिक्शे से आ रहा था उसे किसी ने चाकू मार कर घायल कर दिया।

खून से लथपथ उस व्यक्ति को दो लोग बैली बाजार की कसाइयोंवाली गली के पास लाए। तब तक दोनों सम्प्रदाय के लोग बैली बाजार में दोनों तरफ मोर्चा बाँध के खड़े हो गए थे। पुलिस ने उन्हें लाठी से हटाया और उसके बाद चाकूबाजो शुरू हुई। लाला बाजार, कोटला, अहमद रोड से लेकर नौचन्दी, गुदड़ी बाजार आदि कई

मुहल्लों में चाकूबाजी शुरू हो गई। पुलिस के मुताबिक कुल 24 लोग चाकूबाजी में और गोली से घायल हुए जिनमें कल रात तक 12 मर चुके थे।

लेकिन वास्तविक संख्या इससे कहीं अधिक है। अहमद रोड पर से दो शव दंगाइयों ने गलियों में खींच लिए। शास्त्रीनगर में शनिवार की रात एक शव मिला। एक शव कंकड़खेड़ा में मिला। कोटला में भी एक शव मिला। वैसे चर्चा है कि वहाँ दो और की मौत हो गई थी। पुलिस की चौकसी के चलते अभी तक आगजनी की छिटपुट घटनाएँ ही हुई हैं। दंगों से सबसे अधिक पुराने शहर के इलाके ही प्रभावित हैं। प्रशासन के दावे को पुलिस की कम संख्या खोखला साबित कर रही है। तालाशी के बहाने सेना को आयोजित रूप से बेहद संवेदनशील इलाकों में तैनात कर दिया गया है।

नवम्बर 1990

अभी दंगा रोकने की तरकीब ही खोज रहा है मेरठ प्रशासन

दंगा रोकने के लिए प्रशासन अभी तरकीब ही खोज रहा है। कभी कर्फ्यू में सख्ती, कभी ढील, कभी गिरफ्तार लोगों की पिटाई, कभी पूछताछ करके छोड़ने और कभी नेताओं के दबाव में गिरफ्तार लोगों को छोड़ने का प्रयास चल रहा है। अब गिरफ्तार लोगों को हीं छोड़ने का प्रयोग हो रहा है। इससे शहर में दंगा कम, थानों पर प्रदर्शन ज्यादा हो रहे हैं। हालात अभी सामान्य नहीं हैं। प्रशासन स्थिति को नियोजित करने का दावा 3 नवम्बर से ही कर रहा है। लेकिन अभी घटनाएँ हो रही हैं।

दंगा शुरू होने के बाद लगता था कि प्रशासन सख्ती करके उस पर जल्दी नियन्त्रण कर लेगा। शुरू में कुछ कार्रवाई उसी तरह की हुई। 3 नवम्बर से यानी दंगा शुरु होने के दूसरे दिन से तलाशी और गिरफ्तारी का सिलसिला शुरू हो गया था। तलाशी के दौरान लोगों की गिरफ्तारी शुरू हुई। दूसरी तरफ से दोनों समुदायों के नेता गिरफ्तार लोगों को छुड़वाने के लिए प्रशासन पर दबाव डालने लगे। पहले एक समुदाय के छूटे फिर मजबूरी में पलड़ा बराबर करने के लिए दूसरे समुदाय के लोगों को छोड़ा गया। तब से लोगों को छुड़वाने की होड़ लग गई।

इस बार उन लोगों को भी गिरफ्तार किया गया जिनका दंगे से दूर-दूर तक का नाता नहीं था। उन्हें बेवजह ही घरों से उठाया गया। कुछों से पुलिसवालों ने पैसे वसूले तो कुछों को अधिकारियों ने शुरू में ही पूछताछ के दौरान छोड़ दिया। रिश्वत लेने और पुरानी दुश्मनी निकालने की घटनाओं ने प्रशासन को मजबूरन गिरफ्तारियों पर अंकुश लगाने पर विवश किया। इसका उलटा नतीजा हुआ, फिर से दंगा शुरू हो गया।

दुबारा गिरफ्तारी और तलाशी का सिलसिला शुरू हो गया। लेकिन पुलिस वाले अपनी करनी से बाज नहीं आए। बिना वजह बेकसूरों को गिरफ्तार करने लगे। गिरफ्तारी के खिलाफ ब्रह्मपुरी, रेलवे रोड़, ट्रांसपोर्ट नगर, सदर आदि थानों पर प्रदर्शन हो चुके हैं और मजबूरन पुलिस अधिकारियों को लोगों को छोड़ना पड़ा है।

लेकिन रेलवे रोड़ थाने में फिर-फिर वारदातें शुरू हो गईं। फिर सामूहिक गिरफ्तारियाँ हुईं। उन्हें छुड़वाने के लिए दो दिन तक रेलवे रोड थाने का घेराव हुआ और महिलाओं ने प्रदर्शन किया। इसी बीच एक और घटना हुई जिसके लिए अभी तक हंगामा हो रहा है और अधिकारी सफाई दे रहे हैं।

रेलवे रोड इलाके में 14 नवम्बर को हुई वारदात के सिलसिले में पुलिसवालों ने उसी रात ब्रह्मपुरी और ट्रांसपोर्ट नगर से पाँच लोगों जय कुमार गुप्ता, रविशंकर शर्मा, संजय शर्मा, प्रकाश सिंह चौहान और नवल किशोर शर्मा को गिरफ्तार कर लिया। पहले उन्हें गायब हुआ बताया गया था। उन्हें जानी थाने ले जाते समय जय कुमार गुप्ता कूदकर भाग गए और हल्ला किया। लोक इकट्ठे हो गए और रास्ते में सिवालखास चौकी का घेराव किया। बाकी चारों को उसी चौकी में रखा गया। कल तक उन्हें छुड़वाने का प्रयास होता रहा लेकिन उन्हें नहीं छोड़ा। आखिर जमानत पर छोड़े गए।

पुलिस अधिकारियों पर पहले सख्ती करने और आवश्यकता से अधिक ढील देने का आरोप लगाया जा रहा है। अब वे फिर से सख्ती करने लगे हैं और उन्होंने देवपुरी, आनन्दपुरी और जैन नगर से पकड़े लोगों को अभी नहीं छोड़ा है। उनमें वहाँ के सभासद जगन्नाथ चंन्योटी हैं जिन्हें गिरफ्तार लोगों को छुड़वाने के अपराध में गिरफ्तार किया गया है।

जिस कसूर में जगन्नाथ चंन्योटी को गिरफ्तार किया गया और हथकड़ी लगाकर जेल भेजा गया वही कसूर भाजपा विधायक शशि मित्तल ने भी किया। लेकिन उन्हें गिरफ्तार करने का प्रयास भी नहीं किया गया। परसों प्रेस कांफ्रेस में कलेक्टर गिरिश चन्द्र चतुर्वेदी ने कहा कि उन्हें थाने पर प्रदर्शन या घेराव करने की सूचना नहीं है। जबकि उनकी गैरहाजिरी में एस.डी.एम. (सिटी) राजवीर सिंह ने कहा कि जगन्नाथ चंन्योटी से शान्ति भंग होने की आशंका थी इसलिए उन्हें गिरफ्तार किया गया। लेकिन राशि मित्तल को क्यों नहीं गिरफ्तार किया गया ? इसका जवाब वे टालते रहे।

प्रशासन ने शुरू से घटनाओं को दबाने का रवैया अख्तियार किया है। जिस घटना की सूचना पूरे शहर को मिल जाती है, प्रशासन उसे भी नहीं स्वीकारता और बाद में जैसे-तैसे उस पर हामी भरता है। प्रशासन भी अभी मृतकों की संख्या 23 और घायलों की संख्या 11 ही बता रहा है। इसमें परसों घायल हुए एक व्यक्ति को प्रशासन ने कल घायल माना। मृतकों और घायलों की संख्या इससे कहीं अधिक है। पक्की सूचना के आधार पर मृतकों की वास्तविक संख्या 30 और घायलों की 55 बताई जा रही है।

नवम्बर 1990

दंगे की मार गरीबों पर ही ज्यादा

दंगों की मार मेहनतकश लोगों पर ही पड़ी है। लगातार 15 दिन से दंगा और कर्फ्यू ने गरीबों की रोजी छीन कर उन्हें भुखमरी के कगार पर पहुँचा दिया है। दंगे में हिंसा

का शिकार गरीब ही हुए हैं। अब तक जितने लोगों की शिकायत हुई है, उनमें ज्यादातर गरीब ही हैं। अभी भी कर्फ्यू उन्हीं इलाकों में लगा हुआ है। जहाँ दिहाड़ी मजदूर अधिक हैं। कर्फ्यूवाले इलाकों के लोगों से बात करने पर अजीबोगरीब पहलू सामने आए हैं।

एक नवम्बर को सदर बाजार में जिन दो लोगों को चाकू मारे गए थे दोनों बिहारी मजदूर थे। वे यहाँ—धन्धे के लिए बिहार से आए थे। दो नवम्बर को शहर में सामूहिक चाकूबाजी हुई। जिसमें कितने मरे, यह अभी तक साफ नहीं है। बहरहाल सरकारी तौर पर मरनेवाले 22 लोगों में 18 उसी दिन के थे। इनमें नौ की मौत उसी दिन हुई। तीन अस्तपाल में मरे। छह की लाश नालों से बरामद की गई। मरनेवाले ज्यादातर गरीब थे। ये लोग शहर में तनाव होने के बावजूद घर से निकल गए थे। कुछ वैसे ही मारे गए। उसके बाद ट्रांसपोर्ट नगर थाना क्षेत्र में दो मारे गए। एक तो चौकीदार था और दूसरा पल्लेदार।

पल्लेदार की मौत 13 नवम्बर को हुई। शहर में दंगा होने के बावजूद कर्फ्यू में ढील मिलतें ही वह अपने 10 साल के बच्चे के साथ ठेला लेकर सामान पहुँचाने वहाँ गया था। लौटते समय उसकी हत्या कर दी गई। उसके 10 साल के बेटे ने उसको उसी ठेले पर लादा और अपने घर लाया। रास्ते में किसी ने उसकी मदद नहीं की। यहाँ तक कि पुलिसवालों ने भी नहीं। अगर उसका तुरन्त इलाज हो जाता तो वह बच जाता।

घायलों में भी गरीब और निम्न मध्यवर्गीय लोगों की तादाद ज्यादा है। सरकारी तौर पर 15 लोग घायल हुए हैं। जबकि इनकी तादाद 50 के आसपास है। कुछ को प्रशासन घायल नहीं मान रहा है और कुछ ने अपना नाम दर्ज नहीं करवाया।

साथ ही गरीबों पर कर्फ्यू ने भी कहर ढाए हैं। पुराने शहर के इलाकों में हर तरह के लोग रहते हैं। जो अमीर हैं वे कैसे भी अपनी व्यवस्था कर लेते हैं। लेकिन गरीबों को तो रोटी का जुगाड़ करना भी मुश्किल हो रहा है। कर्फ्यू के दौरान प्रशासन ने जरूरी सामान बेचे। बेचने के दौरान गुदड़ी इलाके में एक महिला ने एक किलो आटा खरीदा। पूछने पर पता चला कि उसके छह बच्चे हैं। वह गिड़गिड़ाई कि भैया आज एक किलो ही दे दो। कल पैसे हो जाएँगे तो और ले लेंगे। आठ लोगों के इस परिवार को कई दिन बाद एक किलो आटा मिला। इस तरह के कई उदाहरण इस इलाके में आम हैं। बीच में उन पर और आफत आ गई। लिसाड़ी गेट थाना के करीब छह मुहल्लों में दंगा शुरू होने के 10वें दिन सरसों का तेल बेचा गया। पर यह भी खराब बताया गया। एक तो वे लोग भूखे थे उस पर घटिया तेल। इसने अपना असर दिखाया और दो सौ को बीमार कर दिया।

अफवाह और दहशत इतनी अधिक थी कि दंगा शान्त होने के बाद भी एक समुदाय के लोगों को दूसरे समुदाय के मुहल्ले में जाने की हिम्मत नहीं हो रही थी। इसके चलते गरीबों को और परेशानी हो रही है। कई ऐसे हैं जो रहते अपने समुदाय के मुहल्ले में, लेकिन मजदूरी दूसरे समुदाय के मुहल्ले में करते हैं। वे अभी तक उन इलाकों में जा नहीं पा रहे हैं। दो ने जाने की कीमत चुका दी। इस कारण बाकी और सहमे हुए हैं।

शहर में ऐसे मुहल्ले कम हैं जहाँ दोनों समुदायों की मिली-जुली आबादी है और वहाँ दंगों का मोहाल नहीं है। इसमें एक मुहल्ला भवानी नगर है। वहाँ सौ घरों में से दोनों समुदाय के लोग आधे-आधे हैं। उसके पड़ोस में अल्पसंख्यक समुदाय के कई बड़े मुहल्ले हैं। लेकिन वहाँ दंगे का कोई असर अभी नहीं हुआ। कर्फ्यू के बावजूद मुहल्ले के भीतर लोगों की आवाजाही है। लेकिन ऐसे माहौल दूसरे मुहल्लों में नहीं है। दूसरे मुहल्लों में जहाँ दोनों समुदायों की मिली-जुली आबादी है वहाँ या तो दंगे हुए हैं या लोग डर के मारे घर से निकल नहीं रहे हैं। वहाँ मुहल्ले की बजाय गलियाँ एक-दूसरे समुदाय की आबादी को अलग करती हैं।

नवम्बर 1990

बेटे की मौत भुलाकर बाप ने शान्ति की अपील की

'मैंने अपने इकलौते बेटे का गम सह लिया। उसके नाम पर खून न बहाएँ। यही उसके लिए सच्ची श्रद्धांजलि होगी।' यह कहना है 22 साल के मोहम्मद एजाज के पिता मोहम्मद अखलाक का। दंगाइयों ने 17 नवम्बर को मोहम्मद एजाज को गोलियों से भून डाला था और उसके बाद ही शहर में तनाव फैला। पर अखलाक जैसे अमनपसन्द और शान्ति चाहनेवालों की कोशिश से अब स्थिति काबू में है।

1 नवम्बर की रात को शुरू हुआ दंगा 9 नवम्बर तक शान्त हो गया था। 12 नवम्बर को कर्फ्यू में ढील के दौरान हुई वारदात के बाद 14 नवम्बर तक चाकूबाजी होती रही। फिर दो दिन शान्त रही। लोगों को जरूरी सामान नहीं मिल रहे थे। इसलिए प्रशासन ने सरकारी राशन की दुकानों को खोलने का आदेश दिया।

तमाम मुहल्लों में प्रशासन के इस आदेश के बावजूद मुहल्ले के अल्पसंख्यक दुकानदार दुकान खोलने के लिए राजी नहीं हुए। देवपुरी और जैन नगर में मोहम्मद अखलाक की दो दुकानें हैं। थोड़ी स्थिति ठीक होने के बाद उन्होंने अपने इकलौते बेटे को देवपुरी की दुकान पर 16 नवम्बर से भेजना शुरू किया। उसने मिट्टी का तेल आधा उसी दिन बाँटा। दूसरे दिन भी वह काम खत्म करके पैसों का हिसाब कर रहा था। तभी 11, 15 बजे हादसा हुआ। तीन लड़के आए। उन्होंने सड़क पर ठेला लगाए सब्जीवाले से गाजर खरीदे और एजाज का नाम पूछा। और नाम बताने के साथ ही उस पर गोलियाँ चला दीं जिससे एजाज की मौत दुकान में ही हो गई। आधे घंटे में वहाँ अखलाक भी आए। उन्होंने मौके पर मौजूद भाजपा विधायक शशि मित्तल से कहा कि हम तो आप सब के भरोसे ही बेटे को भेज रहे थे। उस पर श्रीमती मित्तल ने कहा कि कोटला में जो हुआ उसकी जवाबदेही किसकी है। इस पर लोग उत्तेजित भी हुए। उन्हें स्वयं अखलाक ने शान्त किया।

शाम को एजाज के जनाजे में काफी हिन्दू शामिल हुए। शाहजीर जदीद में रहनेवाले अखलाक अब बेटे के गम को भुलाकर शहर में अमन के लिए लोगों से विनती करते

हैं। घर में एजाज की माँ और दोनों बहनें अभी तक बेहाल हैं। अखलाक ने अपनी अपील में कहा है कि उनका एजाज साम्प्रदायिक सौहार्द की पुनर्स्थापना के प्रयास में खुदा को प्यारा हो गया। खुदा की यही मर्जी थी और अल्लाहताला ने उसकी इतनी ही साँसे उसके नसीब में बख़्शी थीं। खुदा की मर्जी के आगे अखलाक की क्या दरगुजर। इसलिए जब मुझे अपने बेटे का गम नहीं रहा तो आप सब क्यों उत्तेजित होकर नगर के अमन-चैन को ठेस पहुँचाएँ।

उन्होंने लोगों से गुजारिश की कि वे धर्मजात मतभेद भूलकर पहले की तरह साम्प्रदायिक शान्ति, सौहार्द, एकता कायम करें। यही एजाज के लिए और उनके परिवार के प्रति नगरवासियों की सच्ची श्रद्धांजलि होगी। उनकी अपील ने गजब का काम किया और अभी तक शहर में अमन-चैन है।

पुलिस ने भी इस मामले में चौकसी दिखाई और एजाज की हत्या के अपराध में तीनों अभियुक्तों का पता लगा लिया। उनके घर की कुर्की हो चुकी है। वरिष्ठ पुलिस अधीक्षक बाबूलाल यादव ने बताया कि तीनों को जल्दी गिरफ्तार कर लिया जाएगा। इसके अलावा इस दंगे के दौरान अब तक 769 लोगों को गिरफ्तार किया गया है। उसमें से अधिकांश जमानत पर छोड़े गए हैं। लेकिन विभिन्न वारदातों से जुड़े 47 नामजद लोगों में से गिरफ्तार 25 अभी तक जेल में हैं। बाकी 22 की तलाशी चल रही है।

नवम्बर 1990

कर्फ्यू और अफवाहों के दौर में जी रहा मेरठ

मेरठ में दंगा सिर्फ 45 मिनट हुआ। पर शहर अभी तक उससे पूरी तरह मुक्त नहीं हुआ है। हर रोज कोई-न-कोई ऐसी घटना हो रही है जिससे शान्त होते शहर में अफवाहों का दौर तेज हो जाता है। इसके चलते तनाव खत्म होने में अभी हफ्तों लगेंगे। कर्फ्यू में अभी तक ढील नाम की ही दी जा रही है। कहने के लिए कर्फ्यूवाले आठ थाना क्षेत्रों में दिल्ली गेट के अलावा सभी में कुछ-न-कुछ ढील होनी शुरू हो गई है। पर उसका लाभ आम जनता को कम हो रहा है।

दंगा 2 नवम्बर को पौने दस बजे सवेरे शुरू हुआ और अधिकांश घटनाएँ साढ़े दस बजे तक हुईं। 1 नवम्बर को सदर में हुई छुरेबाजी की घटना साम्प्रदायिक होते हुए भी साम्प्रदायिक नहीं थी क्योंकि एक ही समुदाय के लोगों ने अपने ही समुदाय के दो युवकों पर चाकू से हमला किया था। दोनों मर चुके हैं। बाकी मरनेवालों में अधिकांश 2 नवम्बर को हुए दंगे के शिकार हैं। कुछ तो उसी दिन मर गए, कुछ की लाश नालों में और गलियों में मिलीं और कुछ अस्पताल में मरे। अस्पताल में घायल 12 लोगों में से तीन मर चुके हैं। इनमें एक पत्रकार भी है। सभासद मौलाना यामीन का पुत्र तारिक अरशद दिल्ली से प्रकाशित उर्दू अखबार 'अखबारे नौ' का मेरठ स्थित संवाददाता था। उसने 2 नवम्बर को कोटला में दंगाइयों की हत्या करने से रोकने की कोशिश की थी।

दंगाइयों ने उसे अपने रास्ते का रोड़ा मानकर पहले उसी पर हमला किया। वह घायल अवस्था में मेडिकल कॉलेज अस्पताल में भर्ती हुआ। परसों रात उसकी मौत हो गई। साम्प्रदायिक सद्भाव के लिए शहीद हुए तारिक को शहर के तमान बुद्धिजीवियों ने आखिरी विदाई दी।

तारिक के अलावा कितने लोग इस दंगे की भेंट चढ़े इसका असली ब्योरा तो शहर शान्त होने के बाद ही मिलेगा क्योंकि अभी भी लोगों को लाशें मिलने की आशंका है। दंगा अमूमन एक समुदाय के असरवाले मुहल्ले में हुआ। सबसे अधिक घटनाएँ कोतवाली, दिल्ली गेट में हुई। वैसे लिसाड़ी गेट, नौचन्दी, रेलवे रोड, ब्रह्मपुरी, ट्रांसपोर्ट नगर में भी कई घटनाएँ हुईं। कई घटना जिनमें कोई मरा हो ऐसा बाद में ट्रांसपोर्ट नगर में ही हुआ।

2 नवम्बर के बाद घटनाओं का सिलसिला एकाएक कम हो गया। इसमें पुलिस डंडे और लोगों के दंगा नहीं करने की मंशा मुख्य कारण है। पुलिस अधिकारी मुहल्ले और शहर के नेताओं को प्रदेश के नगर विकास मन्त्री के आने के बाद ही कर्फ्यू पास देने पर राजी हुए। मुहल्ले के नेताओं का कहना था कि वे मुहल्ले में रहते हैं इसलिए मुहल्लों पर वे नजर रख सकते हैं। उन्हें भी मुहल्ले के लोगों ने सह्योग दिया। इसका नतीजा जल्दी निकलना शुरू हो गया और दंगे पर जल्दी काबू पा लिया।

स्थानीय प्रशासन 1987 के दंगों से सीख लेकर कर्फ्यू में जल्दी छूट नहीं देने पर अभी तक अड़ा हुआ है। कहने के लिए सात थाना क्षेत्रों में कर्फ्यू में ढील दी गई है। पर वास्तव में उन थाना क्षेत्रों के एक-एक छोटी सड़के या छोटे-छोटे मुहल्लों में छूट दी गई जहाँ कम लोग आते-जाते हैं या एक ही समुदाय के लोग रहते हैं।

पहले तो पुलिसवालों ने कर्फ्यू के दौरान वसूली की और नहीं देनेवालों को पीटा। अब छूट के इलाके में जाने के लिए वसूली हो रही है। जैदी फार्म के एक व्यक्ति पी.ए.सी. वाले को कल तक डेढ सौ अंडे मुफ्त खिला चुका था। कल उससे मुर्गी की पेशकश हुई तो उसने इनकार कर दिया क्योंकि वह साझा कारोबार करता था। उस अपराध में पी.ए.सी. वालों ने उसके हाथ-पैर तोड़ डाले। लूट मचाने का किस्सा कई दूसरे मुहल्लों में भी हुआ। सोतीगंज के दुकानदरों ने कर्फ्यू लगाने के बाद अफरातफरी मचने पर दुकान समेटे वगैर चले गए। उनके मुर्गे भी पुलिसवाले खा गए। बेगम पुल पर भी कई दुकानों से मुर्गियाँ उठाई गईं। कंकड़खेड़ा में चार नवम्बर को एक हत्या होने के बाद वहाँ भी पुलिसवालों ने खूब लूट मचाई। अमूमन हर मुहल्ले में ऐसी दर्जनों घटनाएँ हुई।

शुरू में लोगों ने पुलिस की सख्ती की सराहना की। लेकिन अब ज्यादती से लोग ऊब गए हैं। इसलिए हर जगह कर्फ्यू खुलने का इन्तजार है। प्रशासन दूसरा दंगा झेलना नहीं चाहता इसलिए जनता भले परेशान हो, कर्फ्यू में अचानक ढील नहीं चाहता है। इसी बीच 8 नवम्बर की शाम खैर नगर के पत्थरवालान में एक बच्चे पर कुछ शरारती लोगों ने चाकू से हमला किया। लेकिन हमला कारगर नहीं हुआ इसलिए वह बच गया।

उसने बताया है कि वह हमलावर को पहचानता है वे उसी के मुहल्ले के हैं।

स्थानीय प्रशासन भी अफवाहों से प्रभावित हो रहा है। अयोध्या मन्दिर प्रकरण में गिरफ्तार हुए कार सेवक छूट कर मेरठ आ गए हैं।

दंगों के बाद मरहम लगाने कोई नेता मेरठ नहीं आया

यहाँ के तमाम नेता तनाव कम करने की कोशिश के बजाय अपनी गोटियाँ फिट करने के अभियान में दिल्ली-लखनऊ की दौड़ लगाने में लग गए। इकलौता भाजपा विधायक ही शहर में सक्रिय है लेकिन उस पर साम्प्रदायिक होने के आरोप के साथ-साथ प्रशासन को भी कब्जे में करने के इल्जाम हैं। मुख्यमन्त्री मुलायम सिंह यादव के पश्चिमी उत्तर प्रदेश के समर्थक सहकारिता और गन्ना मन्त्री रामशरण दास भी शहर में आकर दंगाग्रस्त इलाकों में जाने के बजाय सर्किट हाउस में जनता दल विधायक प्रभु दयाल को पटाने में लग गए।

जिले के दोनों सांसद शुरू से गायब हैं। पूर्व केन्द्रीय मन्त्री अजितसिंह को देश की राजनीति से ही फुर्सत नहीं मिल रही है। उनकी पार्टी के हरीश पाल का भी कोई अता-पता नहीं है। दो महीने से शहर में कर्फ्यू लगा है और हरीश पाल को किसी ने शहर में घुसते नहीं देखा है। साबुन गोदाम की अपनी आलीशान कोठी से निकलकर सीधे वे दिल्ली पहुँच जाते हैं। मेरठ की जनता को उन्होंने सब्ज बाग दिखाए थे। सालभर के बाद वे ही नहीं दिख रहे हैं।

लगातार दूसरी बार इकलौते गूर्जर सांसद होने के बावजूद वे मन्त्री बनने से रह गए। इंका उम्मीदवार मोहसिना किदवई को उन्होंने हराया। अभी चुनाव हो जाएँ तो उन्हें अपनी जमानत बचाना भी भारी पड़ सकता है। 21 सितम्बर को मेरठ में हुई पहली साम्प्रदायिक वारदात के बाद शहर के लोगों ने अपने सांसद को दुत्कार दिया। जातिगत राजनीति में माहिर मेरठ के सांसद ने स्थानीय निकाय के चुनाव में जनता दल और अजितसिंह के उम्मीदवार के खिलाफ चुनाव अभियान चलाकर पार्टी की पीठ में छुरा भोंका था।

इस मामले में अजितसिंह भी पीछे नहीं रहे। इलाके के नेता चौधरी चरण सिंह की तरह वे इलाके की उपेक्षा करके अपने दबदबे का सबूत देने में लगे हुए हैं। लेकिन चौधरी चरण सिंह दंगा या कोई बड़ी घटना होने पर इलाके में जरूर आते थे। अजितसिंह ने उनका भी रेकार्ड तोड़ दिया। उनके लेफ्टिनेंटों का कहना है कि 'भाई साहब' (यानी अजितसिंह) इस इलाके में हैं। उन्हें देश की राजनोति से ही फुर्सत नहीं है।

अपने दोनों सांसदों के पदचिन्हों पर जनता दल के विधायक भी चल रहे हैं। जिले के 11 विधानसभा क्षेत्रों में आठ पर जनता दल उम्मीदवार जीते थे। उनमें से एक बरनावा के विधायक भोपाल सिंह प्रदेश के मुख्यमन्त्री के साथ जनता दल (स) में चले गए। फिलहाल वे दोहरे हत्याकांड के आरोप में जेल में हैं। इनके अलावा दो विधान

परिषद सदस्य भी जनता दल के हैं। लेकिन इन दंगों में किसी की सूरत नहीं दिखी। ये रोजाना अजितसिंह के दरबार में शामिल होने दिल्ली जाते हैं और उनके आदेश पर अजितसिंह खेमा मजबूत बनाने के लिए लखनऊ। सात विधायकों में हस्तिनापुर के विधायक झग्गड़ सिंह भी हैं। वे जनमोर्चा खेमे के हैं लेकिन वे अजितसिंह के दुमछल्ले बने हुए हैं। इलाके के सबसे पुराने विधायक प्रभु दयाल गुर्जर हैं। प्रदेश में जनता दल के बँटवारे के बाद सबकी आँख उन्हीं पर लगी हुई थी। वे भी अजितसिंह के साथ हैं। उन्हें पटाने के लिए कल सहकारिता और गन्ना मन्त्री रामशरण दास आए थे और उनसे अलग कमरे में गुफ्तगू की थी।

भारतीय जनता पार्टी के तीन विधायकों में सरधना के विधायक अमरपाल भी अब गायब हो गए हैं। मेरे कैंट की शशि मित्तल सहानुभूति वोट से विधायक बनीं। वे अभी नेता बनने का प्रशिक्षण ले रही हैं। शहर विधायक लक्ष्मीकान्त वाजपेयी सभी नेताओं की आँख की किरकिरी बने हुए हैं क्योंकि विधानसभा का सत्र चलने के अलावा वे 24 घंटे शहर में ही रहते हैं और दंगा होने के समय पुलिसवालों से अधिक जिम्मेदारी निभाते हैं। पहली बार दंगा खत्म होने के बाद सारे नेता प्रशासन पर भाजपा विधायक डॉ. वाजपेयी के हाथों में खेलने का आरोप लगाते रहे। शुरू में अल्पसंख्यक उनकी सक्रियता से दुखी थे क्योंकि वे उन पर हिन्दुओं के मुहल्ले में ही राशन आदि बँटवाने के आरोप लगाते रहे।

दिसम्बर 1990

मेरठ में रात के वक्त गाड़ियों पर रोक नहीं

तीन दिन से हो रहे हंगामे के बावजूद स्थानीय प्रशासन ने कर्फ्यू में ढील का दायरा बढ़ाने का फैसला किया है। अब रात में कर्फ्यू लगे रहने के बावजूद शहर में रातभर वाहनों के आवागमन की छूट रहेगी। वरिष्ठ पुलिस अधीक्षक ने परसों कंकड़खेड़ा में हुए विवाद को शान्त करने के लिए वहाँ के एक दरोगा महेश चन्द्र और सिपाही सलीम का तबादला करने के साथ पूरी घटना की जाँच का काम पुलिस अधीक्षक (नगर) को सौंप दिया। आज से बाजार खुल गए हैं।

28 दिसम्बर को मेरठ कैंट में हुए एक पल्लेदार की हत्या के सम्बन्ध में कंकड़खेड़ा से 11 लोगों को गिरफ्तार किया गया। पुलिस के मुताबिक गिरफ्तार किए जानेवाले सभी लोग शिव सेना के कार्यकर्ता हैं। हत्या के समय मौजूद लोगों ने जैसा हुलिया बताया था उसके आधार पर तीन लड़कों को और बाकी आठ लोगों को पूछताछ के लिए गिरफ्तार किया गया और दूसरे दिन सभी को जेल भेज दिया गया। उसी रात एक व्यापारी रामकिशन शर्मा को भी गिरफ्तार किया गया।

इस गिरफ्तारी के विरोध में 29 दिसम्बर को व्यापारियों ने मेरठ-सरधना रोड तीन घंटे तक जाम कर दिया और पुलिस के खिलाफ जमकर नारेबाजी की। डी.एस.पी.

शहरयार खाँ की अगुआई में पुलिसवालों ने उन व्यापारियों की जमकर पिटाई की। इसमें कम-से-कम 12 लोग घायल हुए। इसके विरोध में व्यापारियों ने अपने बाजार बन्द कर दिए। कल सांसद हरीश पाल, विधायक शशि मित्तल और इंका, भाजपा के सभासदों ने अलग-अलग तरीके से स्थानीय प्रशासन को हड़काया।

आखिर में अपनी जान छुड़ाने के लिए एस.एस.पी. बाबूलाल यादव ने कंकड़खेड़ा थाने के एक दरोगा महेन्द्र चन्द्र और सिपाही सलीम का तबादला कर दिया और पूरी घटना की जाँच की जवाबदेही पुलिस अधीक्षक (नगर) को सौंप दी। श्री यादव का कहना था कि रामकिशन ने उन्हें बताया कि पहले वह शिवसेना में सक्रिय था अब उससे अलग होकर अपना करोबार करता है। कल देर रात उसकी जमानत हो गई।

वैसे व्यापारी नेता डी.एस.पी. खाँ और कंकड़खेड़ा के थानेदार पर कार्रवाई करने की माँग कर रहे थे। लेकिन जिला प्रशासन से समझौता हो जाने के बाद वे बाजार खोलने पर राजी हो गए। इस घटना से तनाव तो नहीं बढ़ा लेकिन अफवाहें जरूर उड़ने लगीं। इसके चलते प्रशासन ने अभी रात का कर्फ्यू उठाने का फैसला नहीं लिया। शहर की स्थिति सुधरने के कारण रात को कर्फ्यू के दौरान दुपहिया और चार पहिया वाहनों के आवागमन पर छूट देने का फैसला किया है।

दिसम्बर 1990

मेरठ में 'एंटी रायट स्कीम' काम आई

शहर में फिलहाल शान्ति है। नेता और अफसर शहर में दनादन बैठक बुलाकर भाषण देने का काम कर रहे हैं। दंगों के लिए बदनाम शहर मेरठ में स्थायी शान्ति आने के कोई आसार नहीं हैं। शहर में दंगा न हो और दंगा हो तो उस पर जल्दी काबू पाया जा सके। इसके लिए 1987 के भीषण दंगों के बाद बनी 'एंटी रॉयट स्कीम' फिर चर्चा में है। अधिकारियों का दावा है कि किसी भी शहर से ज्यादा इस शहर में इस स्कीम को लागू किया गया है। और इसी वजह से दंगों पर इतनी जल्दी काबू पाया जा सका। पर वह स्कीम पूरे तरीके से लागू नहीं हो सकी है। इससे उसके दंगा विरोधी क्षमता पर साफतौर पर कुछ कहा भी नहीं जा सकता।

सन् 1987 के भीषण दंगे के बाद अफसरों ने आम जनता के सुझाव के बाद इस स्कीम को अन्तिम रूप दिया था। 250 पन्नों की इस बृहद स्कीम की मोटी बातें 24 पेज की उस रपट में हैं जो सभी थानों में रखी गई है। नीचे से ऊपर तक कोई भी फेरबदल होने के समय पहला काम नए अधिकारी को इस स्कीम के बारे में बताने का होता है। इस स्कीम के तहत 70 जगहों पर पुलिस पिकेट बनाने, सात अति संवेदनशील जगहों पर सुरक्षा टॉवर बनाने के सुझाव हैं। इसमें कर्फ्यू लगाए जाने से लेकर कर्फ्यू खोले जाने तक के तरीके बताए गए हैं। पर महीनों सेना के अधिकारियों के साथ बैठक होने और सेना के अधिकारियों को शहर में सभी संवेदनशील स्थान

दिखाने के सुझाव हैं। साम्प्रदायिक गुंडों के घर के सामने दंगा शुरू होते ही पुलिस तैनात करने, हर साल उनकी लिस्ट का नवीनीकरण करने के भी सुझाव हैं।

वरिष्ठ पुलिस अधीक्षक (एस.एस.पी.) बाबूलाल यादव के मुताबिक शहर में 12 कम्पनी पी.ए.सी. हर समय रहती है और सभी 70 स्थानों पर पुलिस की पिकेट बनी हुई हैं। इन पिकेट के बारे में भी कहा जाता है कि स्थायी तौर पर रहनेवाले पुलिस सुरक्षा की बजाय वसूली करने में अधिक सक्रिय हो जाते हैं। एस.एस.पी. ने इसे गलत बताया।

दिसम्बर 1990

अलीगढ़ को दंगे में अफवाहों ने झोंका

दंगा रोकने में स्थानीय प्रशासन नाकारा साबित हुआ है। तीन दिन से पूरा शहर दंगे की चपेट में है। हिंसा, आगजनी और लूटपाट का सिलसिला जारी है। सेना बुलाने के बावजूद दंगा थम नहीं रहा है। हड़बड़ी में लिए गए सारे फैसले उलटे साबित हो रहे हैं। कोई किसी की सुन नहीं रहा है। पूरे शहर में हाहाकार मचा है और सभी लोग सुरक्षा की माँग कर रहे हैं। पर अधिकारी अपनी ही सुरक्षा नहीं कर पा रहे हैं। आधा दर्जन ऐसी घटनाएँ हुई हैं, जिनमें पुलिस और दूसरे अधिकारियों पर दंगाइयों ने हमले किए हैं। कुछ के हथियार छीने और कुछ को घायल किया।

यहाँ पचास दिन में तीन दंगे हो चुके हैं। इसके बावजूद प्रशासन सचेत नहीं हुआ। यहाँ तक कि शहर को समझनेवाले इकलौते एस.पी. (शहर) गुरुदर्शन सिंह का तबादला रामपुर कर दिया गया। शुरू से ही कलेक्टर देशदीपक वर्मा और वरिष्ठ पुलिस अधीक्षक राजेन्द्र सिंह ढिल्लन को लोग नाकारा मान रहे हैं। लगातार दो महीने से अलीगढ़ मुस्लिम विश्वविद्यालय के हॉस्टल खाली करवाने की माँग की जा रही थी। पहले शहर में तनाव होते ही हॉस्टल खाली करवाए जाते थे। पर टालमटोल आखिर तक चलती रही। और अब अकेले विश्वविद्यालय को काबू करना कठिन हो रहा है। तलाशी लेने में कोताही बरतने से लोगों ने जमकर अवैध हथियार जमा कर लिए।

दंगा परसों अचानक हुआ। लेकिन तनाव पहले से ही था। पहले से ही शहर में पुलिस की कमी थी। ऊपर से एटा जिला में दंगा होने पर अलीगढ़ से पुलिस वहाँ भेजी गई। दंगा शुक्रवार को ठीक दो बजे हुआ। उसके तीन कारण माने जा रहे हैं। एक तो कहा जा रहा है कि जुमे की नमाज के दौरान जगह-जगह पटाखे छोड़कर अल्पसंख्यकों को उकसाया गया। दूसरा, उनमें अफवाह फैली कि पी.ए.सी. के एक सिपाही ने एक महिला से बलात्कार किया। तीसरा, सराय सुल्तानी और तमोली पाड़े के बीच किसी ने बम छोड़ दिया। इसकी प्रतिक्रिया में ऊपर कोट जामा मस्जिद से नमाज पढ़कर निकली भीड़ ने पी.ए.सी. की टुकड़ी पर हमला बोल दिया जिसमें पाँच जवान घायल हुए। दो की राइफल छीनी गई। फिर तो पूरे शहर में दंगा शुरू हो गया। इस घटना की सूचना समय पर मिलने के बावजूद तीन घंटे तक टालमटोल करके कलेक्टर और वरिष्ठ पुलिस अधीक्षक ने छह बजे कर्फ्यू लगाने का फैसला किया। तब तक हालात बेकाबू हो गए।

दंगाइयों की तैयारी पूरी थी। उन्हें पता था कि पुलिस बल कम है इसलिए उन्होंने पहला काम पुलिसवालों को डराने का किया। उसके बाद पुलिसवाले दंगाइयों के सामने जाने से डरने लगे।

7 दिसम्बर को वारदातें कम हुईं। लोगों के अलावा स्थानीय सांसद सतपाल मलिक ने मुख्यमन्त्री और गृह राज्यमन्त्री के नहीं मिलने पर प्रधानमन्त्री चन्द्रशेखर को फोन करके अतिरिक्त सुरक्षा बल भेजने की माँग की। इसके बावजूद अतिरिक्त बल वहाँ पहुँचे। सेना के दो सेक्टर लगाए गए।

सेना तैनात होने से कोतवाली इलाके में तो स्थिति थोड़ी बेहतर हुई। लेकिन दंगा पूरे शहर में फैल गया। सरेआम मारकाट मची हुई थी। अखबारवालों को भी नहीं छोड़ा जा रहा था। एक मुहल्लेवाले दूसरे मुहल्लेवालों पर हमला बोल रहे थे। अलीगढ़ मुस्लिम विश्वविद्यालय के मेडिकल अस्पताल में मरीजों के साथ रहनेवालों तक की हत्या की गई।

इस बीच इंका नेता महावीर प्रसाद, एम.एल. फोतेदार, तारिक अनवर, अशोक गहलौत को कलेक्टर ने शहर में घुसने के लिए मना लिया। उन्हें अस्पताल घुमाने के नाम पर घंटेभर बैठाए रखा, यह जानते हुए कि दंगाइयों ने अस्पताल को भी अछूता नहीं छोड़ा है। दोनों सम्प्रदाय के लोगों ने जिला अस्पताल और मेडिकल कॉलेज अस्पताल को सुविधा के मुताबिक बाँट लिया है। प्रशासन ने कोई सुरक्षा बन्दोबस्त नहीं किया है।

प्रशासन यही तय नहीं कर पा रहा है कि सेना को कहाँ तैनात करें। इस हायतौबा में शहर की हालत बदतर होती जा रही है। वहाँ कोई भी ऐसा मुहल्ला नहीं बचा है जहाँ लोग अपने को सुरक्षित मानते हों। आई.जी. श्रीराम अरुण को जब लोगों ने पत्रकारों को सही सूचना नहीं देने की जानकारी दी तो उन्होंने जिला प्रशासन को इस बारे में निर्देश दिया। इसके बावजूद प्रशासन सचेत नहीं हुआ। सही सूचना के अभाव में पूरे शहर में अफवाहों का दौर चल रहा है। कुछ ही घंटों में ये अफवाहें हिंसक घटनाओं में भी बदल रही हैं। इन अफवाहों ने ही दंगों को शहर से गाँवों तक फैला दिया है। आस-पास के दर्जनभर से अधिक गाँव दंगे की चपेट में हैं।

दिसम्बर 1990

कर्फ्यू बेअसर, हिंसा नहीं रुकी, गाँवों में भी दंगा फैला

बेमियादी कर्फ्यू और सेना तैनात होने के बावजूद शहर में हिंसा का ताडव तीसरे दिन भी जारी रहा। हिंसा रोक पाने में प्रशासन पूरी तौर से नाकाम साबित हुआ। दंगा अब गाँवों में भी फैल चला है। सरकारी तौर पर मरनेवालों की संख्या 29 बताई गई है। गैर सरकारी आँकड़ा 50 से ज्यादा का है। करीब दर्जन भर लोग आज भी घायल हुए हैं। दंगाइयों ने मगध एक्सप्रेस को रोकने की कोशिश की। शहर में चार धार्मिक स्थलों में तोड़फोड़ की गई। अलीगढ़ मुस्लिम विश्वविद्यालय बेमियादी तौर पर बन्द कर दिया

गया है। अलीगढ़ के दंगे का असर राज्य के दूसरे शहरों में भी हुआ है। फैजाबाद, कानपुर, बदायूँ, मुरादाबाद और एटा में कल रात कई हिंसक वारदातें हुई हैं। पुलिस के मुताबिक एटा और मुरादाबाद में एक-एक आदमी मारा गया। फैजाबाद में एक मस्जिद और एक मन्दिर में तोड़फोड़ हुई। मुख्यमन्त्री मुलायम सिंह यादव के अनुसार दंगे के लिए जिम्मेदार कलेक्टर और एस.पी. को बख्शा नहीं जाएगा। उन्होंने कलेक्टर को निर्देश दिए कि प्रेस से कोई बात नहीं छिपाई जाए।

हिंसा की ताजा वारदातें विश्वविद्यालय परिसर और आसपास के इलाकों में हुईं। यहाँ और जमालपुर इलाके में पुलिस, सेना और दंगाइयों में तीन घंटे तक फायरिंग हुई। विश्वविद्यालय परिसर से एक समुदाय के छात्र और शिक्षक भाग रहे हैं। यहाँ कम-से-कम छह लोग मारे गए हैं। प्रशासन ने छात्रावास खाली करने के निर्देश दिए हैं। अलीगढ़ में पुलिस ने फोटोग्राफरों व पत्रकारों के साथ बदतमीजी की। कइयों के कैमरे तोड़े जाने की भी शिकायत है।

विश्वविद्यालय के आसपास जीवनगढ़, जमालपुर, एकता कॉलोनी, नगला मल्लाह, दोहरा काफी, नंगला मसानी आदि गाँवों में हिंसा और आगजनी हुई। विश्वविद्यालय के मेडिकल कॉलेज अस्पताल में मरीजों तक को दंगाइयों ने मार डाला। इसमें 90 साल के बूढ़े से लेकर छह माह की बच्ची भी शामिल है। आज दोपहर में एक समुदाय की करीब सवा सौ महिलाओं ने सेना की मौजूदगी में मदार गेट पुलिस चौकी का घेराव किया और अपने पति और बच्चों को छुड़ाने के लिए नारेबाजी की।

आज सुबह अलीगढ़ जंक्शन के आउटर पर दंगाइयों ने मगध एक्सप्रेस को रोककर सवारियों की हत्या करने की फिर कोशिश की। मगर सी.आर.पी.एफ. के जवानों ने उन्हें खदेड़ दिया। अलीगढ़ जिले के शेष हिस्सों में केन्द्रीय रिजर्व पुलिस बल की दो कम्पनियों और पी.ए.सी. की 15 कम्पनियों के अलावा बड़ी संख्या में पुलिस के जवान तैनात कर दिए गए हैं।

देर रात भुजपुरा इलाके में दंगाइयों ने तीन लोगों को जिन्दा जलाकर पेड़ों पर उलटा लटका दिया। जोगीपाड़ा मुहल्ले में दंगाइयों ने एक समुदाय के सात घरों को जला दिया। इससे इनमें रह रहे लोग भी जलकर मर गए। वहाँ एक धार्मिक स्थल में तोड़फोड़ की गई। शाह जमाल इलाके में दूध बेचनेवालों को पकड़कर मार देने और नगला मसानी में आगजनी के बाद हालात को काबू में लाने के लिए पुलिस और पी.ए.सी. को गोली चलानी पड़ी। इसमें करीब आधा दर्जन लोग मारे गए। यहाँ पर भयभीत एक समुदाय के लोग एक धार्मिक स्थल में छिपे हुए हैं। छर्रा अड्डे पर एक आदमी को जिन्दा जला दिया गया। धनीपुर मंडी में एक आदमी को खींचकर मार डाला। पला साहिबाबाद में एक छह महीने की बच्ची सबिया को घायल कर उसकी माँ समेत तीन लोगों की हत्या कर डाली।

देर रात तक शहर में गोलीबारी चलती रही। सराय सुल्तानी, दहीवाली गली, मामू-भाँजा, बाबरी मंडी, खाई डारा, टनटन पाड़ा, ऊपर कोट, सराय रहमान में नारे

लगाए जा रहे थे। मेडिकल कॉलेज के हाउस सर्जन की तुर्कमान गेट पर एक समुदाय के लोगों ने हत्या कर दी। थाना सासनी गेट इलाके में चार धार्मिक स्थलों को तोड़ा-फोड़ा गया। जयगंज इलाके में दर्जनभर दुकानों को जला दिया गया।

दंगाग्रस्त इलाकों में कल शाम तक लाशों से गलियाँ पटी पड़ी थीं, इन लाशों को कोई नहीं उठा रहा था। कुछ लाशों को जलते मकानों में ही झोंक दिया गया।

पुराने शहर से शुरू हुई हिंसा नए इलाकों और देहात में फैल गई है। कल की हिंसा में गैर सरकारी तौर पर 40 से अधिक लोग मारे गए। गोमती एक्सप्रेस को रोककर की गई हिंसा में दंगाइयों ने दस लोगों को मार डाला। यह दावा इसी गाड़ी में सफर कर रहे खैर के विधायक जगवीर सिंह ने किया है। दिल्ली के अतिरिक्त पुलिस आयुक्त बी.एन. पाल को दंगाइयों ने मेडिकल कॉलेज में घेरकर मारने की कोशिश की। उनके अंगरक्षक से स्टेनगन छीन ली गई।

प्रशासन दंगा रोकने में नाकाम रहा ही है वह लाशों का पोस्टमार्टम भी नहीं करवा सका है। लाशें तीन दिन से जिला अस्पताल, पुलिस लाइन, पोस्टमार्टम कक्ष और मेडिकल कॉलेज में पड़ी सड़ रही हैं। अस्पताल सूत्रों के मुताबिक कल 23 लाशों और आज 16 शवों का पोस्टमार्टम किया गया। इंका महासचिव महावीर प्रसाद, तारिक अनवर, माखन लाल फोतेदार, अशोक गहलौत और शाहिद सिद्दीकी आज शहर में पहुँचे। लेकिन प्रशासन ने उन्हें दौरा नहीं करने दिया। दंगे के सिलसिले में 125 लोग गिरफ्तार किए गए हैं। राज्य के गृह सचिव ए.के. रस्तोगी और पुलिस महानिदेशक डॉ. आर.वी. माथुर ने हालात तनावपूर्ण बताए हैं। शहर में सेना और पुलिस के जवान गश्त लगा रहे हैं। दंगे में सौ से अधिक दुकानें जला दी गई हैं। कासिमपुरा, नई सराय रहमान और सराय हाकिम के हरिजन इलाकों में 50 से अधिक घर फूँके गए हैं। दंगाग्रस्त शहर में 171 लोग घायल हुए हैं। इनमें दस पुलिसवाले भी हैं जिनको चाकू और गोलियाँ लगीं।

दिसम्बर 1990

इस बार पुलिस को काफी परेशानी हो रही है दंगे से निपटने में

इस बार दंगे से निपटने में पुलिस को काफी परेशानी उठानी पड़ रही है। जानकारों का कहना है कि शहर से पी.ए.सी. हटाए बगैर दंगा इस बार खत्म नहीं होनेवाला। वे लोग अलीगढ़ मुस्लिम विश्वविद्यालय हॉस्टल भी खाली कराने की माँग कर रहे हैं।

अलीगढ़ में कई दंगे हुए हैं लेकिन अबके जैसा दंगा कभी नहीं हुआ। इस बार तो दंगा नहीं सामूहिक कत्लेआम हो रहा है। कई मुहल्ले फूँक दिए गए हैं और लोगों को जिन्दा जलाया गया है। ट्रेनों और बसों से लोगों को उतारकर मारा गया। दंगाइयों ने अस्पतालों तक को नहीं छोड़ा। दंगे में अबके छुरेबाजी कम हो रही है। दंगाई सामूहिक रूप से हमले करके लोगों को मार रहे हैं।

गोमती एक्सप्रेस कांड की प्रतिक्रिया में अलीगढ़ मुस्लिम विश्वविद्यालय में दंगा हुआ। दिल्ली से आए अतिरिक्त पुलिस आयुक्त बी.एन. पाल पर भी वहीं हमला हुआ। उनके भाई से स्टेनगन छीन ली गई। हॉस्टल से निकले छात्रों ने जमालपुर, नंगला मल्ला और एकता कॉलोनी पर हमला करके वहाँ कई बस्तियों में आग लगा दी। शाम को पुराने शहर की कोतवाली पर फौज को तैनात किया गया। तब दंगाइयों ने अपनी जगह बदल दी तो सिविल लाइंस और विश्वविद्यालय इलाके में दंगा शुरू हो गया। लोग पुलिस से गुहार करते रहे, लेकिन पुलिस ने उनकी नहीं सुनी। ऐसे कम-से-कम दर्जनभर मामले आए हैं जिनमें इत्तला देने के बावजूद कोई बचाने नहीं आया और दंगाई अपना काम कर गए। विश्वविद्यालय के मेडिकल कॉलेज अस्पताल के डॉक्टर, कर्मचारी और मरीज दिनभर पुलिस कन्ट्रोल रूम में फोन करते रहे।

आज तक इस शहर में ऐसा कभी नहीं हुआ कि अस्पताल के मरीजों को सम्प्रदाय के आधार पर अलग करके मारा गया हो और मरीज, तीमारदार और डॉक्टर तीनों प्रशासन से सुरक्षा की माँग करते रहे। शहर में दो अस्पताल हैं। मलखानसिंह जिला अस्पताल और मेडिकल कॉलेज अस्पताल में हत्या के बाद एक समुदाय के लोगों ने वहाँ जाना बन्द कर दिया।

अलीगढ़ मुस्लिम विश्वविद्यालय परिसर में तनाव है। मेडिकल कॉलेज अस्पताल में तीमारदारों के मारे जाने की खबर से दहशत है। विश्वविद्यालय प्रशासन सफाई देने में लगा है। जिस वार्ड नम्बर 10 और 12 में कत्लेआम की अफवाह थी उसमें बेड नम्बर 239 की सत्तादेवी, 244 की सोनवती, 245 की मायादेवी, बेड नम्बर 385 की कमलेश, 278 की किरण और वार्ड नम्बर 10 के बेड नम्बर 109 के महेन्द्र पाल, 119 के द्वारिका और 118 के कमल सिंह आदि दर्जनभर मरीजों ने किसी भी वारदात से इनकार किया। वार्ड के बाहर धूप में बैठे तीमारदारों ने भी किसी वारदात से इनकार किया। अलबत्ता वहाँ तनाव जरूर था। कुछ लड़के उत्तेजित भी थे। इमरजेंसी रूम के सामने काफी भीड़ थी। लोग गुस्से में भी थे। नए कलेक्टर ने कुलपति से बात करके वहाँ 30 सी.आर.पी. के जवानों को तैनात कर दिया था।

हॉस्टल में भी दहशत थी। लेकिन कहीं कोई वारदात होने की सूचना नहीं मिली। लड़कियों के सरोजनी नायडू हॉस्टल की गैर मुस्लिम छात्राएँ अफवाह उड़ाए जाने पर गुस्से में थीं। वहाँ सभी डॉक्टरी और इंजीनियरिंग आदि की लड़कियाँ रहती हैं। डॉ. बेला कौल, सुनीता बहराइच, मनीषा, तरुण दुआ, मनीषा पालीवाल, उमा मिश्र, रोमा आदि सभी छात्राओं ने एक ही बात बताई कि उन्हें यहाँ कोई परेशानी नहीं है। हॉस्टल की प्रो. फिरोजा हमीद का कहना था कि हम यहाँ कुछ भी अनहोनी नहीं होने देंगे। सभी महिला शिक्षक बारी-बारी से यहाँ रहती हैं।

लड़कों के अलावा इकबाल हॉस्टल में मुस्लिम छात्र ज्यादा आतंकित थे। वहाँ कुल सात सौ छात्रों में से उनकी संख्या 70 है। इनमें अधिकांश अपने घर जा चुके हैं। इस हॉस्टल के वी.सी. ने जवाहरलाल मेडिकल कॉलेज के मुख्य चिकित्सा अधीक्षक

डॉ. बदरूल हसन और उपमुख्य चिकित्सा अधीक्षक डॉ. जावेद हैदर की सराहना की। इन दोनों के अड़ जाने से ही प्रशासन मेडिकल से एक समुदाय के लोगों के ले जाए जाने की माँग नहीं मनवा सके। डॉ. हसन ने कहा, 'हम डॉक्टर हैं हमारे लिए हर मरीज केवल मरीज है। अगर एक बार एक समुदाय के मरीजों को यहाँ से निकाला गया तो लोगों का अस्पताल और डॉक्टरों पर से विश्वास उठ जाएगा। हम ऐसा नहीं होने देंगे।'

हिन्दी विभाग के अध्यक्ष प्रो. के.पी. सिंह ने जाने से साफ मना कर दिया। उनके घर पर छात्रों ने पहरा दिया। कुलपति का कहना था कि छात्र, शिक्षक और बाकी कर्मचारी कैम्पस में घुस-घुस कर किसी भी अनहोनी से मुकाबला करने के लिए सतर्क करते हैं। उनका कहना था कि शुरू से ही उनके विश्वविद्यालय के बारे में उलटे-सीधे प्रचार किए जा रहे हैं। उन्होंने बताया कि रविवार को डॉ. इमरान सलीम को पी.ए.सी. वालों ने एम्बुलेंस लेकर दवाई लेने जाते समय कलेक्टर की कोठी के सामने पीटा। डॉक्टर को अधमरा करके छोड़ा। डॉक्टर को थाने में ले जाकर जान से मारने की कोशिश की गई। लेकिन वहीं के पुलिसवाले ने उन्हें बचा लिया। इसकी प्रतिक्रिया विश्वविद्यालय के हॉस्टलों में हुई जैसे-तैसे उसे शान्त किया गया।

इसी तरह से विश्वविद्यालय के बाहर तैनात पी.ए.सी. वाले मरीजों तक को मेडिकल अस्पताल नहीं आने देते। पत्रकार कुरबान अली के मामा को दहशत से दिल का दौरा पड़ गया। उन्हें उनकी पत्नी और लड़की कार से मेडिकल ले जा रहे थे। रास्ते में पी.ए.सी. वालों ने रोक दिया। आधे घंटे तक आरजू करने पर उन्हें मेडिकल जाने दिया। तब तक उनका इन्तकाल हो चुका था। अगर समय पर वे मेडिकल पहुँच जाते तो बच जाते।

विश्वविद्यालय को इस दंगे में जो दाग लग गया है उसे धो पाना विश्वविद्यालय के लोगों के लिए बहुत कठिन है। अभी विश्वविद्यालय खाली कराने और मेडिकल से गैर मुस्लिम मरीजों को निकालने की माँग बन्द नहीं हुई है।

10 दिसम्बर, 1990

दंगे अभी भी काबू से बाहर

अलीगढ़ में आज पाँचवें दिन भी हिंसा जारी रही। सामूहिक वारदातों पर प्रशासन का एक हद तक नियन्त्रण रहा। दंगा आज फैला नहीं लेकिन आसपास के इलाकों में तनाव बना रहा। न तो अलीगढ़ मुस्लिम विश्वविद्यालय के हॉस्टल खाली हुए और न ही पी.ए.सी. हटाई गई। नए कलेक्टर और एस.एस.पी. के आने के बाद माहौल थोड़ा बदला है। इसके बावजूद आज कम-से-कम तीन लोग मारे गए। सरकारी तौर पर दंगे में अब तक मरनेवालों की तादाद 16 बताई गई। इनमें पाँच की हालत गम्भीर है। मेडिकल कॉलेज अस्पताल में मरे पाँच घायलों की मौत की अभी सरकारी तौर पर पुष्टि नहीं हुई है। गैर सरकारी तौर पर मरनेवालों की तादाद 90 से अधिक बताई

जा रही है। कुल 416 लोग गिरफ्तार किए जा चुके हैं।

हालात काबू में करने के लिए स्थानीय प्रशासन में कई फेर-बदल किए गए हैं। इसका असर भी हुआ है लेकिन हालात अभी काबू में नहीं हैं। कर्फ्यू में कोई ढील नहीं दी गई है। शहर के कई हिस्सों में आज तड़के से गोलीबारी की आवाजें सुनी गईं। विश्वविद्यालय से लगे जमालपुर गाँव में दो समुदायों के बीच सवेरे भी गोली चली। शाम को वहाँ दुबारा गोलीबारी हुई जिसमें कम-से-कम एक व्यक्ति मारा गया। सराय सुल्तानी मुहल्ले में आज दो बच्चों को चाकूबाजी में मार डाला गया। ये दोनों बच्चे कुल पाँच लोगों के साथ पड़ोस के कृष्णा टोले में दूध लेने जा रहे थे। वहीं भीड़ ने उनपर हमला किया। भीड़ की चपेट में दो ही आ पाए। दोनों की वहीं मौत हो गई। इसके अलावा सासनी कोतवाली से लेकर सिविल लाइन्स तक हिंसा होने की सूचना है।

अलीगढ़ मुस्लिम विश्वविद्यालय के जवाहरलाल नेहरू अस्पताल में सामूहिक कत्लेआम की अफवाह ने शहर में और तनाव पैदा कर दिया। वहाँ 70 से अधिक मौतों की अफवाह थी। इस संवाददाता ने आज उस अस्पताल के वार्ड 10 और 12 में एक दर्जन गैर मुस्लिम मरीजों से बात की। सभी ने कोई वारदात होने से इनकार कर दिया। दंगा के दूसरे ही दिन से वहाँ भर्ती गैर मुस्लिम मरीजों के तीमारदारों को मारे जाने की चर्चा थी। दर्जनों लोग अफसरों से अपने मरीजों को वहाँ से निकालने की माँग कर रहे थे। वहाँ के मेडिकल अधीक्षक डॉ. सदरूल हैदर ने प्रशासन के इस आग्रह को नहीं माना। उनका कहना था कि ऐसा एक बार करने से लोगों का अस्पताल पर से भरोसा उठ जाएगा।

विश्वविद्यालय के कुलपति प्रो. एम.एन. फारूकी का कहना था कि कुछ लोगों ने जानबूझकर अफवाहें उड़ाकर अस्पताल को बदनाम करने की कोशिश की। विश्वविद्यालय में केवल कक्षाएँ बन्द की गई हैं। न तो हॉस्टल खाली कराए गए हैं और न ही दूसरे काम बन्द किए गए हैं। करीब घंटेभर तक इस संवाददाता से बातचीत में कुलपति ने कहा कि विश्वविद्यालय में केवल पहले दो दिन वारदातें हुईं। उनका कहना था कि गैर मुस्लिम लड़के विश्वविद्यालय हॉस्टल में सुरक्षित हैं।

वहीं दिल्ली में मुस्लिम नेताओं ने प्रधानमन्त्री निवास के पास गोलमैथी चौक पर धरना देकर अलीगढ़ और कानपुर से पी.ए.सी. को हटाने और वहाँ सेना तैनात करने की माँग की। धरने पर बैठे मुस्लिम नेताओं और दूसरे लोगों ने उत्तर प्रदेश के मुख्यमन्त्री मुलायम सिंह यादव के खिलाफ भी नारेबाजी की।

धरने पर बैठे लोगों में जामा मस्जिद के शाही इमाम अब्दुल्ला बुखारी, नायब इमाम अहमद बुखारी, राज्यसभा सदस्य मोहम्मद अफजल, जावेद हबीब, जेड.के. फैजान, एम.ए. फातिमी, सईद खान और कलीम शेरवानी वगैरह थे। धरने पर बैठे लोगों को पूर्व केन्द्रीय मन्त्री शरद यादव, रामविलास पासवान, सांसद गंगाचरण राजपूत, राजसिंह मान और चन्द्र अमृत ने भी सम्बोधित किया।

जामा मस्जिद के नायब इमाम और राज्यसभा सदस्य मोहम्मद अफजल अलीगढ़

मुस्लिम विश्वविद्यालय के छात्रों के साथ रविवार को गृह राज्यमन्त्री सुबोधकान्त सहाय से मिले थे। और 10 दिसम्बर तक अलीगढ़ से पी.ए.सी. को हटा लेने की माँग की थी। वह माँग चूँकि पूरी नहीं हुई, इसलिए प्रधानमन्त्री निवास के बाहर आज धरना दिया गया।

सुबह से शाम तक दिए गए धरने में करीब दो सौ लोग शामिल हुए। इस मौके पर राज्यसभा सदस्य श्री अफजल ने हैदराबाद, विजयवाड़ा और विशाखापट्टनम से एक साथ छपनेवाले एक तमिल अखबार में छपे हैदराबाद के चित्र दिखाते हुए आरोप लगाया कि अलीगढ़ में स्थिति इससे भी बदतर है। वहाँ कानून जैसी कोई चीज नहीं रह गई है।

अफजल ने माँग की कि प्रधानमन्त्री चन्द्रशेखर, पूर्व प्रधानमन्त्री वी.पी. सिंह, राजीव गांधी, मार्क्सवादी नेता हरकिशन सिंह सुरजीत और कम्युनिस्ट नेता इन्द्रजीत गुप्त अलीगढ़ जाकर तब तक धरने पर बैठे रहें, जब तक कि वहाँ के लोग लड़ने-भिड़ने से बाज नहीं आए।

पूर्व केन्द्रीय मन्त्री शरद यादव ने कहा कि हमारी लड़ाई कमजोर वर्गों की लड़ाई है। दलितों को मुसलमानों के खिलाफ लड़वाकर फिरकापरस्त अपना खेल खेलते हैं। जब फसाद होता है तो कमजोर वर्ग के लोग हिन्दू हो जाते हैं नहीं तो हमें मन्दिरों में नहीं घुसने दिया जाता है। उन्होंने कहा कि देश में अमीर-गरीब की लड़ाई चल रही है, जिसमें केवल अमीरों को फायदा हो रहा है।

दिसम्बर, 1990

थोड़ी-सी चौकसी से टल सकता था सहारनपुर का दंगा

अगर स्थानीय पुलिस प्रशासन चौकस होता तो सहारनपुर का दंगा टल सकता था। 24 मार्च को रामनवमी जुलूस निकला, फव्वारा चौक के पास पथराव हुआ और जुलूस आगे जाने नहीं दिया गया। जुलूस फिर से निकालने के लिए दो दिन तक शहर में तनाव बढ़ता गया। उसके बाद भी प्रशासन ने जुलूस उसी रास्ते से निकालने की अनुमति दी। पुलिस की संख्या इतनी कम थी कि दंगा होने पर पुलिसवाले जान बचाकर भागे। प्रशासन कल तक बौखलाया हुआ था। वरिष्ठ अधिकारियों के पहुँचने पर ही स्थिति पर नियन्त्रण किया गया।

दोनों सम्प्रदाय के नेताओं में समझौता हो जाने के बाद जुलूस शाम छह बजे तक निकालने की अनुमति देने का प्रशासन के लोग बहाना गढ़ रहे हैं। जुलूस निकल रहा था दूसरे रास्ते से और दंगा शुरू हो गया लोहानी सराय में। 24 मार्च को जुलूस पर किसने पथराव किया इसकी जाँच करने के बाद फिर जुलूस निकालने की अनुमति दी जाए। प्रशासन ने इसकी आवश्यकता नहीं समझी। कहने के लिए शुरू में यही कहा जाता रहा कि जब 27 मार्च को जुलूस रामजीलाल भवन से शुरू होकर नयागंज बाजार के पास रुका, वहाँ नारे लगने लगे और जुलूस में शामिल युवक नाचने लगे। शार्ट सर्किट हो जाने से बिजली का एक तार टूट कर वहाँ गिरा, उससे भगदड़ मची और दंगा शुरू हो गया। लेकिन आज तक इसकी पुष्टि नहीं हुई।

27 मार्च को जुलूस के आगे-आगे सामाजिक और सांस्कृतिक संस्था हजरत अमीर खुसरो कल्चरल सोसाइटी के अनेक अल्पसंख्यक चल रहे थे ताकि साम्प्रदायिक सद्भाव दिखे, लेकिन भीतर-ही-भीतर दोनों सम्प्रदाय के लोगों में तनाव होता रहा। कुल 45 मिनट में दंगा पूरे शहर में फैल गया। पूरा शहर जलने लगा। लेकिन उसी शहर में एक अनोखी घटना हुई। सब्जी मंडी पुल के पास संजय गर्ग की फिएट कार दंगाइयों ने आग के हवाले कर दी। संजय भागकर जामा मस्जिद के नीचे दुकान करनेवाले मोहम्मद इसरार की शरण में पहुँचा, उसने उसकी जान बचाई। कल दोपहर जद विधायक वीरेन्द्र सिंह ने उन्हें उनके घर पहुँचाया।

कल तक नौ शव पोस्टमार्टम के लिए जिला अस्पताल में आए थे। कुछ जगह तलाशी होने पर कुछ और शव मिलेंगे, इसकी सम्भावना है। अस्पताल में कुल 35 घायल भी थे। कुछ बाहर भी इलाज करवा रहे थे। पूरी संख्या किसी अधिकरी के पास नहीं थी। धड़ाधड़ गिरफ्तारी करके अधिकारी अपना गुस्सा लोगों पर निकाल रहे हैं। पूर्व केन्द्रीय मन्त्री और सहारनपुर के सांसद काजी रसीद मसूद के मुताबिक 15 लोग मारे गए हैं। दंगा उन्हें चुनाव हरवाने की साजिश के तहत किया गया है। उनके मुताबिक साम्प्रदायिक सद्भाववाले इस शहर को कुछ लोगों ने दंगे की आग में झोंक दिया। उनकी पार्टी के विधायक का भी यही मानना था। जबकि जद (स) के नेता और प्रदेश सरकार के मन्त्री रामशरण दास जद पर आरोप लगा रहे थे। बताते हैं कि अगले चुनाव के चलते उन्होंने वरिष्ठ पुलिस अधीक्षक हरभजन सिंह को हटवाकर अपनी बिरादरी के देवराज नागर को यहाँ तैनात किया। उन्हें यहाँ के बारे में पूरी जानकारी नहीं है। इसके चलते वे दंगे पर काबू पाने में असफल रहे।

मार्च 1991

रामनवमी जुलूस पर पथराव से सहारनपुर में दंगा : 9 मरे

सहारनपुर में साम्प्रदायिक दंगा हो गया। नौ लोग मारे गए। कल रात नौ बजे से शहर के पाँच थानों में बेमियादी कर्फ्यू लगा दिया गया है। दंगा रात रामनवमी जुलूस पर पथराव होने के बाद शुरू हुआ। पुराने शहर के विभिन्न इलाकों में भयंकर आगजनी हुई है। जिला अस्पताल में 35 घायल भर्ती किए गए हैं। उनमें से दो को मेरठ मेडिकल कॉलेज अस्पताल भेजा गया है। एक घायल के मरने की खबर है। प्रशासन छह के मरने की पुष्टि कर रहा है जबकि जिला अस्पताल में शाम तक पोस्टमार्टम के लिए नौ लाशें रखी हुई थीं।

दंगे की भूमिका चार दिन से बन रही थी। 24 मार्च को रामनवमी जुलूस निकला था। पर फव्वारा चौक के पास जुलूस पर पथराव हुआ। प्रशासन ने जुलूस को वहीं से वापस कर दिया था। जुलूस निकालने के लिए विभिन्न धार्मिक संगठनों ने 25 और 26 मार्च को शहर बन्द करवाया था। 26 की शाम प्रशासन, विभिन्न दलों के नेताओं और दोनों सम्प्रदाय के प्रतिनिधियों के बीच समझौता होने के बाद कल फिर जुलूस निकालना तय हुआ।

कल शाम तक ही जुलूस को निकालने की अनुमति दी गई थी लेकिन रामलीला भवन से शुरू हुआ जुलूस भगतसिंह चौक, मोरगंज बाजार और फव्वारा चौक होते हुए नया बाजार पहुँच चुका था। वहीं पर उत्साही युवकों ने धार्मिक नारे लगाए और जुलूस को दो घंटे तक रोके रखा। पहले से ही पूरे शहर में तनाव था। अचानक जुलूस पर पथराव हुआ। बताते हैं पथराव धार्मिक स्थल से हुआ। करीब साढ़े आठ बजे यह एक घटना हुई।

उसके बाद पूरे शहर में दंगा शुरू हो गया। दंगे की तैयारी पहले से ही थी। इसका सबूत नया बाजार से काफी दूर नेहरू मार्किट में हुई लूटपाट से जाहिर होता है। कोतवाली के आसपास के सारे मुहल्ले दंगे की चपेट में आ गए। शहीदगंज, चौकी सराय, चौकी फव्वारा, कक्कड़ गंज, लोहानी सराय, मटिया महल, भगतसिंह चौक, सब्जी मंडी, अखीमदरसा क्षेत्र में भयंकर आगजनी हुई और दोनों समुदायों में जमकर चाकूबाजी, तलवारबाजी हुई। दोनों तरफ से रातभर फायरिंग होती रही।

मटिया महल में दंगाइयों ने एक स्कूटर पर जा रहे दो युवकों पर पेट्रोल डालकर आग लगा दी। रामलीला भवन के पास डी.सी.एम. टोयटा को उलटकर आग लगा दी गई और वहाँ एक व्यक्ति को चाकू मारा गया।

दंगाइयों ने बोमनजी रोड पर सीताराम कॉम्पलेक्स के सामने जच्चा-बच्चा अस्पताल के पास दो व्यक्तियों की धारदार हथियारों से हमला कर हत्या कर दी। नुक्कड़ से आ रही एक मेटाडोर पर धावा बोलकर दंगाइयों ने 23 साल के एक व्यक्ति को बाहर खींचकर चाकू मारकर घायल कर दिया। वहीं दो महिलाओं की हत्या की गई। बोमनजी रोड पर मारुति वेन में आग लगा दी गई। प्रताप मार्केट तिराहे पर चश्मे की एक दुकान क्षतिग्रस्त कर दी गई।

दिन में कक्कड़गंज मुहल्ले में कुछ लोगों ने आग लगा दी। तीन लोगों को पुराने शहर में जिन्दा जला दिया गया। आज सवेरे से सहारनपुर में पुलिस महानिरीक्षक विजय शंकर माथुर, कमिश्नर जितेन्द्र नाथ रंजन और पुलिस उप-महानिरीक्षक अब्राहम कुरियर जमे हुए हैं।

मार्च 1991

चुनाव में हारने के डर से नेताओं ने दंगा करवाया

चुनाव में हारने के डर से नेताओं ने मेरठ में दंगा करवाया। गैर सरकारी तौर पर मरनेवालों की तादाद 34 से भी ज्यादा हो गई है। सरकारी तौर पर 29 के मरने की पुष्टि की गई है। मेरठ में चुनाव साम्प्रदायिक हो रहा था इससे कोई परेशान नहीं था बल्कि इसे और साम्प्रदायिक बनाने के लिए सभी नेता लगे थे।

मेरठ में चुनाव साम्प्रदायिक होना पहले से तय था। इसके लिए भाजपा और दूसरे दल शुरू से ही कोशिश कर रहे थे। लेकिन असली गड़बड़ी बाद में हुई। इंका ने मंजूर अहमद को लोकसभा उम्मीवार बना दिया। उधर जनता दल उम्मीदवार हरीश पाल, वी.पी. सिंह और शाही इमाम के फतवे के बूते पर अल्पसंख्यक वोटो पर अपना दावा मान रहे थे। मंजूर अहमद और हरीश पाल में अल्पसंख्यक वोटों की खींचतान चलती रही। इसी बीच मेरठ शहर के समाजवादी जनता पार्टी के उम्मीदवार याकूब आखिरी समय में जनता दल उम्मीदवार अयूब अंसारी के पक्ष में चुनाव मैदान से हट गए। अब चुनाव मैदान में भाजपा उम्मीदवार लक्ष्मीकान्त वाजपेयी, जनता दल उम्मीदवार अयूब अंसारी, इंका उम्मीदवार धर्म दिवाकर में मुख्य मुकाबला हो रहा था। पिछले चुनाव में श्री वाजपेयी 14, 619 मतों से चुनाव जीते थे। अबके आखिर में दिवाकर भी उतने वोट पा जाने की स्थिति में आ गए थे इसलिए श्री वाजपेयी हार से डरे हुए थे।

दूसरी ओर यही हाल मंजूर और हरीश पाल का था। शहर सीट पर अयूब अंसारी के उम्मीदवार होने से सम्भावना बनी थी कि ऊपर की सीट पर हरीश पाल को ज्यादा अल्पसंख्यक वोट मिलेंगे। यही हाल मंजूर का था। दोनों अल्पसंख्यक वोट पक्के करने के लिए सवेरे से मतदान केन्द्रों पर चक्कर लगा रहे थे। इस गणित का असर कैंट विधानसभा सीट पर भी हो रहा था। वहाँ भाजपा उम्मीदवार शशि मित्तल की बढ़त देखकर इंका और जनता दलवाले बौखला गए थे। जबकि भाजपाई इंका उम्मीदवार के पैसे का असर होने के भय से बौखलाए हुए थे। कैंट सीट पर सजपा उम्मीदवार गुलाम मोहम्मद के चलते जनता दलवाले परेशान थे। यानी दोनों शहरी विधानसभा सीटों—मेरठ लोकसभा सीट पर कोई भी उम्मीदवार अपनी जीत पक्की नहीं मान रहा था।

जीत पक्की करने के लिए दंगा कराया गया। शहर के लगभग सभी मतदान केन्द्रों पर जिस दल या जिस नेता का असर था उसने पहला काम अपने विपक्ष में जानेवाले

मतों को डलवाने का किया। चूँकि यह काम पहले फेज में ही हुआ इसलिए रुकते-रुकते दंगा दोपहर तक पूरे शहर में फैल गया और दंगा होने के बाद सभी नेता पुरानी नौटंकी करके शान्ति कराने लगे। उसी नौटंकी के तहत जनता दल उम्मीदवार हरीश पाल जबरन गिरफ्तार हुए। झगड़े की नौबत हर बूथ पर थी। लेकिन झगड़ा शुरू हुआ मेरठ छावनी विधानसभा क्षेत्र के कबाड़ी बाजार के दाल मंडी इलाके की अग्रवाल धर्मशाला के मतदान केन्द्र से। वहाँ कुछ भाजपाई गैर-भाजपाइयों के वोट डाल रहे थे। इस पर जनता दल और भाजपावालों में झगड़ा हुआ। लेकिन पुलिस के दखल से बवाल टल गया। करीब दस बजे हरीश पाल छावनी के जनता दल उम्मीदवार अजब सिंह के साथ आए और फिर हंगामा चालू करवा दिया। इतने में मंजूर अहमद पहुँचे। उन्होंने हरीश पाल का समर्थन किया। अजब सिंह ने मतदान में गड़बड़ी की लिखित शिकायत की। भाजपाइयों के विरोध में नारेबाजी की। हरीश पाल और अजब सिंह मौका देखकर खिसक लिए लेकिन मंजर डटे रहे। शशि मित्तल आ गईं। उनके आने तक पथराव शुरू हो गया। उसमें मंजूर अहमद को भी चोटें आई थीं।

इस घटना के पहले हरिनगर में हरीश पाल का लोगों ने घेराव किया तो वहाँ गोली चलने से हंगामा हो गया। एक और घटना जाटव गेट पुलिस चौकी के पास मरम अली मुहल्ले में हुई थी। यहाँ कुछ लोग मतपेटी उठाकर भाग रहे थे। पुलिस ने रोका, उस पर पथराव हुआ। कुछ आगजनी हुई और अहिरान में भी पथराव हुआ। लेकिन भीषण दंगा बाद में हुआ। इंका उम्मीदवार मंजूर अहमद लम्बी पट्टी कराकर टाउन हॉल पर भाषण देने आए। उन पर हमले की खबर से खैर नगर में हिंसा शुरू हो गई। उसकी प्रतिक्रिया में बुढ़ाना गेट पर पथराव हुआ।

निगार सिनेमा के बगल में धर्मशाला मतदान केन्द्र से अचानक भीड़ निकली और सिनेमा हॉल पर हमला कर दिया। एक समुदाय विशेष के लोगों को अलग करके मारना शुरू किया। एक महिला समेत तीन को जिन्दा जला दिया। चार की चाकू और गोली से हत्या कर दी। बुढ़ाना गेट पर दो ही हत्या हुई। इसके अलावा अभी तक अधजले शव मिल रहे हैं। घायलों में अब तक तीन की मौत हो गई थी। इसकी प्रतिक्रिया 20 को हुई। जली कोठी के बाहर रुड़की डिपों की यू.पी. रोडवेज बस पर जो दिल्ली जा रही थी, भीड़ ने धावा बोल दिया। बस में आग लगाने का प्रयास किया गया। यात्री घायल हुए। मछेरान के पीछे भूसामंडी के नजदीक रेलवे गोदाम पर हमला करके भीड़ ने छह आर.पी.एफ. जवानों को घायल कर दिया।

नेताओं ने बलवा तो कई और जगह करवा दिया था। इंका उम्मीदवार दयानन्द गुप्ता के भाई ने शास्त्री नगर में गोली चलाई। लेकिन संयोग से बवाल टल गया। 21 मई को भी दंगा जारी रहा। मकबरा डिक्की में रह रहे गरीब मजदूरों की बस्ती में दो को जिन्दा जला दिया गया। बाद में पुलिस की गोली से दो और मरे। 22 को दहशत भरी शान्ति रही । पहले दिन दंगा पुलिस की कमी से फैला। सेवरे सरधना में झड़प हो जाने की सूचना मिलने पर डी.आई.जी., कलेक्टर और एस.एस.पी. वहाँ चले गए

थे। तब तक मेरठ में दंगा हो गया। बागपत लोकसभा क्षेत्र के इंका उम्मीदबार जिलेसिंह पर भी हमले हुए थे। खेकड़ा विधानसभा क्षेत्र पूरा ही संवेदनशील बन गया था।

22 मई को राजीव गांधी की हत्या के बाद शहर में सख्ती बढ़ा दी गई। दिन भर शान्ति रही। लेकिन शाम को फिर हिंसा और आगजनी शुरू हो गई। ब्रह्मपुरी थाने के रामलीला मैदान के पास बन रही आवास विकास कॉलोनी में दंगाइयों ने धावा बोलकर तीन जिन्दा मजदूरों की हत्या कर दी। चार गम्भीर रूप से घायल हुए। पटेल नगर और खैर नगर में आगजनी हुई। खैर नगर में फिलमिस्तान सिनेमा के पास एक पेंट की दुकान को दंगाइयों ने जला दिया। रात में कई स्थानों पर गोली चलने की आवाज आती रही। 22 तक डेढ सौ से अधिक लोगों को गिरफ्तार किया जा चुका था। कर्फ्यू में और सख्ती कर दी गई। कैंट इलाके में सेना के जवान बाहर से आनेवाले वाहनों की तलाशी ले रहे थे।

मई 1991

मेरठ में दंगे की मार सबसे ज्यादा मजदूरों पर पड़ी है

मेरठ को सामान्य शहर बनाना अब प्रशासन के बूते में नहीं है। सालभर चाहे शहर में बेहिसाब पुलिस बल तैनात कर दिए जाएँ लेकिन इससे दंगा नहीं रुक सकता। हर बार दंगा शुरू होने का अलग कारण होता है और दंगा नई जगह से शुरू होता है। उसके बाद मिनटों में पूरा शहर जलने लगता है। घरेलू उद्योगों के लिए मशहूर मेरठ शहर से हर दंगे के बाद उन उद्योगों में काम करनेवाले मजदूरों का पलायन होता है और फिर नए मजदूरों के बूते ये उद्योग शुरू होते हैं। यह सिलसिला 1986 से चल रहा है। दोनों समुदाय के लोग सुरक्षित मुहल्लों की तलाश में एक-दूसरे मुहल्ले में पहुँच जाते है। अब शहर के ज्यादातर मुहल्ले किसी एक समुदाय बहुलवाले बन गए हैं। जहाँ दोनों समुदाय के लोग रहते हैं वे भी मजबूरी में हैं और सुरक्षित मुहल्ले की तलाश में लगे हुए है।

इन कुछ सालों में दोनों समुदायों के बीच की खाई इतनी चौड़ी हो गई है कि उसे पाटना कठिन है। शहर के नेताओं से उम्मीद थी कि वे इस बारे में पहल करेंगे। लेकिन उनकी राजनीति के लिए खाई बढ़ना ही बेहतर है। 20 मई को चुनाव के दिन दंगा नेताओं ने ही करवाया। बेवजह एक सिनेमा हॉल पर हमला करके एक समुदाय के लोगों को छाँटकर हत्या करना किसी एक दंगाई के बस में नहीं है। उस निगार सिनेमा हॉल में 13 लोगों की हत्या की गई।

जो इलाका 1987 के दंगे में भी अछूता रहा, अबके वहाँ भी हिंसा हुई। इन्दिरा चौक से बुढ़ाना दरवाजा तक पहले दिन सबसे ज्यादा हिंसा हुई। इसकी प्रतिक्रिया खैर नगर और जली कोठी के इलाके में हुई। एक चश्मदीद का कहना है कि खैर नगर में एक सभासद आग लगवा रहा है। अगर पुलिस मौके पर नहीं पहुँचती तो यात्रियों से भरी रोडवेज बस पर जली कोठी में हुए हमले में एक भी शख्स नहीं बचता। प्रशासन

भी हवा में ही उड़ता रहा। पहले तो सरधना के सजपा उम्मीदवार सुरेन्द्र सिंह को हथियार के साथ आतंक फैलाने की छूट दे दी और जब चुनाव के दिन वहाँ बूथ कैप्चर होने लगे तो कलेक्टर, एस.एस.पी. भागकर वहाँ गए। तब तक मेरठ शहर जल चुका था।

पूरे शहर में हाहाकार मच गया। 21 मई को दिल्ली रोड पर केसरगंज के पास मकबरा डिग्गी में सामूहिक हमला करके दंगाइयों ने एक समुदाय विशेष को लूटा, उनके घर जलाए और दो को जिन्दा जला दिया। पुलिस ने गोली चलाकर दंगाइयों को खदेड़ा। इसमें एक मारा गया और कितने घायल हुए इसके बारे में साफ नहीं है। वहाँ से भागे हुए लोग आज भी गंगाराम धर्मशाला में शरण लिए हुए हैं और अपने घर लौटने को तैयार नहीं हैं। अजित सिंह और इंका नेता धर्मशाला में जाने के बजाय पता नहीं क्या करने मकबरा पर गए।

यह घटना जिस तरह से हुई उससे साफ है कि किसी एक के कहने पर पूरा मुहल्ला नहीं निकला बल्कि इसके लिए बाकायदा तैयारी की गई। इस घटना की प्रतिक्रिया में रामलीला मैदान के पास आवास विकास कॉलोनी पर सामूहिक हमला करके तीन बिहारी मजदूरों को मार दिया गया। इस घटना से सम्बन्धित लोगों को पकड़े जाने पर नेता हल्ला मचा रहे हैं।

अभी किसी भी नेता को शहर की चिन्ता नहीं। भाजपावाले हिन्दुओं पर अत्याचार होने का रोना रो रहे हैं और जनतादलवाले मुसलमानों को परेशान किए जाने का आरोप लगा रहे हैं। इंका इसमें कहीं भी नहीं है। जो मंजूर अहमद अपने को घनघोर समाजवादी होने का दावा करते हैं उनके भाषण ने दंगा भड़काने में मदद की। वैसे इस आरोप से न तो भाजपा नेता डॉ. लक्ष्मी कान्त वाजपेयी बच सकते हैं और न जनता दल नेता हरीश पाल। वोट की राजनीति कितनी गन्दी हो गई है वह दंगा इसका एक नमूना है। कोई अपनी गलती मानने को तैयार नहीं है।

जिस तरह किसी शहर के आम लोग दंगा नहीं चाहते उसी तरह मेरठ में भी नवम्बर 90 और इस दंगे में आम लोग नहीं शामिल हुए थे। लेकिन साम्प्रदायिक नेता उन्हें जबरन घसीट रहे हैं। धीरे-धीरे शहर में समुदाय के हिसाब से मुहल्ले बन गए हैं। एक-दूसरे के मुहल्ले में लोग आम दिनों में नहीं जाते। इसमें कोतवाली और दिल्ली गेट इलाके के जो पुराने मुहल्ले हैं वहाँ दोनों समुदाय के लोग ज्यादा रहते हैं। वैसे तो हैंडलूम, खेलकूद उद्योग दूसरे मुहल्लों में भी है लेकिन इन मुहल्लों में चाहे व्यवसायी हों या छोटे कारीगर, सबसे अधिक संख्या में रहते हैं। यहीं सबसे पहले कर्फ्यू लगता है और सबसे बाद में खुलता है। शायद ही कोई महीना ऐसा बीतता हो जब इन इलाकों में कोई तनाव नहीं रहता हो।

दो में झगड़ा हो जाए और दोनों दो समुदाय के हों, चाहे कारण कुछ भी रहे, पूरा शहर तनाव में आ जाता है और अफवाहों का बाजार गर्म हो जाता है। छोटे उद्योगों में काम करनेवाले ज्यादातर मजदूर हैं जो सबसे कम सुविधावाले मुहल्ले में रहते हैं और

हाथ खाली होने के बावजूद काम पर नहीं आ सकते। उनको घाटा होता है। कैंची उद्योग से लेकर पावरलूम उद्योग तक बरबादी के कगार पर पहुँचते जा रहे हैं। लेकिन ताज्जुब तब होता है, जब इतनी बरबादी होने के बावजूद दंगा करनेवाले दंगा करा जाते हैं और उनके मुहल्ले के लोग उनका विरोध नहीं करते।

एक-दो अपवाद के अलावा ऐसा देखने या सुनने को कभी नहीं मिला कि मुहल्ले के बहुसंख्यक अपने मुहल्ले के अल्पसंख्यक को मार रहे हों। और लोग उन्हें रोक पाए हों। यह शहर अब इस त्रासदी को झेलने के लिए अभिशप्त होता जा रहा है। इसे खत्म करना शायद किसी के बूते का नहीं है। जब तक आम लोग दंगा करनेवालों का विरोध नहीं करेंगे तब तक शहर सामान्य नहीं होगा। एक साथ सालों से रहनेवाले एक-दूसरे को पिटते हुए देखकर बचाने का प्रयास करके के बजाय दंगाइयों का साथ देते हैं। अगर ऐसा नहीं होता तो न मकबरा की घटना होती और न ही आवास विकास कॉलोनी की घटना।

दंगाइयों को भय दिखाने में प्रशासन भी सक्षम नहीं है। पुलिस से आमने-सामने मुकाबला करनेवाले दंगाई इसके सबूत हैं।

मई 1991

मेरठ का मतदाता धार्मिक आधार पर बँट रहा है

मेरठ-मवाना लोकसभा चुनाव में तेजी से मतों का ध्रुवीकरण हो रहा है। सभी प्रमुख दलों का चुनाव प्रचार अब शीर्ष पर पहुँच गया है। इस लोकसभा सीट और इसकी पाँचों विधानसभा सीटों पर अमूमन इंका, जद और भाजपा में ही असली मुकाबला है। वैसे सजपा ने सभी सीटों पर उम्मीदवार खड़े किए हैं। इस लोकसभा सीट के आधे से अधिक मतदाता शहरी हैं और इनमें जबरदस्त बँटवारा हो रहा है। मेरठ शहर में इसका असली नजारा देखने को मिलता है। मिली-जुली आबादीवाले शहर के मुहल्लों में हिन्दू घरों पर भाजपा के झंडे और मुसलमान घरों पर जद व इंका के झंडे लहरा रहे हैं। आबादी के अनुपात में ही बैनर वगैरह भी लगे हैं।

चुनाव प्रचार में जमकर टेप का इस्तेमाल हो रहा है। एक तरफ भाजपाई गीता के श्लोक, भाजपा नेताओं के भाषण और अपने उम्मीदवार को जिताने की अपीलवाले कैसेट बजा रहे हैं। दूसरी और इंकावाले अपने नेताओं के भाषण। शहर में विधानसभा उम्मीदवारों के अधिक प्रचार ही रहे हैं। कहीं-कहीं साझे प्रचार भी हो रहे हैं जबकि गाँवों में अधिकतर साझे प्रचार ही हो रहे हैं।

मेरठ-मवाना लोकसभा क्षेत्र में 21 उम्मीदवार चुनाव मैदान में रह गए हैं। इंका ने पुराने समाजवादी नेता मंजूर अहमद को, भाजपा ने सरधना के विधायक ठाकुर अमरपाल सिंह को और जनता दल ने निवर्तमान सांसद हरीश पाल को अपना उम्मीदवार बनाया है। समाजवादी जनता पार्टी से अशोक गोयल उम्मीदवार हैं। मंजूर

अहमद की दावेदारी से मतों का ध्रुवीकरण बढ़ा है। इसका लाभ भाजपा उम्मीदवार को मिलने के आसार हैं। इसके चलते हरीश पाल पिछड़ते जा रहे हैं।

दूसरी ओर भाजपा उम्मीदवार ठाकुर अमरपाल सिंह के हौसले भी बुलन्द हैं। शुरू में लग रहा था कि भाजपा का एक धड़ा उनके साथ नहीं आएगा। लेकिन उन्होंने राज कुमार त्यागी को अपना चुनाव प्रभारी बनाकर विरोध खत्म कर लिया है। अब श्री त्यागी ही कहने लगे हैं कि भाजपा की जीत तय है। हम रिकार्ड मतों से जीतेंगे। उनके चुनाव कार्यालय में बैठे तमाम नेताओं ने गुर्जर, जाट और कुछ मुसलमान वोट भी हासिल करने का दावा किया।

जबकि जनता दल उम्मीदवाद हरीश पाल को 'भाईसाहब' (अजित सिंह) पर भरोसा है। उनके मुताबिक उन्हें हर वर्ग के लोगों का समर्थन है। उनके समर्थकों का मानना है कि शाही इमाम के फतवे से उन्हें मुसलमान वोट भी मिल रहे हैं। लेकिन मुसलमान बहुल इलाकों के मतदाताओं से बात करने पर यह दावा सही नहीं लगता। जिले में भाजपा के सबसे असरदार नेता डॉ. लक्ष्मीकान्त वाजपेयी फिर मेरठ शहर विधानसभा सीट से चुनाव लड़ रहे हैं। इस विधानसभा सीट पर हिन्दू और मुसलमान मतों का अनुपात 45 और 55 है। यानी अल्पसंख्यक मत नहीं बँटे तो डॉ. वाजपेयी का जीतना कठिन होगा। पिछले चुनाव में उन्हें 46, 317 और अयूब अंसारी (जद) को 31,698 मत मिले जबकि वशीर अहमद को 19,952 और इंका के जयनारायण शर्मा को 17, 391 वोट मिले।

मेरठ छावनी सीट पर भाजपा से शशि मित्तल फिर चुनाव लड़ रही हैं। वे 27 फरवरी 1990 को हुए उपचुनाव में 16,520 मतों से चुनाव जीती थीं। अबके जद ने अजब सिंह को खड़ा किया है जिनका कोई वजूद नहीं है। इंका ने बड़े सेठ दयानन्द गुप्ता को टिकट दिया है। श्री गुप्ता अबके पैसा खर्च करने में रिकार्ड बना रहे हैं। पैसा पानी की तरह बहाने के बावजूद शशि मित्तल का हारना कठिन लग रहा है क्योंकि सजपा ने इंटर कॉलेज के प्राचार्य गुलाम मोहम्मद को टिकट देकर 20 हजार से अधिक मुसलमान मतों का लगभग बँटवारा कर दिया।

वही हाल किठौर का है। अपनी जीत पक्की करने के लिए मंजूर अहमद ने किठौर से अपने करीबी अब्दुल वाहिद को टिकट दिलवा दिया है जबकि वहाँ जद विधायक परवेज हलीम भी चुनाव लड़ रहे हैं। इसलिए भाजपा का कमजोर उम्मीदवार अजब सिंह भी मुकाबले में अभी तक कायम हैं। वैसे परवेज की स्थिति अच्छी बताई जाती है। हस्तिनापुर (सुरक्षित) सीट पर इंका के हरशरण जाटव, भाजपा के गोपाल काली और जद के ओमप्रकाश में मुकाबला है। वैसे सजपा के नारायण सिंह का भी असर है। हस्तिनापुर मवाना भाजपा उम्मीदवार ठाकुर अमरपाल का गृहक्षेत्र है इसलिए उन्होंने हाल ही में इंका से आए गोपाल काली को टिकट दिलवा दिया। इसलिए जहाँ मेरठ, मेरठ छावनी और खरखोदा विधानसभा के उम्मीदवारों से अमरपाल को लाभ हो रहा है वहीं उनके चलते किठौर और हस्तिनापुर के भाजपा उम्मीदवार मुख्य मुकाबले में अभी

तक कायम हैं।

लोकसभा चुनाव लड़ रहे तीनों प्रमुख उम्मीदवारों के अपने-अपने दावे हैं। अभी सबसे व्यवस्थित प्रचार भाजपा का हो रहा है। इंका के चुनाव कार्यालय में तो लोगों को हिसाब करने से फुर्सत नहीं मिल रही है। इंका के नेता और पिछला चुनाव बागपत लोकसभा से हारनेवाले महेश शर्मा ने इस संवाददाता को देखते ही वहाँ से खिसकना जायज समझा।

मई 1991

क्या अब मेरठ में शान्ति लौट पाएगी

मेरठ के सामान्य होने का भरोसा अब किसी को नहीं है। मौजूदा प्रशासन दंगा रोकने में नाकाम साबित हुआ है। दंगाइयों को अब पुलिस का खौफ नहीं रहा। दंगाइयों को पकड़ने में असफल पुलिसवाले अब आम लोगों पर जुल्म कर रहे हैं। जिस तरह की घटनाएँ हो रही हैं उनसे साफ लगता है पुलिसवाले अपने अफसरों के काबू में नहीं हैं। लगातार दंगा झेलनेवाले इस शहर में अभी तमाम ऐसे लोग हैं जो कहते हैं कि असली दंगा तो अभी हुआ नहीं, वह तो अब होगा। इससे दंगा करवाने में अहम भूमिका अदा करनेवाले सट्टेबाजों के हौसले बढ़ते जा रहे हैं।

सितम्बर 1990 से लेकर अब तक शहर में तनाव है। बीच में आम चुनाव के दौरान दो महीने शान्ति रही लेकिन वोट की राजनीति ने माहौल को फिर खराब कर दिया। हर शहर में दंगे का कोई कारण होता है। मेरठ इस मामले में अपवाद है। 1987 में भीषण दंगों को झेल चुके मेरठ शहर के बारे में कहा जाने लगा कि अब सालों तक यहाँ दंगा नहीं होगा क्योंकि आम लोगों को उस दंगे ने हर तरह से बरबाद कर दिया था। आधा शहर आज भी हैंडलूम, कैंची, खेलकूद के समान बनाने और दूसरे व्यवसाय से किसी-न-किसी तरह जुड़ा हुआ है। अगर दंगा होता है तो पहली मार उन्हीं पर पड़ती है। इसके बावजूद ज्यादा हिंसा इन्हीं क्षेत्रों में होती है। वैसे अब तो कोई भी ऐसा क्षेत्र नहीं बचा है जहाँ दंगा नहीं हुआ हो। मेरठ के गड़बड़ीवाले इलाके में तैनात एक पुलिस अफसर कहते हैं कि जब वे शहर में आए तो उन्हें चार्ट दिखाया गया जिसमें हिंसा होनेवाले स्थानों पर चिह्न लगाए गए थे। इस चार्ट में चिन्हें लगाने के लिए जगह ही नहीं बची है।

20 मई को देश के कई हिस्सों में चुनाव हुए। मेरठ के अलावा तमाम ऐसे शहर थे जहाँ साम्प्रदायिक आधार पर चुनाव हुए थे। लेकिन दंगा मेरठ में हुआ, बूथ कब्जा नहीं हुआ, झगड़ा नहीं हुआ और दंगा पूरे शहर में हो गया। फिर कर्फ्यू, पुलिस के डंडे, इसके बावजूद फिर दंगा हुआ। आठ जून को फतेउल्लापुर में एक लाश सवेरे मिली। शाम को गाँववालों ने गाँव के लड़के से झगड़ा होने पर बदमाश समझकर मारुति कार में सवार तीन लोगों को पीटा। उसमें एक की मौत हो गई। मारनेवाले दोनों समुदाय

के थे लेकिन मरने और घायल होनेवाले एक ही समुदाय के थे। इसलिए शहर में तनाव हुआ। फिर कर्फ्यू लगाया गया और दिनभर प्रशासन के लोगों ने इस घटना को दंगे से नहीं जोड़ने के तर्क दिए, लोगों को वाकई यकीन हो गया और शहर फिर सामान्य होने लगा। अचानक 12 जून को खंदक बाजार में एक व्यापारी को गोली मारी गई और मिनटों में पुराने शहर में प्रतिक्रिया हुई। गाँव और अन्य स्थानों पर गोली चली और चाकूबाजी हुई। इसके बाद के तनाव को शहर आज तक झेल रहा है और आगे भी झेलना पड़ सकता है।

आम लोगों की धारणा है कि अबके शहर में दंगे के लिए तीन तत्त्व दोषी हैं–पुलिस, सट्टेबाज और नेता। अफवाह फैलाने में सट्टेबाजों की अहम् भूमिका रही है। दंगे पर सट्टे लगाने का धन्धा 1987 से ही चल रहा है। वैसे कई लोगों का दावा है कि 1987 के बाद से सभी दंगे सट्टेबाजों ने कराए। सट्टेबाजी सार्वजनिक स्थानों पर नहीं होती इसलिए पुलिसवाले उसे पकड़ भी नहीं पाते। कुछ पुलिसवाले अपने धन्धे (पैसा कमाने) के चक्कर में उन पर हाथ नहीं डालते। 20 मई के दंगे की प्रतिक्रिया में 21 और 22 को हिंसा हुई। फिर शहर शान्त हो गया। सट्टेबाजों ने फिर धन्धा शुरू कर दिया। तरह-तरह की अफवाह उड़ने लगीं। हर मुहल्ले में कहा जाता था कि दूसरे मुहल्ले में पोस्टर लगे हैं जिस पर लिखा हुआ है 'खून का बदला खून, मई नहीं तो जून।' कई और अफवाहें भी थीं। दंगा होने पर सट्टा लगानेवाले ने सात जून को खैर बाजार में भगदड़ मचवाकर दंगा करवा ही दिया था। संयोग से कोई घटना नहीं हुई। फिर 12 जून के लिए सट्टे लगे और 12 जून को दंगा हो गया। अब 16 जून के लिए सट्टे लगने की अफवाह है। यह तो समझ में आता है कि सट्टेबाज अफवाह फैलाते हैं पर हिंसा तो इसी शहर के लोग करते हैं। मतगणना के चलते सट्टेबाजों ने मान लिया है कि 16 जून को शहर में पुलिस कम होगी इसलिए दंगे हो सकते हैं।

दंगे के बाद नेताओं की भूमिका शुरू होती है। इस शहर में घोषित रूप से भाजपा के पूर्व विधायक डॉ. लक्ष्मीकान्त वाजपेयी हिन्दुओं के और जनता दल नेता अयूब अंसारी मुसलमानों के ठेकेदार बन गए हैं। जैसे ही दंगा हुआ दोनों राहत कार्य के नाम पर अपने समुदाय के मुहल्लों में सक्रिय हो जाते हैं। कुछ मामलों में ये अपने लोगों की ऐसी मदद करते हैं जो प्रशासन के बूते नहीं होता। श्री वाजपेयी तो पिछले दंगों में अपने समुदाय के मुहल्लों में दूध बाँटकर, बीमारों को अस्पताल ले जाकर रातोंरात जन नेता हो गए। इसका सबूत 15 जून का कलेक्टरी पर उनका धरना भी है। शुरू में उनके अलावा कुल दो लोग थे लेकिन दोहपर तक उनकी संख्या 500 से ऊपर हो गई और प्रशासन ने डरकर उनकी बातें मान लीं। यही हाल अयूब अंसारी का है। पर इन नेताओं का दूसरा काम दंगाइयों के हौसले बढ़ाना भी है। जैसे ही हिंसा हुई और पुलिस ने गिरफ्तारी शुरू की दोनों नेता अपने समुदाय के लोगों को छुड़वाने के लिए प्रशासन से भिड़ जाते हैं। लगातार दंगों से डरा प्रशासन उनके आगे झुक जाता है। दोनों नेता अपनी सफाई में तरह-तरह के तर्क देते हैं कि वे दंगाइयों को नहीं बेकसूरों को छुड़वाते हैं।

पर इस चक्कर में दंगाई भी छूट जाते हैं। शहर के बाकी नेता दंगा खत्म होने के बाद बयान देने के लिए आते हैं। दंगाई दंगा करके छूटते जाते हैं और इससे उनके हौंसले बुलन्द होते जाते हैं।

दंगा रोकने में सबसे अहम भूमिका पुलिस प्रशासन की होती है। पुलिस व्यवस्था इस शहर में नाकारा साबित हो रही है। सभी अफसर अपनी मनमानी कर रहे हैं। तलाशी के नाम पर आम लोगों और महिलाओं पर ज्यादती हो रही है। दो नवम्बर वाले दंगे में भी वही हुआ और अबके भी। 13 जून को शाहपीर गेट क्षेत्र में पुलिस ने घर-घर की तलाशी ली। उसी दौरान किसी ने पुलिसवालों पर फायर किया। फिर पुलिसिया कहर शुरू हो गया। पुलिसवालों ने बिना देखे महिलाओं और युवकों को पीटना शुरू कर दिया। चौहट्टे पर रहनेवाले शमीम और नईम को पुलिस ने लगभग अपाहिज बना दिया है। उनके 70 साल के बाप को भी बुरी तरह से पीटा गया। कश्मीर से आकर शाहपीर गेट पर व्यवसाय करनेवाला आरिफ भी पुलिस की चपेट में आ गया। वह भी कराह रहा है। वहाँ के कई लोगों ने बताया कि डिप्टी मेयर मो. अशरफ के घरवालों ने मुहल्लेवालों को तलाशी की सूचना दी। इसलिए मुहल्लेवालों ने महिलाओं को आगे कर दिया। लेकिन पुलिसवालों ने महिलाओं पर भी रहम नहीं किया।

पुलिसवालों के डंडे कहर बरसा रहे हैं। एक महिला पत्रकार सन्तोष शर्मा को पीटनेवाले दरोगा को पत्रकारों के आन्दोलन के डर से एस.एस.पी. ने निलम्बित कर दिया। लेकिन ऐसे तमाम लोग हैं जिनकी आवाज अफसरों तक नहीं पहुँचती। पैसे उगाहने का धन्धा जोरों पर है। इस काम में डी.एस.पी. स्तर के भी कुछ अधिकारी शामिल बताए जाते हैं। सड़क पर डंडा लेकर पहरा देनेवाला सिपाही किसी की नहीं सुनता। लोगों से पैसे लेकर कर्फ्यूवाले इलाकों में जाने देने और न होने पर पिटाई व सरेआम बेइज्जत करने से पुलिसवाले नहीं चूक रहे हैं। कर्फ्यू पास के अभाव में एक अच्छे परिवार के व्यक्ति को पुलिसवालों ने उनकी पत्नी से थप्पड़ मरवाए और उसका दूर से आनन्द लेते रहे।

जून 1991

मेरठ के मुसलमान ईदगाह नहीं गए

दंगे के विरोध में मेरठ के मुसलमानों ने इस बार ईदगाह में ईद-उल-जुहा (बकरीद) की नमाज अता नहीं की। प्रशासन के तमाम अधिकारी मुसलमानों के धार्मिक नेताओं को मनाने में आखिर तक कामयाब नहीं हुए। मुसलमान नेताओं ने 20 मई और 12 जून को हुए दंगे में मुसलमानों पर अत्याचार होने का आरोप लगाया है। मेयर अरुण जैन, डिप्टी मेयर मो. अशरफ के सहयोग से शहर काजी पर फैसला बदलने के लिए दबाव डालते रहे। तीन दिन से चल रहे इस विवाद में शहर का माहौल फिर गर्म हो गया। बकरीद के दिन शहर के तमाम हिस्सों में सुरक्षा बल तैनात किए गए।

कल शाम मोटर साइकिल पर सवार दो अज्ञात युवकों ने मेरठ कॉलेज के पास एक फलवाले को गोली मार दी। संयोग से गोली कन्धे पर लगी और उसे बचा लिया गया। इस घटना का साम्प्रदायिकता से इतना ही सम्बन्ध है कि जिस इलाके में उसे गोली मारी गई वह इलाका बहुसंख्यक लोगों का है। घायल होनेवाला कोतवाली के करमअली मुहल्ले का था इसलिए कल रात से कोतवाली इलाके में तनाव हो गया। अभी तक कोई वारदात नहीं हुई है। शहर में अभी तक कर्फ्यू है। बकरीद के चलते सवेरे 11 बजे तक भीड़-भाड़ और गड़बड़ी की आशंकावाले मुहल्लों में ट्रैफिक रोक दिया गया।

12 जून को कोतवाली इलाके के नौगंजा से दंगा शुरू होने के बाद 13 जून को पुलिस ने पूरे शाहपीर गेट इलाके की तलाशी ली। शहर के मुसलमानों के सर्वमान्य धार्मिक नेता शहर काजी जैनुल साजिउद्दीन ने एक प्रेस कांफ्रेस में बताया कि पुलिस ने उस तलाशी के दौरान कम-से-कम 140 लोगों की पिटाई की जिसमें छह महिलाएँ, एक बीमार बच्चा, चार बूढ़े और तीन डॉक्टर भी शामिल हैं। शहर काजी का आरोप था कि पुलिस प्रशासन एकतरफा कार्रवाई करके दंगाइयों के हौसले बढ़ा रहा है। उन्होंने कोतवाली, दिल्ली गेट, रेलवे रोड और लिसाड़ी गेट के थानेदारों को मुअत्तल करने की माँग की। इस ज्यादती के विरोध में हर बकरीद के दिन ईदगाह में नमाज नहीं अता करने का फैसला लिया गया।

इस मुद्दे पर आम सहमति के लिए 20 जून को फैज-ए-आम इंटर कॉलेज की मस्जिद में शहर के करीब 150 मुसलमान नेताओं की सभा हुई। सभा की अध्यक्षता शहर काजी ने की। दंगे के दौरान मुसलमानों पर अत्याचार होने का सभी ने विरोध किया। इस पर लम्बी बहस हुई। मो. यामीन, हाजी रईस अहमद, एम. अशरफ मुफ्ती समेत ज्यादातर नेता ईदगाह में नमाज नहीं पढ़ने के समर्थक थे। आखिर में शहर काजी ने प्रस्ताव का समर्थन करके सभी को चुप करा दिया। उनका कहना था कि जब शहर में सैकड़ों परिवारों में मातम मनाया जा रहा है तो हमें भी उनके गम में शरीक होना चाहिए। इसलिए अबके ईदगाह में विरोध स्वरूप नमाज अता नहीं की जाएगी। सभी अपने मुहल्लों की मस्जिदों में नमाज अता करेंगे।

शहर काजी ने कहा कि प्रशासन दोहरी नीति अपना रहा है। 20 मई को निगार सिनेमा और बुढ़ाना गेट पर कत्लेआम करनेवाले को अभी तक पकड़ा नहीं गया है। कातिल के नाम पर यूँ ही किसी को पकड़ा जाता और पैरवी आने पर उसे छोड़ दिया जाता है। 12 जून को किसी शरारती ने नौ बजे एक व्यापारी को गोली मारी तो पूरे इलाके को सील करके बेकसूरों को मारा गया।

प्रेस कान्फ्रेंस में मौजूद हाजी रईस अहमद ने आरोप लगाया कि कुछ लोग जानबूझकर मुसलमानों को परेशान कर रहे हैं। उनका कहना था कि कसाई के घर चाकू या मवेशी पालनेवाले के घर में घास काटनेवाला गंडासा तो होता ही है। उन्होंने तकिएवाली मस्जिद से बम छोड़नेवाली मोटर बरामद करने के पुलिस के दावे को बेतुका बताया। उनका कहना था कि शहर के मस्जिदों में माइक लगाने पर प्रतिबन्ध है।

रमजान के महीने में रोजा इफ्तारी और सेहरी के समय जिस पाइप में बारूद रखकर आवाज की जाती है उसे पुलिस मोटर बता रही है।

उन्होंने कहा कि सराय बेहली के सैयद इकबाल महमूद को पुलिसवाले उठा ले गए और उसका दायाँ हाथ तथा बायाँ पैर तोड़ दिया। सात बच्चों के पिता अली महमूद का दायाँ हाथ टूटा। पेंटर रसीद अहमद की पिटाई की गई। चार बच्चों के पिता शाहीद अहमद को मारा। शमशाद बेगम को अपनी लड़की को बचाने के अपराध में मारा गया। फजलुर रहमान की कमर टूट गई।

लाजपत राय नर्सिंग होम में इलाज करा रहे बच्चे अजीज अहमद को तेज बुखार के बावजूद बिस्तर से उठाकर पीटा गया। बचाने की कोशिश कर रही घर की औरतों को भी मार पड़ी। विधवा आया बल्लो को उठाकर कोठे से नीचे फेंक दिया गया। चौराहे पर शमीम बेगम की पिटाई की। डॉ. हबीबुल रहमान को मारा। जब उन्होंने अपने को डॉक्टर बताया तो और पीटा। डॉ. रईस की भी पिटाई हुई। शाहघासा तकिएवाली गली की मस्जिद के इमाम सैयद अख्तर को पीटा गया और धारा 151 में बन्द कर दिया। हाजी रईस का कहना था कि पुलिसवाले घायलों को रिपोर्ट दर्ज करवाने के नाम पर धमका रहे हैं।

शहर काजी ने कहा कि दूध पीते बच्चों और बुजुर्गों पर पुलिस ने जुल्म किए हैं। आई.जी., कमिश्नर से लेकर कलेक्टर तक से शिकायत की गई लेकिन कोई कार्रवाई नहीं हुई।

ईदगाह पर नमाज पढ़वाने के लिए आई.जी. विजय शंकर माथुर और कमिश्नर जितेन्द्र नाथ रंजन कल तक कोशिश करते रहे। दोनों अफसरों का कहना था कि अगर पुलिस ने ज्यादती की है तो उसकी जाँच होगी और दोषी को सजा दी जाएगी। पर बगैर जाँच के किसी को सजा नहीं दी जा सकती। आई.जी. ने कहा कि अगर तलाशी के दौरान पुलिसपर गोली नहीं चलती तो यह हादसा नहीं होता। कायदे से गोली चलानेवाले को पुलिस को सौंप देना चाहिए था।

दंगे ने खुर्जा को दो सम्प्रदायों के बीच बाँट दिया

अफवाहों ने दूसरी बार इस कस्बे को दंगे की आग में झोंक दिया। पूरा शहर दो सम्प्रदायों में बँट गया है। दंगे वहीं ज्यादा हुई है जहाँ एक समुदाय कम संख्या में रहता था। यानी दंगा मुहल्ला खाली करवाने के लिए भी हुआ, ऐसा माना जा रहा है। पुलिसवाले दंगाइयों के नाम पर पकड़े गए लोगों की पिटाई करके अपनी खींझ मिटा रहे हैं।

अबके दंगे की शुरुआत 29 जनवरी की घटना मानी जा रही है। उस दिन शाम को रानीवाला चौक पर एक फल बेचनेवाले की किसी ने चाकू से हत्या कर दी। शहर में तनाव पहले से ही था। हालाँकि पुलिस इस घटना को दंगे से नहीं जोड़ती। 31 जनवरी को पंजाबियान में दो गायों को जहर देकर मारने की अफवाह फैली। प्रशासन ने फटाफट इसकी जाँच कराकर उसे झूठा बता दिया। लेकिन तब तक दंगे की तैयारी हो चुकी थी। रात करीब नौ बजे पंजाबियान मुहल्ले में दोनो समुदायों में जमकर नारेबाजी हुई, पत्थर चले, गोली चली और घर जलाए गए। इसमें 22 साल का भागवत मारा गया। वह अपंग था और भाग नहीं पाया।

ठीक उसी समय पंजाबियान के पास मुहल्ला स्वेशज्ञान में बम फटा। उसमें घर के मुखिया समेत उसकी पत्नी, भाई और दो लड़कों की मौत हो गई। पुलिस ने वहाँ तलाशी के दौरान 22 सुतरी बम और बम बनाने का दूसरा सामान बरामद किया।

सराय अल्लो को दंगाइयों ने चारों ओर से घेरकर नाइयोंवाली गली में आग लगा दी। लँगड़े काँछीराम सैनी, बिहारीलाल और गांधीराम की पत्नी को दंगाइयों ने घर में ही जला दिया। उनका लड़का भाग गया। लेकिन लड़के की पत्नी का अभी तक पता नहीं चला है। बसन्तपाल ने बताया कि करीब साढ़े नौ बजे दंगाइयों ने इस मुहल्ले पर हमला किया। सारे लोग छत पर चढ़कर मदद के लिए गुहार करने लगे। करीब दस बजे डी.एस.पी. सुखपाल सिंह फोर्स के साथ आए। उन पर भी बम फेंका गया ओर गोली चलाई गई जिसमें सुखपाल सिंह समेत सिपाही कृष्णपाल और ओमवीर घायल हुईं।

दंगाइयों ने उस मुहल्ले में भारी लूटपाट की। दो फरवरी को पुलिस ने तलाशी शुरू

की। गश्त लगाते समय कलेक्टर जगजीत सिंह पर बम फेंका गया। लेकिन वे बच गए। तलाशी की सूचना मिलते ही लोग कर्फ्यू के बावजूद शहर छोड़कर भाग गए हैं। अब घरों में, महिलाएँ, बच्चे और बूढे ही दिख रहे हैं। दंगा रोकने में असफल होने के बाद पुलिस अब अपना गुस्सा शहर के लोगों पर उतार रही है।

कल कोतवाली थाने में करीब दो दर्जन लोग ऐसे थे जिनके शरीर से खून निकल रहा था। वे कराह रहे थे और पुलिसवाले उन्हें गाड़ियों में भरकर जेल भेज रहे थे। खुर्जा में पहली बार धार्मिक स्थलों की तलाशी हुई। तलाशी करनेवालों को डी.आई.जी. जी.एल. शर्मा और कलेक्टर ने पुरस्कार देने की घोषणा की है।

कल शिकारपुर रोड पर दो शव बरामद किए गए। लेकिन प्रशासन ने कल रात तक उनकी पुष्टि नहीं की है। इस तरह 29 जनवरी से कल तक 12 और 31 से कल तक 11 की मौत इस दंगे में हो चुकी है। दंगे पर तुरन्त काबू नहीं पाए जाने और भारी संख्या में आगजनी होने का एक कारण खुर्जा में नए अफसरों की तैनाती भी बताया जाता है। पिछले दंगे के बाद वहाँ के डी.एस.पी., एस.डी.एम. और इंस्पेक्टर का तबादला कर दिया गया था।

फरवरी 1991

खुर्जा में अब तक 11 लोग मरे, कर्फ्यू में ढील नहीं

खुर्जा के दंगे में मरनेवालों की तादाद बढ़कर 11 हो गई है। प्रशासन ने अब तक नौ के मरने की पुष्टि की है। आज दो लाशें शिकारपुर रोड पर और मिलीं। बेमियादी कर्फ्यू अभी जारी है। कर्फ्यू के दौरान घरों की तलाशी में भारी संख्या में गोला-बारूद बरामद किया गया है। अब तक 173 लोगों को गिरफ्तार किया गया है। स्थानीय प्रशासन के मुताबिक स्थिति नियन्त्रण में पर तनावपूर्ण है।

31 जनवरी की रात नौ बजे से शुरू हुए दंगे का सबसे अधिक असर पंजाबियान और कराय आलू में हुआ है। वहाँ भयंकर आगजनी हुई। एक परिवार के पाँच व्यक्तियों की मौत बम फटने से हुई थी। वहाँ सराय आलू में तीन लोगों को जिन्दा जला दिया गया था। पंजाबियान मुहल्ले में एक की हत्या के बाद से दंगा पूरे शहर में फैल गया। कल रात भी कई स्थानों पर बम फटे और धमाके हुए। पुलिस ने एक धार्मिक स्थल की तलाशी के दौरान 68 बम, 25 पेट्रोल बम, पाँच डायनामाइट और कई देसी कट्टे आदि बरामद किए। वहाँ से 67 लोगों को गिरफ्तार किया गया है।

फरवरी 1991

प्रशासन समय से चेत जाता तो खुर्जा में वारदात नहीं होती

खुर्जा में प्रशासन देर से चेता नहीं तो सोमवार की वारदात नहीं होती। अयोध्या कांड

के बाद पूरे देश में आग लगी हुई थी तो खुर्जा में शान्ति रही। शायद इसीलिए 24 जनवरी को साम्प्रदायिक वारदात को आपसी रंजिश बताकर प्रशासन अपनी जिम्मेदारी से बचता रहा। 27 जनवरी को उसकी प्रतिक्रिया होने के बाद कर्फ्यू लगाया गया। 24 से अब तक चार हत्याएँ हो चुकी हैं। प्रशासन का दावा है कि उसने सभी केस वर्क-आउट कर लिए हैं। कल मेरठ रेंज के डी.आई.जी. सुनील कृष्ण और कमिश्नर एम. रामचन्द्रन खुर्जा गए थे। वहाँ से लौटकर डी.आई.जी. ने बताया कि सोमवार को सख्ती करने के बाद ही स्थिति काबू में आई। लेकिन शहर में कर्फ्यू लगा होने के बावजूद एक हजार से अधिक लोगों के सड़क पर निकल आने और थाने में बन्द दो लोगों को छुड़ा लेने की घटना के लिए क्या स्थानीय प्रशासन दोषी नहीं है। इस बावत डी.आई.जी. का कहना था कि उस घटना के बाद पहली प्राथमिकता हालात को काबू में कर ढील देने की थी। उसे किया गया। कल छह घंटे और आज आठ घंटे कर्फ्यू में ढील दी गई। बाद में जाँच करवाई जाएगी।

24 जनवरी को पंजाबियान मुहल्ले के निवासी और मूँदाखेड़ा में ठेला लगाकर गुजारा करनेवाले वंशी व फूलचन्द की हत्या हुई। उनका शव 25 जनवरी को बोरी में भरा मिला। उस हत्या के सिलसिले में साबू, इब्राहिम उर्फ बनारसी, रईस, युनुस कमरू और हनीफ को गिरफ्तार किया गया। पुलिस ने तलाशी में अवैध हथियार और भारी मात्रा में गोला-बारूद बरामद किए। लेकिन जिले के अधिकारी उसे आपसी रंजिश का मामला बताते रहे।

27 जनवरी की शाम भीड़वाले सुभाष बाजार में यूसुफ खान की हत्या कर दी गई। उस हत्या के बाद कस्बे में कर्फ्यू लगा दिया गया। 28 जनवरी को उसी हत्या के सिलसिले में मालपुरा के उमेश को गिरफ्तार किया गया। पुलिस के मुताबिक हत्या का कारण 24 को हुई दो हिन्दुओं की हत्या का बदला बताया गया।

इसीलिए 25 जनवरी से गायब पौटरी मजदूर शफीक की हत्या कर देने का मामला प्रकाश में आया। लेकिन आज तक उसका शव नहीं मिल पाया। शफीक की हत्या के आरोप में 31 जनवरी की रात पाँच लोगों को गिरफ्तार किया गया। इसमें से एक पौटरी के मालिक नानकचन्द जैन और उसके बेटे नरेश के अलावा बाकी तीन को छोड़ दिया गया। पहली फरवरी को सवेरे आठ बजे कुछ पुलिसवाले नानकचन्द की फैक्ट्री की तलाशी लेने आए। जब वे फैक्ट्री का ताला तोड़ रहे थे तब पड़ोस के कुछ लोगों ने मालिक की गैरहाजिरी में तलाशी लेने का विरोध किया। पुलिसवाले बिना तलाशी लिए लौट गए।

कर्फ्यू के बावजूद मुहल्ले के लोग घरों से निकलकर जमा होने लगे। भीड़ कोतवाली की ओर बढ़ी। इसमें करीब घंटाभर लगा लेकिन पुलिस सक्रिय नहीं हुई। करीब हजार से अधिक की भीड़ जिसमें महिलाएँ और बच्चे अधिक थे, ने थाने को घेर लिया और हवालात का ताला तोड़कर नानकचन्द और नरेश को हवालात से भगा दिया। पुलिस ने लाठी चार्ज किया। भीड़ ने पथराव किया। दोनों तरफ से लोग घायल हुए। पुलिस

ने आठ लोगों को गिरफ्तार किया।

अपनी जान बचाने के लिए तेजी से भाग-दौड़ करके दो फरवरी को नानकचन्द को नंगला मोइद्दीनपुर से और उनके लड़के को शहर में ही गुरुद्वारे के पास से गिरफ्तार कर लिया गया।

फरवरी 1991

हापुड़ में जबरिया पूजा स्थल बनाने में नौ की जानें गईं

हापुड़ दंगों में मरनेवालों की संख्या नौ हो गई है। गैर सरकारी सूत्रों के मुताबिक यह संख्या 10 है। कोटला सादात में आज दिन में एक और लाश मिली है। घायलों में दो ही हालत नाजुक है। शहर के अधिकांश हिस्सों में लगा बेमियादी कर्फ्यू जारी है। दंगा प्रभावित इलाको में घरों में तलाशी का कामकाज भी चला। शहर में तनाव है। प्रशासनिक अधिकारियों के मुताबिक हालात काबू में हैं।

दंगा शाम शहर के मुहल्ला कोटला सादात गली से शुरू हुआ। वहीं खजान पटवारी की दो एकड़ जमीन है जिसे उन्होंने एक प्रापर्टी डीलर सलीम के माध्यम से बेचना शुरू कर दिया था। पूरी जमीन बेची जा चुकी थी। इसमें 40 गज जमीन गढ़ गेट के नाजुक जहाँ को बेची गई थी। यह इलाका यादव बहुल है। दूसरे सम्प्रदाय का कब्जा हटाने के लिए कुछ लोग सक्रिय थे। उनमें हापुड़ मंडी परिषद के अध्यक्ष वीरेन्द्र त्यागी उर्फ दरोगा हैं। लेकिन मोहरा बनाया गया सभासद पन्नालाल को।

जानकारी मिली है कि एक योजना के तहत कालू सपेरे से एक साँप तीन सौ रुपए में खरीदा गया और नाजुक जहाँ की जमीन के साथ लगी नजूल जमीन के पीपल के पेड़ पर साँप को रख दिया गया। कहा गया कि नाग देवता प्रकट हुए हैं। नगरपालिका के नाले के किनारे खड़े पीपल के पेड़ के नीचे मूर्तियाँ रख दी गईं। यह घटना 18 जनवरी की है। उसके बाद एक सम्प्रदाय यहाँ पूजा-पाठ करने लगा और दूसरा सम्प्रदाय उसे हटाने की माँग करने लगा। तनाव उसी दिन से बढ़ना शुरू हो गया था। लेकिन पुलिसवालों ने कोई सक्रियता नहीं दिखाई। बताते हैं कि यह साँप अन्धा था। कई बार वह नाले में गिरा। उसे उठाकर पेड़ पर लटका दिया गया। वहाँ एक पुजारी अमरसिंह को भी तैनात कर दिया। उसे पैसे का लालच दिया गया था। उस स्थान को तिकोना शिव मन्दिर कहा जाने लगा।

12 फरवरी को अपर जिला अधिकारी (आपूर्ति) हेमराज सिंह चौहान और पुलिस अधीक्षक (देहात) राजेश राय पुलिस के साथ वहाँ पहुँचे। उन्होंने मुहल्ले के लोगों को मूर्ति आदि हटाने को कहा। मुहल्लेवाले तैयार नहीं हुए। फिर पुलिसवाले जबरदस्ती

हटाने लगे। लोगों ने पथराव किया। जवाब में पुलिसवालों ने लाठी और गोली चलाई। पुलिस अधीक्षक (देहात) राजेश राय के मुताबिक वे तथा एक इंस्पेक्टर समेत पन्द्रह पुलिसवाले भी घायल हुए। पुलिसवालों के मुताबिक लोगों ने देसी कट्टे से गोली चलाई।

पुलिसवालों ने अन्धाधुन्ध गोली चलाई। पुजारी समेत दो लोग मौके पर मारे गए। एक की मौत गाजियाबाद अस्पताल ले जाते हुए रास्ते में हुई। करीब दर्जनभर और लोग भर्ती कराए गए थे। तब तक दंगा साम्प्रादयिक नहीं था। लेकिन उसके बाद अचानक भीड़ बेकाबू होकर दूसरे सम्प्रदाय का नुकसान करने लगी। संयोग से उस मुहल्ले में दूसरे सम्प्रदाय के कम लोग थे। इसलिए बलवा बढ़ा नहीं। वहीं उसी समय एक रिक्शेवाले को चाकू घोंपकर मार डाला गया। कई जगह आगजनी हुई। मीनाक्षी रोड पर एक दुकान को आग लगा दी गई।

इस घटना के तुरन्त बाद छह पुलिस चौकी–गढ़ गेट, सिकन्दर रोड, मेरठ गेट, रेलवे रोड, मोरी रोड, चौकी जदीय इलाके में बेमियादी कर्फ्यू लगा दिया गया। कर्फ्यू लगाने के बाद चाकूबाजी की घटनाएँ जारी रहीं। दंगाइयों ने तीन को चाकू घोंपकर घायल कर दिया। उनकी मृत्यु गाजियाबाद अस्पताल में हुई। गाजियाबाद में भर्ती दो घायलों की हालत भी नाजुक है। कुछ घायलों को मेरठ मेडिकल कॉलेज अस्पताल भेजा गया है। सभी घायल पुलिसवालों को प्राथमिक चिकित्सा के बाद छुट्टी दे दी गई।

शाम हिंसा होने के बाद पाँच कम्पनी पी.ए.सी. शहर में तैनात कर दी गई हैं। रात मेरठ जोन के आई.जी. अशोककान्त शरण, डीआईजी श्रीकृष्ण शुक्ल, कमिश्नर जितेन्द्रनाथ रंजन ने शहर का दौरा किया। भाजपा के स्थानीय सांसद रमेश चन्द्र तोमर भी आए थे।

शहर में भी तनाव कम नहीं हुआ है। दिन में कोई वारदात नहीं हुई। शहर में आसपास के इलाकों से आनेवाले यातायात को बाहर ही रोक दिया गया है। शहर के लोग सहमे हुए हैं। खुलकर कोई बात नहीं करता। लेकिन उन लोगों से सभी दुखी हैं जिन्होंने किसी की जमीन कब्जा करके मन्दिर बनाने की योजना बनाई थी। पड़ोस के हाफिजपुर इलाके में एक की चाकूबाजी से मौत होने से वहाँ तनाव हो गया है। कोटला सादात में एक लाश मिली। शहर के लोग कई और के मरने की जानकारी देते हैं। लेकिन उसकी पुष्टि नहीं हो पाई है।

पुलिस और प्रशासन के अधिकारी अभी तक बदहवासी से उबर नहीं पाए हैं। अधिकारी अपने-अपने तरीके से बयान दे रहे थे। तनाव होने पर पहले कार्रवाई क्यों नहीं हुई इस बावत अपर जिला अधिकारी (प्रशासन) एम.एम. मिश्र का कहना था कि प्रशासन ने धारा 145 के तहत विवादित स्थान को कुर्क करने का आदेश दिया था। लेकिन बातचीत से समाधान करने के बजाय फोर्स क्यों भेजा गया। इस बावत सभी गोलमोल उत्तर दे रहे थे।

अभी 15 लोगों की गिरफ्तारी हुई है। वह भी मौके से। शहरभर में चर्चा होने और बच्चों तक को मन्दिर तिकड़म की जानकारी होने के बावजूद मन्दिर बनवानेवालों की

गिरफ्तारी क्यों नहीं हुई इस बावत कोई कुछ नहीं कहता। सपेरा फरार है। मन्दिर का तथाकथित पुजारी पुलिस की गोली से मारा गया।

अन्न की बड़ी मंडीवाला मशहूर हापुड़ शहर जल्दी सामान्य नहीं हो पाएगा। अव्यवस्था के चलते किसी को कर्फ्यू पास नहीं दिया गया है। न ही किसी को शहर में हालात का जायजा लेने की अनुमति दी जा रही है।

फरवरी 1992

अयोध्या में कारसेवा के चलते मेरठ में दहशत और तनाव का माहौल

शहर में तनाव से अधिक दहशत का माहौल है। आनेवाले दिनों में इस शहर में क्या होगा यही सवाल लोगों की जबान पर है। शहर के आधा दर्जन मुसलमान नेताओं का मानना है कि मुसलमान आखिरी दम तक संयम बरतेंगे। पिछले जुम्मे को शहर की जामा मस्जिद में अमन और भाईचारा बनाने के लिए दुआ की गई थी। प्रशासन सतर्क है। 1982 से लगातार हो रहे फसादों से शहर के लोग तबाह हो गए हैं। बावजूद इसके आज की तारीख में कोई भी ऐसा नहीं है जो यह दावा करे कि मेरठ में अब शान्ति रहेगी। मुसलमानों के शहर में सबसे बड़े धार्मिक नेता शहर काजी जैनुल साजिदीन की गैरहाजिरी में शहर काजी का काम देखनेवाले उनके छोटे भाई काजी जैनुल राशिदीन ने कहा कि हमारा राज्य सरकार पर कोई भरोसा नहीं रह गया है। सुप्रीम कोर्ट पर हमें यकीन है इसीलिए हम चुप हैं। जब तब बाबरी मस्जिद पर हमला नहीं होता कोई बवाल नहीं होने चाहिए। मुसलमान झगड़ा नहीं चाहते। ललकार सप्ताह के दिन 21 नवम्बर को गुदड़ी बाजार में छतों से आपत्तिजनक नारेबाजी हुई। कुछ ने उनसे नक्कारे बजाने की इजाजत माँगी। लेकिन उन्होंने ऐसा नहीं होने दिया। पिछले जुम्मे की नमाज के दिन जामा मस्जिद में मस्जिद के इमाम ने मेरठ और मुल्क में अमनचैन की दुआ की। साथ में मुसलमानों से यह भी आग्रह किया कि वे किसी शरारत को नजरअन्दाज करें।

मेरठ नगरपालिका के पूर्व चैयरमैन अयूब अंसारी ने कहा कि मुसलमान अदालत की ओर देख रहे हैं। अगर अदालत ने बाबरी मस्जिद को मन्दिर मान लेने का फैसला दिया तो मुसलमान इसे भी मान लेंगे। श्री अंसारी मेरठ के मुसलमानों की सबसे बड़ी बिरादरी (बुनकरों) के सर्वमान्य नेता हैं। वे लगातार दूसरी बार मेरठ शहर विधानसभा सीट से जनता दल उम्मीदवार थे। पर चुनाव नहीं हो पाया। फिलहाल वे जनता दल (अ) में हैं। उनके हिसाब से शहर में तनाव नहीं है लेकिन दहशत का माहौल जरूर है। उन्होंने शासन से चौकसी बरतने का आग्रह किया। यह पूछे जाने पर कि विवादित स्थान को तोड़ने पर यहाँ क्या प्रतिक्रिया होगी। उनका कहना था कि ऐसा भाजपावाले कर ही नहीं सकते क्योंकि उसके नहीं रहने पर मुद्दा ही खत्म हो जाएगा। लड़ाई मन्दिर

की नहीं कुर्सी की लड़ी जा रही है।

नवम्बर 1990 के दंगों में अहमद रोड पर दंगाइयों से हिन्दुओं को बचाने में शहीद हुए 'अखबारे नौ' के संवाददाता तारिक इरशाद के पिता सभासद मौलाना यामीन का मानना है कि प्रदेश के मुख्यमन्त्री इस्तीफा नहीं देते हैं तो टकराव बढ़ेगा। अयोध्या पहुँचनेवाली भीड़ बेकाबू होगी। उसके रिएक्शन में कुछ लोग यहाँ भी गड़बड़ी कर जाएँगे। पहली दिसम्बर को अयोध्या जानेवाले कारसेवकों ने शहर में जुलूस निकाला। मौलाना यामीन के मुताबिक घंटाघर पर जैसे नारे लग रहे थे, उनसे लगा कि अगर उन पर काबू नहीं पाया गया तो हालात पेचीदा बन जाएँगे। 1987 के भीषण दंगे के बाद शहर के मन्दिर-मस्जिदों में लाउडस्पीकर लगाए जाने पर पाबन्दी लगा दी गई थी। 14 अप्रैल 1988 को शासन के इस फैसले के खिलाफ मौलाना यामीन ने खैर नगर में बड़ी हौजवाली मस्जिद में सभा बुलाई। लेकिन उन्हें शासन ने गिरफ्तार करके उन पर रासुका (राष्ट्रीय सुरक्षा कानून) लगा दिया। मेरठ नगरपालिका के लिए वार्ड नं. 10 से चुनाव उन्होंने मैनपुरी जेल में रहते ही लड़ा। 16 अप्रैल 1989 को उन्हें रिहा किया गया। उनका मानना है कि बन्दोबस्त पहले नहीं किए गए इसलिए भारी तादाद में लोग अयोध्या जा रहे हैं। उन्हें काबू करना कठिन होगा। इसलिए फसाद होने की आशंका है।

हाजी रईस ने आरोप लगाया कि ललकार सप्ताह मुसलमानों को भड़काने के लिए मनाया जा रहा है ताकि फसाद हो और भाजपा अपने मकसद में कामयाब हो। उनका मानना है राम मन्दिर राजनैतिक मामला हो गया है बाबरी मस्जिद नहीं। सुप्रीम कोर्ट के फैसले पर अलग-अलग बयान देकर भाजपा नेता कानून का अपमान कर रहे हैं। दो के झगड़े का फैसला तीसरा ही करता है। इसमें तीसरा पक्ष तो सबसे बड़ी अदालत सुप्रीम कोर्ट है उसके फैसले अगर लागू नहीं होते तो लोकतन्त्र खतरे में पड़ जाएगा। अदालत कह दे कि वह मन्दिर है तो मुसलमानों को उस पर कोई आपत्ति नहीं होगी। लेकिन ताकत का गलत इस्तेमाल एकतरफा हो रहा है। शहर में दहशत है। दंगे से सबकी तबाही है यह सभी मानते हैं लेकिन हाजी की भाषा दूसरे नेताओं से अलग थी। वे ज्यादा दूसरे को ही संयम बरतने को कह रहे थे। उनके मुताबिक लड़के संयम कब तक बरतेंगे।

कौमी आवाज के मेरठ संवाददाता मो. सुल्तान के मुताबिक केन्द्र सरकार प्रदेश सरकार को बर्खास्त करने के बाद राष्ट्रपति शासन लगाकर सुप्रीम कोर्ट के आदेश के मुताबिक कारसेवा करवाएँ तो प्रदेश में हिंसा नहीं होगी। वैसे सभी का मानना है कि अगर अदालत का अन्तिम आदेश आने पर विवादरहित भूमि पर प्रतीकात्मक कारसेवा भी होती है तो फसाद नही होंगे अन्यथा हर सूरत में फसाद होने की आशंका है।

इधर पुलिस प्रशासन चौकसी बरत रहा है। अभी तक की जानकारी के मुताबिक 4 दिसम्बर तक यहाँ से कारसेवक अयोध्या जाएँगे। पहली दिसम्बर तक करीब सात सौ कारसेवक यहाँ से गए। वरिष्ठ पुलिस अधीक्षक ब्रजलाल के मुताबिक शहर में हर तरह की चौकसी रखी जा रही है। आगे क्या होगा इस पर सबकी चुप्पी लगी हुई है।

दहशत में लोग जरूरत से अधिक राशन का सामान खरीदने में लगे हैं। बावजूद इसके शहर में तनाव 1990 जैसा नहीं है। वैसे मेरठ के बारे में कोई भी भविष्यवाणी गलत साबित हो सकती है।

1987 के भीषण दंगों ने शहर को लगभग तबाह कर दिया था। मलियाना और हाशिमपुरा कांड को दुनिया जानती है लेकिन उससे भी बड़े कांड हुए। फिर 1990-1991 में दंगे हुए। यह अलग बात है कि 1990 में दंगे सोलह आने जबरन कराए गए थे। लेकिन नुकसान दोनों का हुआ। आधा शहर घरेलू उद्योग पर जीता है। जो दंगा होते ही बन्द हो जाते हैं। उसमें कोई एक समुदाय नहीं सभी समान रूप से तबाह होते हैं। फिर भी दंगे होते हैं।

3 दिसम्बर 1992

मेरठ में हिंसा की तैयारियाँ पहले से थीं

अयोध्या कांड के बाद मेरठ मंडल में हिंसा से प्रभावित शहरों में योजना के साथ हिंसा की शुरुआत की गई। हिंसा करनेवाले पहले से तैयार थे। इसलिए ज्यादातर जगह पर पुलिस से भीड़ ने हथियारों के साथ घंटों मुकाबला किया। जहाँ पुलिस ने ताकत का इस्तेमाल किया वहाँ हिंसा जल्दी काबू में आ गई। कर्फ्यू लगाने के बावजूद कई जगह हिंसा हुई। पुलिस सूत्रों के मुताबिक हिंसा में मरनेवालों की तादाद 18 है। ज्यादातर पुलिस गोली से मारे गए।

पहले दिन सहारनपुर, देवबन्द और हापुड़ में अधिक हिंसा हुई। तनाव तो मेरठ मंडल के हर छोटे-बड़े शहर में हो गया था। लेकिन सबसे ज्यादा हिंसा सहारनपुर जिले में हुई। सहारनपुर शहर में सात दिसम्बर को सवेरे तनाव को देखते हुए सहारनपुर और देवबन्द में कर्फ्यू लगा दिया गया। इसके बावजूद सहारनपुर में सैकड़ों की भीड़ लोहानी समय पहुँची और तोड़-फोड़ शुरू हो गई। उसी दौरान चाकूबाजी हुई। इसमें एक मरा, दो घायल हुए। करीब दर्जनभर जगह पर पुलिस की दंगाइयों से मुठभेड़ हुई। इसमें चार मारे गए। देवबन्द में भी पुलिस फायरिंग में चार मरे। दूसरे दिन तलाशी के दौरान पुलिस पर हमले हुए उसी दिन तीन शव मिले। सहारनपुर जिले में कुल 14 लोग मारे गए।

हरिद्वार जैसे शान्त जिले में पहले दिन जुलूस निकालकर हंगामा किया गया। पुलिस ने दो बार लाठी चार्ज किया। दूसरे दिन रुड़की और मंगलोर में भी कर्फ्यू लगाना पड़ा। हरिद्वार के गंग नहर थाने में भी कर्फ्यू लगा। हरिद्वार जिले में हिंसा में एक की मौत हुई। लेकिन दूसरे जिलों की अपेक्षा हरिद्वार जल्दी शान्त हो गया।

गाजियाबाद शहर के कैला भट्टा में पहले दिन आगजनी हुई। कर्फ्यू के बावजूद नौ दिसम्बर की रात वहाँ दो की हत्या हुई। वे एक धार्मिक स्थल में छिपे हुए थे। इस पर दंगाइयों ने हमला किया। सात दिसम्बर को हापुड़ में बाबरी मस्जिद टूटने के खिलाफ बाजार बन्द कराया जा रहा था। बन्द कराने के दौरान भीड़ में से किसी ने एक को

गोली मार दी। उसके बाद लोग सड़कों पर निकल आए। उसी समय खिड़की बाजार में चाकूबाजी हुई। इसमें एक आदमी मारा गया। पुराने बाजार में भीड़ को काबू करने के लिए पुलिस ने गोली चलाई। दोनों तरफ से गोली चली। इसमें तीन मारे गए।

बुलन्दशहर जिला इस बार शान्त रहा। बुलन्दशहर शहर में कोई वारदात नहीं हुई। कई बार दंगा झेल चुका शहर खुर्जा में पहले दिन ही कर्फ्यू लगा दिया गया। लेकिन वहाँ छिटपुट वारदात के अलावा कोई बड़ी घटना नहीं हुई। अबके सिकन्दराबाद झुलस गया। सात दिसम्बर को वहाँ चाकूबाजी होने के बाद कर्फ्यू लगा दिया गया। बावजूद इसके नौ दिसम्बर को चन्देस गाँव में एक आदमी की हत्या हुई। उसी दिन तीन बजे गद्दीवाला मुहल्ले में एक की हत्या हुई।

मेरठ शहर और इसके हर कस्बे में पहले दिन से तनाव रहा। मेरठ में हिंसा के पहले कर्फ्यू लग जाने से हिंसा पर एक हद तक काबू पा लिया गया। लेकिन सरधना और मवाना में हंगामा हुआ। सरधना में एक समुदाय के लोगों ने सात सितम्बर को इकट्ठे होकर एक पूजा स्थल पर पथराव किया। मवाना में भी पथराव हुआ। सरधना में रात का कर्फ्यू लगा दिया गया। मेरठ में आठ को वारदात हुई।

मेरठ को साम्प्रदायिक हिंसा से बचाने में प्रशासन से अधिक आम जनता की भूमिका रही है। इस बार भी दंगाइयों ने माहौल बिगाड़ने का प्रयास किया था। मेरठ में दंगा होने के जो कारण रहते हैं इस बार उससे अधिक कारण मौजूद थे। लेकिन बार-बार दंगे से बर्बाद हुए शहर के लोगों ने आज कर्फ्यू बनाए रखा है। प्रशासन अबके पूरी तैयारी में था। शहर में फोर्स कम थी। लेकिन उसे इस तरह तैनात किया गया था कि हर जगह फोर्स-ही-फोर्स दिख रही थी। आठ दिसम्बर को अगर प्रशासन कार्रवाई करने में चूक जाता तो शहर दंगों की भेंट चढ़ जाता।

छह दिसम्बर को हिंसा होगी, यह अन्देशा महीनेभर से शहर के लोगों को था। इस बार भी छह दिसम्बर से पहले लोगों ने काफी राशन खरीदा। छह दिसम्बर को अयोध्या में जो हो रहा था उसकी जानकारी शहर के लोगों को होती जा रही थी और तनाव बढ़ता जा रहा था। करीब तीन बजे खैर नगर में अफवाहों ने भगदड़ मचा दी। सभी जगह तनाव होने के कारण मेरठ में स्थायी रूप से रहनेवाली पी.ए.सी. की 17 कम्पनी के बजाय, शहर में केवल 14 कम्पनी थी। हर तरह से सुलझे हुए एस.एस.पी. बृजलाल ने कलेक्टर जयशंकर मिश्र को विश्वास में लेकर फोर्स की तैनाती की। फोर्स की कमी का एहसास नहीं होने दिया।

भारी कशमकश के बाद रात तीन बजे मेरठ के 13 थाना क्षेत्रों में से छह में पूरा और तीन में आधा कर्फ्यू लगाने का फैसला हुआ। विवादित ढाँचा पूरी तरह गिरा दिया गया यह जानकारी आम लोगों को दूसरे दिन अखबारों से मिली। तनाव सवेरे से था। मुसलमानों ने अपने घरों और मस्जिदों पर काले झंडे लगाए और प्रतिबन्ध तोड़कर माइक से अजान की। उन्हें उकसाने के लिए कुछ मुहल्लों में आतिशबाजी की गई लेकिन सात दिसम्बर को शहर में कुछ नहीं हुआ। आठ को अखबार हिंसा की खबरों से भरे

पड़े थे। कुछ शरारती लोगों ने श्यामनगर के एक आदमी को चाकू मारकर पुलिस जीप पर पथराव किया और एक धार्मिक स्थल पर तोड़-फोड़ की कोशिश की। पर कलेक्टर और एस.एस.पी. फौरन पहुँच गए। दोनों अधिकारियों ने खुद गोली चलाकर भीड़ को घरों में धकेला। लेकिन पुलिस को दंगाइयों ने डेढ़ घंटे तक मुकाबला करने के लिए मजबूर किया। दूसरे भी कमजोर नहीं थे। इस गोली कांड में दो मरे, पाँच घायल हुए।

मेरठ में बम कांड के अभियुक्तों की गिरफ्तारी होते ही शहर में तनाव कम होने लगा। कर्फ्यू में हर इलाकों में ढील दी गई। कर्फ्यूवाले नौ थाना क्षेत्रों के छह थाना क्षेत्रों से लगभग कर्फ्यू उठा लिया गया। बाकी तीन देहली गेट, लिसाड़ी गेट और कोतवाली थाना क्षेत्रों में आज दिन में 10 बजे से शाम चार बजे तक ढील दी गई। हापुड़ रोड पर बच्चा पार्क से एल. ब्लॉक शास्त्रीनगर तक, हापुड़ स्टेंड से भूमिया पुत और लिसाड़ी गेट तक, भूमिया पुल से तारापुरी तक कर्फ्यू लगा हुआ है।

शहर में इतनी जल्दी शान्ति लाने में शहर के मुसलमानों की अहम भूमिका है। पुलिस और प्रशासनिक अधिकारियों ने स्वीकारा है कि अगर इस्लामाबाद, किदवई नगर आदि के मुसलमान साथ नहीं देते तो बम कांड का रहस्य नहीं खुलता। छह दिसम्बर को अयोध्या कांड होने के बाद इस शहर में हिंसा कराने का हर सम्भव प्रयास किया गया। लेकिन प्रशासन के साथ-साथ शहर के मुसलमानों ने किसी भी प्रयास को सफल नहीं होने दिया। छह दिसम्बर की रात शहर के हिन्दू मुहल्लों में जमकर आतिशबाजी हुई लेकिन मुसलमान घरों से नहीं निकले। उसी रात कर्फ्यू लगाया ग्या था।

उसके बाद 25 दिसम्बर को दिन का कर्फ्यू हटाने के बाद शाम को जली कोठी का रहनेवाला इस्लाम शराब पीकर अपने शरीर पर ब्लेड से घाव करके दंगा फैलाने का प्रयास कर रहा था। उसी के सगे भाई विशेष पुलिस अधिकारी सईद ने उसे पकड़कर पुलिस के हवाले कर दिया। पूछताछ के बाद माहौल ठंडा हो गया। 26 दिसम्बर को किसी ने गड़बड़ी फैलाने की नीयत से ईश्वरपुरी मुहल्ले के पास कूड़े में बम छिपाकर रखा था। तीन बच्चे उस बम के फटने से घायल हुए जिनमें से बाद में दो की मौत हो गई। उन बच्चों को मुस्लिम लीग के सभासदों ने खून दिया था। शहर के तमाम मुसलमान नेताओं ने इस घटना की आलोचना की थी।

गणतन्त्र दिवस का बॉयकाट करने के फैसले की मुस्लिम लीग समेत तमाम मुसलमान संगठनों के नेताओं ने आलोचना की और गणतन्त्र दिवस के कार्यक्रमों में बढ़-चढ़कर हिस्सा लिया। कुछ ने विरोध भी किया। तीन जनवरी को शहर में कर्फ्यू पूरी तरह से उठा लिया गया लेकिन हापुड़ रोड पर भारी वाहनों की आवाजाही पर पाबन्दी लगी हुई थी। गणतन्त्र दिवस की शाम इमलियान पी.ए.सी. पिकेट पर बम फेंककर एक पी.ए.सी. जवान की हत्या और तीन अन्य जवानों को घायल किया गया। उसकी सभी ने निन्दा की। बल्कि सभासद हाजी अखलाक ने मृतक परिवार को 10 हजार रुपए और घायलों को ढाई-ढाई हजार रुपए की व्यक्तिगत सहायता देने की घोषणा की। डिप्टी मेयर और मुस्लिम लीग के नेता मोठ अशरफ ने घायलों को खून

देने की पेशकश की।

इतना ही नहीं 27 जनवरी को इमलियान मस्जिदवाली गली में खून के धब्बे दिखे। जिससे पुलिस मुख्य अभियुक्त जब्बार तक पहुँची। उसमें मुसलमानों का भारी सहयोग था। इमलियान से लेकर इस्लामाबाद और किदवई नगर तक सारे मुसलमानों के मुहल्ले हैं लेकिन किसी ने जब्बार को शरण नहीं दी। और उसे पकड़वाने में मदद की। जब्बार ने पुलिस को बताया कि वह इसलिए बम फेंकने के बाद शहर में रहा क्योंकि उसे भरोसा था कि इन मुसलमान मुहल्लों की तलाशी नहीं हो सकती। एक के बाद एक करके छह लोगों को पुलिस ने गिरफ्तार किया। फरार अभियुक्त सलीम के अलावा अयूब का भी पता वहीं के लोगों ने दिया।

और-तो-और सारे मुसलमान नेताओं ने इसकी निन्दा की। 29 जनवरी की शाम जिला जज के यहाँ अभियुक्तों की पैरवी के लिए किसी वकील का न मिलना भी इस बात का सबूत है कि उन्हें आम मुसलमानों का संरक्षण नहीं मिला। वैसे जब्बार ने बताया कि उसे उकसाने में कुछ और के हाथ भी हैं जिनकी पहचान होना बाकी है। अभी तक दो और मुख्य अभियुक्त गिरफ्तार होने बाकी हैं।

लेकिन शहर में इतनी जल्दी शान्ति होने का एक कारण मुसलमानों का दंगा नहीं चाहना भी था। निश्चित रूप से प्रशासन ने भी कारगर भूमिका अदा की है। बम फेंकने के अलावा अब तक पटाखे छोड़कर दहशत फैलाने के अलावा संयोग से कोई वारदात नहीं हुई है। 26 जनवरी की रात से लगे कर्फ्यू में काफी ढील दी गई। ढील के दौरान सामान्य चहल-पहल रही। कोई वारदात नहीं हुई।

जनवरी 1993

कृष्ण जन्मभूमि विवाद को सुलझाने की पहल दोनों समुदायों की ओर से हो

कृष्ण की नगरी मथुरा में श्रीकृष्ण जन्मस्थान के नाम पर उठा विवाद अभी ठंडा नहीं हुआ है। विश्व हिन्दू परिषद जैसे हिन्दू संगठन आक्रामक मुद्रा में हैं तो मुस्लिम संगठनों का रुख रक्षात्मक। हालाँकि पिछली 21 अप्रैल को हुआ विवाद कुछ ही घंटों में शान्त हो गया। अब शहर में शान्ति है। दोनों ही धर्मों के स्थानीय लोग इस बात पर सहमत हैं कि विवाद बाहरी लोगों ने कराया। अगर अभी भी दोनों पक्ष मिल-बैठकर इस समस्या का हल नहीं करेंगे तो यह शहर अयोध्या के बाद विवादवाला दूसरा शहर बन जाएगा। एक पक्ष पुराने इतिहास को कुरेदने में लगा हुआ है जबकि दूसरा पक्ष 1968 में हुए समझौते की बात कह रहा है। फिलहाल ज्यादातर बातों पर सहमति के बावजूद विवाद समाप्त होने के आसार नहीं दिख रहे हैं। दोनों पक्षों की बातें, शहर के पुराने नागरिकों के दावे और इतिहास विरोधाभासी हैं।

इस बात से कोई इनकार नहीं करता कि मथुरा में कृष्ण पैदा नहीं हुए। जिस तरह से देश के विभिन्न धर्मस्थलों को देश की तब की रियासतों के शासकों ने तोड़कर अपने धर्मस्थान में बदल दिया था। मथुरा भी अछूता नहीं रहा। लेकिन जिस तरह से यह विवाद अचानक शुरू हुआ उससे मथुरा के लोग चिन्तित हैं। शहर की तीन लाख की आबादी में मुसलमान 10 फीसदी यानी 30 हजार के आसपास हैं। दूसरे शहरों से उलट इस शहर में दोनों सम्प्रदाय के लोग एक साथ एक ही मुहल्ले में रहते आए हैं। आजादी के बाद यहाँ पिछले साल 16 अप्रैल को पहला दंगा हुआ। लेकिन उसमें किसी की जान नहीं गई थी। उसका मुद्दा भी दूसरा था।

मथुरा के इतिहास के बारे में उपलब्ध किताब 'मथुरा डिस्ट्रिक्ट मेमोरी' ने ही इतिहास को कुरेदने में सहायक की भूमिका अदा की है। इस किताब के लेखक मथुरा के अंग्रेज कलेक्टर एस.एफ. ग्राउन थे। किताब 1872 में लिखी गई। उसमें धार्मिक बातें तो बड़े करीने से लिखी गई हैं जबकि आजादी की पहली लड़ाई की चर्चा मामूली तौर पर की गई है। इस किताब में लिखा गया है कि ईदगाहवाली मस्जिद पर केशवदेव कटरा (कंश के कारागाह) का मन्दिर था। इसे 1718 में औरंगजेब ने तोड़कर ईदगाह मस्जिद

बना दिया। इस किताब में मन्दिर के क्षेत्रफल और उसकी चौहद्दी के बारे में भी विस्तार से ब्यौरा दिया गया है। उसमें यह भी लिखा है कि कटरा केशवदेव के आसपास ही मथुरा जिसका पुराना नाम मथुरा है, बसी थी।

लेकिन यहाँ के हिन्दू इसका और पुराना इतिहास बताते हैं। उनके मुताबिक कटरा केशवदेव का मन्दिर श्रीकृष्ण के पोते ब्रजनाम ने बनाया था। बताते हैं कि सबसे पुराने शिलालेख महाक्षत्रप शोडास के समय (ई.पू. 50-57) में मिले अवशेष में भी श्रीकृष्ण जन्मस्थल का जिक्र है। दूसरी बार सम्राट विक्रमादित्य ने 400 ई. में दूसरा बड़ा मन्दिर बनवाया था। उस मन्दिर को 1017 में महमूद गजनवी ने लूटा और तोड़ा इसका जिक्र गजनवी के मीर मुंशी अलाउद्दीन ने अपनी 'तारीख यामिनी' में किया है। तीसरी बार 1150 में मथुरा के शासक महाराजा विजयपाल देव ने मन्दिर बनवाया। बताते हैं कि 1515 में यहाँ चैतन्य महाप्रभु भी आए थे। इसका वर्णन श्री चैतन्य चरिताकृत में मिलता है। इस मन्दिर को तीसरी बार 16वीं शताब्दी के शुरू में सिकन्दर लोदी ने नष्ट किया।

इसके करीब 125 साल बाद ओरछा के राजा वीरसिंह जूदेव बुन्देला ने उसी स्थान पर तैंतीस लाख रुपए की लागत से लगभग 250 फीट ऊँचा एक भव्य मन्दिर बनवाया। रेवर्नियर नामक फ्रांसीसी यात्री 1650 के आसपास मथुरा आया था। उसके मुताबिक यह मन्दिर वहीं था जहाँ चौथी बार औरंगजेब ने तोड़कर ईदगाह मस्जिद बनवाई। 1803 में मथुरा अंग्रेजों के साम्राज्य में शामिल हो गई। 1815 मे ईस्ट इन्डिया कम्पनी ने कटरा केशवदेव को नीलाम कर दिया। इसे बनारस के राजा पटनीमल ने खरीदा। उन्होंने मन्दिर बनवाने का विचार किया। इस पर विवाद चलता रहा और मस्जिद के पिछवाड़े की जमीन पर घोसी मुसलमान (दूध का व्यवसाय करनेवाले) बस गए। बताते हैं कि एक बार उद्योगपति जुगलकिशोर बिड़ला मथुरा आए। तब वहाँ पूरा कब्जा घोसियों का था। मस्जिद के पीछे करीब 300 गज दूर कटरा केशवदेव के मन्दिर के नाते एक घंटा मन्दिर था। इस पर गोस्वामी लोगों का कब्जा था। बीच की जमीन खाली और उस पर मलवा था।

बताते हैं कि श्री बिड़ला उसे देखकर दुखी हुए और वे पंडित मदन मोहन मालवीय के पास गए। उन्होंने उनको श्रीकृष्ण जन्मस्थान के बारे में बताया। मालवीयजी की मदद से पटनीमल से सात फरवरी 1944 को 13.37 एकड़ की यह जमीन 13 हजार रुपए में खरीद ली गई।

श्रीकृष्ण जन्मभूमि खाली कराने के सवाल पर पहला विवाद 1949 में हुआ। उस समय घोसी लोगों का यहाँ कब्जा था। वैसे यह जमीन हिन्दुओं ने खरीद ली थी। कुछ समय तक विवाद काफी गहराया। मुसलमान नेताओं का कहना है कि घोसियों ने यह जमीन धन के लोभ में खाली की जबकि हिन्दू नेताओं का कहना है कि कई मुकदमे लड़ने के बाद 1951 में यह जमीन हिन्दुओं को मिली। जुगलकिशोर बिड़ला की अगुवाई में 21 फरवरी 1951 को श्रीकृष्ण जन्मभूमि ट्रस्ट की स्थापना की गई और कटरा केशवदेव पर इसका अधिकार हो गया। फिर सोसाइटीज रजिस्ट्रेशन एक्ट के तहत

श्रीकृष्ण जन्मस्थल सेवा संघ के नाम से रजिस्ट्री हुई। पहली समिति में गणेश वासुदेव मावलंकर, एम. अनन्त शयनम आयंगर और स्वामी अखंडानन्द सरस्वती वगैरह शामिल थे।

15 अक्तूबर 1953 को मस्जिद के पीछेवाले टीले को समतल किया जा रहा था। उसी में से मन्दिर का गर्भगृह मिला। बताते हैं कि इस गर्भगृह का निर्माण छठी सदी में जयपुर के राजा ने कराया था। इसे मन्दिर तोड़नेवालों ने जमीन के भीतर डाल दिया। पर कई पुराने मुसलमान नेता इसे नहीं मानते। उनका मानना है कि सभी निर्माण बाद में हुए। लेकिन ज्यादातर लोग यही मानते हैं कि इस टीले से गर्भगृह निकला। इस पर अभी श्रीकृष्ण जन्मस्थल मन्दिर है। उसके बाद इसे और विकसित किया गया और कई लोगों की मदद से आयुर्वेद भवन, पुस्तकालय, भागवत भवन, अखंड संकीर्तन क्षेत्र आदि बनाए गए।

लेकिन बीच-बीच में कभी-कभी विवाद भी होता रहा। इस विवाद का स्थायी हल निकालने के लिए कुछ हिन्दू और कुछ मुसलमान नेताओं ने पहल करके 1968 में एक समझौता किया। यह सब रजिस्ट्रार मथुरा के दफ्तर में 17 अक्तूबर 1968 को दर्ज हुआ। सब रजिस्ट्रार ने उसी दिन दस्तावेज नम्बर 3384 से असली दस्तावेज को मिलाकर इसे सही बताया था। तहरीर 12 अक्तूबर 1968 को हुई थी। उसमें ईदगाह मस्जिद की चौहद्दी पूर्व में रेलवे लाइन तक, पश्चिम में चबूतरा जन्मस्थान, उत्तर में जमीन जन्मस्थान और दक्षिण में जमीन जन्मस्थान बाँके कटरा केशवदेव तक की गई थी। हिन्दू पक्ष से जन्मस्थान सेवा संघ में मन्त्री देवधर शास्त्री और मुसलमान पक्ष से ईदगाह कमेटी के सदर मोहम्मद शमीरमलीन और अब्दुल गफ्फार ने हस्ताक्षर किए थे। सवा दो रुपए के स्टॉप पेपर पर हुए समझौते से तमाम औपचारिकताएँ पूरी की गई थीं।

समझौते में दस बिन्दु तय किए गए थे। इनमें कहा गया था कि ईदगाह की सीमा उत्तर और दक्षिण से रेलवे लाइन तक बढ़ाई जाएगी। यह काम शाही मस्जिद ईदगाह करेगा। उसी को श्रीकृष्ण जन्मस्थान घोसी आदि मुस्लिम आबादी से खाली करवाने का जिम्मा दिया गया। ईदगाह की कच्ची कुरसी को जो चौकोर कर लेगा और वह उसकी मिल्कियत मानी जाएगी। दक्षिण की ओर से जीने का मलवा 15 अक्तूबर 1968 तक ईदगाह कमेटी उठवा लेगी। जन्मस्थान की ओर से ईदगाह में कोई दरवाजा या जंगला नहीं लगाया जाएगा और न कोई मोरी या पतनाला ही जन्मस्थान की ओर निकाला जा सकेगा। ईदगाह के जो पतनाले जन्मस्थान की तरफ पड़ते हैं उनको सेवासंघ अपने खर्चे से पाइप लगाकर ईदगाह की कच्ची कुरसी की और मोड़ देगा और उसके बाद उस पानी को अपने खर्चे से पक्की नाली बनवाकर पूर्व की ओर मस्जिद के पूर्वी दरवाजे तक पहुँचाएगा। इस काम में ईदगाह का प्रतिनिधि साथ रहेगा। रेलवे की भूमि पर जन्मस्थान कब्जा कर रहा था उस पर कब्जा होने पर ईदगाह के सामने जो भूमि उत्तर, दक्षिण की दीवारों के भीतर आएगी उसको भी जन्मस्थान सेवा संघ ईदगाह को देने और उसकी

मिल्कियत दूसरे पक्ष को देने की बात समझौते में हो गई थी।

समझौते में यह भी कहा गया है कि दोनों पक्षों में जो मुकदमे चल रहे हैं उसे समझौते की शर्त पूरी होने पर दोनों पक्ष इसी समझौते के अनुसार राजीनामा करेंगे। अगर एक पक्ष समझौते की बात नहीं मानता है तो दूसरा पक्ष जिस प्रकार सम्भव हो उनको मनवा सकता है। यानी यह समझौता हर तरह से अदालती औपचारिकता पूरी करता है। इससे यह भी जाहिर होता है कि जन्मस्थान सेवा संघ ईदगाह को सही मानता है। समझौता करवानेवालों में दोनों धर्मों के अगुआ देवधर शास्त्री और शाहमीर मलीन अब जीवित नहीं हैं। मुसलमान पक्ष इस फैसले को सही मानता है और ईमानदारी से लागू होने की जानकारी देता है। जबकि हिन्दू पक्ष के नेता दूसरे पक्ष पर समझौता पूरी तरह से नहीं मानने का आरोप लगाते हैं। इसलिए विवाद की गुंजाइश बनती है और इसका लाभ बाहरी लोग उठा रहे हैं।

श्रीकृष्ण जन्मभूमि और शाही ईदगाह के विवाद को खत्म करने के लिए 1968 में हुए समझौते के बावजूद झगड़ा खत्म नहीं हुआ है। एक पक्ष का मानना है कि देवधर शास्त्री ने तब भावावेश में आकर जो समझौता किया, दूसरे पक्ष ने उसे भी लागू नहीं किया। पहले पक्ष का मानना है कि ईदगाह समेत पूरी जमीन हिन्दुओं की है और जन्मस्थान ट्रस्ट इसका सालों से गृहकर और जलकर देता है यानी ईदगाहवाले उनके किराएदार हैं। पर दूसरा पक्ष इससे कतई सहमत नहीं हैं। उसका मानना है कि समझौते के तहत जन्मस्थान को जो जगह मिली है, वही उसकी है। बाकी शाही ईदगाह ट्रस्ट की है और इस पर हक जताना विवाद बढ़ाना है।

तीन पीढ़ियों से जन्मस्थान ट्रस्ट के कर्ताधर्ता भार्गव परिवार के मुखिया सुरेश कृष्णचन्द्र भार्गव (मौजूदा सचिव श्रीकृष्ण जन्मस्थान सेवा संघ) का कहना है कि दूसरे पक्ष ने समझौता नहीं माना। इसीलिए उसी साल सेवा संघ ने पूरी जमीन पर दावा करके स्थानीय अदालत में मुकदमा दायर कर दिया। 1975 में इस पर अदालत ने अन्तिम आदेश दिया। इसके तहत पूरी जमीन हिन्दुओं की बताई गई। उनका आरोप है कि कुछ लोगों ने मिली-भगत करके फैसले की प्रति ही गायब करवा दी। इस पर फिर से याचिका दायर की गई। एक मई को सिविल जज की अदालत में इस पर सुनवाई होनेवाली है।

उनका कहना है कि अब तक मिले सबूत इसके लिए काफी हैं कि मन्दिर तोड़कर मस्जिद बनाई गई। जहाँ गर्भगृह है यानी कटरा केशवदेव का मन्दिर है। उसके ठीक सामने मस्जिद के नीचे की दीवार में जाली साफ दिखती है जिससे वहाँ कारागृह की दीवार होने का सबूत मिलता है। दूसरा ईदगाह मस्जिद की बनावट मन्दिर जैसी ही है। उस पर कमल के आकार की चित्रकारी साफ दिखती है। बाकी गुम्बद भी हिन्दू मन्दिर होने का प्रमाण देती हैं उसमें मूर्ति रखने से वह मन्दिर बन जाएगा। 1968 में समझौता होने पर दो बड़ी शर्तें दूसरे पक्ष ने नहीं मानी हैं। एक शर्त तो यह थी कि वे अपनी चारदीवारी बना लेंगे। ताकि वहाँ का दृश्य मन्दिर में और यहाँ का दृश्य मस्जिद में नहीं दिखे। दूसरी यह ईदगाह मस्जिद है। इसमें ईद और बकरीद को ही नमाज अता की

जाती थी। लेकिन अब हर रोज नमाज पढ़ी जाती है और माइक लगाकर अजान दी जाती है। दूसरा एतराज समझौते में दर्ज नहीं है। बताते हैं कि शर्त मौखिक थी।

सुरेशचन्द्र भार्गव खुलकर तो नहीं कहते। लेकिन उनके कहने का मतलब यही है कि ईदगाह नहीं रहनी चाहिए। उनका कहना था कि विवाद विश्व हिन्दू परिषद ने शुरू किया है। इससे उनका कोई लेना-देना नहीं है। उनकी बात का समर्थन जन्मस्थान के व्यवस्थापक एस.एम. गहलौत करते हैं। उनका आरोप है कि मस्जिद की दीवार ऊँची होने से वहाँ से गन्दगी इधर फेंकी जाती है। कुछ लोग मस्जिद की दीवार पर बैठकर फिकरे कसते रहते हैं। मस्जिद से मलवा निकालने या ईंटगारा ले जाने का रास्ता मन्दिर होकर ही है। पर उस पर कभी विवाद नहीं हुआ।

शाही ईदगाह कमेटी के सदर मास्टर शहाबुद्दीन कहते हैं कि इस मसले पर स्थानीय लोगों में कोई विवाद नहीं है। विवाद तभी होता है जब बाहर से लोग आकर हंगामा करते हैं। पिछले साल भी चौक बाजार की मस्जिद में मूर्ति रखने का काम बाहरी लोगों ने किया। इस साल भी आग लगाने का काम ऐसे ही लोगों ने किया। उनका कहना है कि जानबूझकर विवाद पैदा किया जा रहा है। 1968 में हुए समझौते में मन्दिर की स्थिति साफ-साफ तय की गई है। दोनों समुदायों के बीच भाईचारा है। मस्जिद के पीछे जाली लगी हुई है। **उसे खरोंचकर कारागृह बनता जाता है।** इस तरह तो कल यह भी कहा जाएगा कि मस्जिद है ही नहीं। अभी तक तो तालमेल था। मस्जिद की दीवार गिरी तो, अपने पैसे से जन्मस्थान संघवालों ने उसे उठवाकर मस्जिद की ओर डलवा दिया। मस्जिद का एक रास्ता मन्दिर से है। इस पर कभी भी किसी ने रोक नहीं लगाई। समझौते के तहत ईदगाह कमेटी ने घोसियों के 50 घरों को वहाँ से हटवाया। इसके अलावा भी दूसरी शर्तें पूरी की गईं। 1968 के बाद सालभर से ही यह मुद्दा चर्चा में हैं। पहले कभी भी किसी ने इसे नहीं उठाया था। अभी भी दोनों धर्मों के लोग एक-दूसरे के त्योहार में शामिल होते हैं।

मोहम्मद शाहमीर मलिक के लड़के अनीश आलम ने बताया कि उनके पिता का इन्तकाल तीन साल पहले हुआ। वे समझौते के अगुआ थे। अनीश का मानना है कि यहाँ का माहौल बिगाड़ने का काम बाहरी लोग करते हैं। कुछ बातों को बढ़ा-चढ़ाकर बताने पर भी उन्हें एतराज नहीं है। 21 अप्रैल को इस मस्जिद को जलाने की खबर एक अखबार में प्रमुखता से छपी थी। उसे उन्होंने गलत बताया। उनका कहना था कि मस्जिद का सामान बाहर निकालकर उसे जलाने का प्रयास किया गया। डोंग गेट के पास पुलिस चौकी के सामने हाजी पीर की मजार में भी तोड़फोड़ की गई। शहर के दोनों सम्प्रदायों के लोग एक साथ रहते थे। उनके पिता के करीबी हकीम हसीबुल्ला चौक बाजार के पास की एक गली में रहनेवाले अकेले मुसलमान हैं। उन पर सभी तक कोई खतरा नहीं आया। बाकी लोग भी शान्ति से रहते आए हैं।

स्थानीय इतिहासकार डॉ. भगवान सहाय पचौरी का कहना है कि यह विवाद बेवजह है। यह सही है कि औरंगजेब ने मन्दिर तोड़कर मस्जिद बनाई। लेकिन ऐसे

मन्दिरों की संख्या सैकड़ों में है। सन्देह की बात न की जाए तो चौक बाजार की जामा मस्जिद भी मन्दिर तोड़कर बनी है। वहाँ फारसी में यह लिखा हुआ भी है। लेकिन कोई जरूरी नहीं है कि जैसा एक ने किया बादवाले भी वैसा ही करते जाएँगे। कटरा केशवदेव निश्चित रूप से कृष्ण जन्मभूमि रही होगी। यह भी सम्भव है कि मस्जिद के नीचे कोई मन्दिर दफन होगा। लेकिन आज उस पुराने विवाद को कुरेदना गलत है। कई हिन्दू राजाओं ने वहाँ मन्दिर बनवाया और मुसलमान बादशाहों ने उसे तुड़वाया। ऐसी घटनाएँ हर राज्य में हुई हैं।

वैसे जन्मस्थान के बारे में भी कुछ विवाद है। नए मन्दिर के पीछे गोस्वामिचों की छोटी-सी बस्ती है। वहाँ भी कटरा केशवदेव का एक मन्दिर है। वह इस मन्दिर से करीब दो सौ गज दूर होगा। 21 गोस्वामियों में सबसे बुजुर्ग गोस्वामी द्वारकाप्रसाद का कहना है कि श्रीकृष्णजी के पोते ब्रजनाम ने मन्दिर दूसरी जगह बनवाया था। वह उनके कब्जे में है। 1949 में जब घोसियों से जन्मस्थानवाले जमीन खाली करवाने गए तो उन्हे मन्दिर का पुजारी बनाने का लालच दिया गया था। उन्होंने घोसियों से लड़ाई लड़ी। अपने शरीर के निशान दिखाते हुए उन्होंने कहा कि उनसे धोखा हुआ था। लेकिन अब उनकी कोई इच्छा नहीं है। वहाँ के कई लोगों का कहना है कि उनकी तरफवाला गेट जानबूझकर बन्द कर दिया। लेकिन सुरेश भार्गव और एम.एम. गहलौत दोनों ही इसे गलत बताते हैं। उनका कहना है कि उस मन्दिर के 21 मालिक हैं। सबमें आपस में विवाद है। मन्दिर में चोरी होने का कारण गेट बन्द किया जाना है। मेलों के वक्त गेट खोल दिया जाता है। इन गोस्वामियों के तर्क पर आमलोग कम ही सहमत होते हैं। लेकिन वह सभी मानते हैं कि वे पुराने पुजारी हैं। और वहीं कहीं कृष्ण का असली जन्मस्थान है। चूँकि गर्भगृह नीचे है जहाँ हिन्दू शास्त्रों के मुताबिक प्राण-प्रतिष्ठा नहीं हो सकती। इसलिए वहाँ भगवान के चित्र लगे हुए हैं। गर्भ नीचे होने से मन्दिर-मस्जिद से छोटा दिखता है। इस बात का भी कुछ लोगों को गम है। लेकिन वह गम मथुरावासियों को कम और बाहर के लोगों को ज्यादा है। अभी तक विवाद कागज में चल रहा है। 23-24 जून को हरिद्वार में विश्व हिन्दू परिषद का सम्मेलन होनेवाला है। उसमें अयोध्या में राम जन्मभूमि मन्दिर बनाने की तारीख और मथुरा, काशी में आन्दोलन शुरू करने का ऐलान होगा।

श्रीकृष्ण जन्मस्थान को विवाद से मुक्त कराने के लिए जन्मस्थान सेवा संघ और शाही मस्जिद ट्रस्ट दोनों को पहल करने की जरूरत है। अगर दोनों पक्ष 1968 के समझौते को मौजूदा हालात में थोड़ा-बहुत संशोधित कर लागू करने पर सहमत हो जाएँ तो मथुरा विवाद एक हद तक टल सकता है। तब शायद बाहरी नेताओं को भी दखल देने का मौका नहीं मिलेगा। अभी दोनों पक्ष विवाद को स्वीकारते हैं। लेकिन पहल करने को तैयार नहीं हैं।

जन्मस्थान सेवा संघ समझौता तोड़ने का दूसरे पक्ष पर आरोप लगाते हैं। लेकिन दूसरा पक्ष उसे पूरा करने का दावा करता है। सेवा संघ के सचिव सुरेशचन्द्र भार्गव का दावा है कि पूरी जमीन (13.37 एकड़) जन्मस्थान की है। उस पर ईदगाह जबरन बनाया

गया है। जबकि समझौते में मस्जिद को ही सही ठहराया गया। मस्जिद से आगे रेलवे लाइन तक ईदगाह की जमीन है। इसे दोनों ओर से चारदीवारी बनाकर रखने की बात समझौते में कहीं गई है। उसमें अगर मस्जिद के पीछे जन्मस्थान (गर्भगृह मन्दिर) के बीच में अगर ऊँची दीवार उठा दी जाती है तो जन्मस्थानवालों का आरोप खत्म हो जाएगा कि मस्जिद का मलवा मन्दिर के हिस्सों में गिरता है।

जन्मस्थान सेवा संघ के अमूमन बाकी स्थानों पर मन्दिर या भवन बना है केवल जन्मस्थान के उत्तर दिशा में अभी विकास होना बाकी है। उस पर कई भवन बनाने की योजना है। हिन्दू नेता कहते हैं कि 1951 से मन्दिर का निर्माण शुरू हुआ। जन्मस्थान के इलाके में संस्कृत विद्यालय, छात्रावास, गो-पालन और गौरक्षा सम्बन्धी शिक्षा केन्द्र, पार्क और सरोवर आदि का निर्माण होना है। ये भवन बनाने पर ईदगाह को ऐतराज नहीं है। लेकिन जन्मस्थान मन्दिर और गीता भवन के बीच से जो रास्ता मन्दिर के कर्मचारियों के आवास की तरह जाता है, उसमें एक तरफ मस्जिद है। उसकी दीवार ऊँची करने की बात समझौते में कही गई थी। दूसरा ऐतराज हर रोज ईदगाह में अजान होने से है। कमोवेश सवेरे मन्दिर की प्रार्थना के समय ही अजान होती है। माइक भी इसी तरफ है। पूजापाठ के बारे में समझौते में कोई जिक्र नहीं होने से ही विवाद बढ़ा है।

इसमें हिन्दू संगठनों का आग्रह विवाद का केन्द्र बन रहा है। मेरठ नें धार्मिक झगड़े होने पर मन्दिर या मस्जिद में माइक के उपयोग पर पाबन्दी है। ऐसा यहाँ हो जाए तो विवाद शायद कम हो जाएगा। मथुरा में पिछले साल दंगे से पहले कभी भी दोनों पक्ष एक-दूसरे को शक की नजर से नहीं देखते थे। अब एक-दूसरे पर शक बढ़ने लगा है। इस शहर में दोनों धर्मों की आबादी मिली-जुली है। लेकिन मथुरा की 40 मस्जिदें दूसरे लोगों की आँखों में गड़ने लगी हैं। जिन लोगों ने 1968 में समझौता करवाया था उनके अगुआ अब मर चुके हैं। स्थानीय हिन्दुओं में चौबे पंडितों का दबदबा है। पहले वे इस विवाद में कोई रुचि नहीं लेते थे। पर अब वे भी सक्रिय हैं।

इसके बावजूद शहर में लोग अभी भी एक स्वर में यही दोहराते हैं कि उनमें कोई विरोध नहीं है। इसका उदाहरण 21 अप्रैल को मिला। उस दिन विवाद होने पर दोनों समुदायों के कुछ लोगों ने तुरन्त आगे आकर विवाद खत्म करवाया। लेकिन जिस तरह हिन्दू संगठन सक्रिय हैं। उससे अन्देशा है कि मुसलमान नेता भी सक्रिय हो जाएँगे। कुछ लोगों ने 21 अप्रैल को ज्यादती के विरोध में ईद नहीं मनाने का एलान करके विवाद खत्म नहीं होने देने का प्रयास किया था बावजूद बुजुर्गों के प्रयास से मथुरा में ईद मनाई गई।

अप्रैल 1990

यज्ञ राजनीति में विघ्न से विहिप की साख धुली

इस बार मथुरा ने एक साथ विश्व हिन्दू परिषद (विहिप) और गेरुआ वस्त्रधारी सांसद स्वामी सच्चिदानन्द साक्षी को गहरे घाव दिए हैं। विहिप का घाव भाजपा और आर.एस.एस. के नेता भरने में लगे हुए हैं। बसपा को तत्काल मुसलमानों में लोकप्रिय बनाकर दिल्ली की गद्‌दी पाने के लिए उसका इस्तेमाल करने की बात कहकर शायद विहिप को ठंडा कर दिया जाए लेकिन भाजपा सांसद साक्षी को अभी जो घाव मिले हैं वह आसानी से भरे नहीं जा रहे हैं। जिस यज्ञ के वे प्रमुख यजमान थे उसमें वे शामिल नहीं हुए।

भाजपा ने विहिप को धकियाकर मुख्यमन्त्री मायावती से दोस्ती बढ़ाई। विहिप के नेता श्रीकृष्ण जन्मभूमि परिसर से जवाहर इंटर कॉलेज में विष्णु महायज्ञ करने को आसानी से तैयार हो गए थे। फिर राजनीति शुरू हुई। इंका, बसपा समेत सभी गैर भाजपा दल यज्ञ रोकने के लिए बयान देने लगे। जवाब में विहिप बजरंग दल के लोग आग उगलने लगे। अचानक यज्ञ शुरू होने के एक दिन पहले यज्ञ स्थल बदलने का फैसला विहिप के साधु-सन्तों ने ले लिया। ऐसा कहा गया। इसमें उनसे अधिक भाजपा के नेताओं की भूमिका रही।

लगातार चार दिन से यज्ञ स्थल बदलने की बात करने पर जनमभूमि में यज्ञ करेंगे कहनेवाले नेता चुप्पी साध गए। लेकिन उनके समर्थकों को यह बात गले से नीचे नहीं उतर रही थी। वे बार-बार यह कह रहे थे कि अगर यही करना था तो चार दिन से ड्रामा क्यों कर रहे थे। यज्ञ स्थल न बदले जाने पर सर्वाधिक बोलनेवालों में विहिप के संयुक्त मंत्री आचार्य गिरिराज किशोर और स्थानीय भाजपा सांसद श्री साक्षी थे। गिरिराज किशोर का तो विरोध हुआ लेकिन श्री साक्षी की पन्द्रह को ही दो बार बेइज्जती की गई।

मथुरा भाजपा में तीन गुट हैं—पूर्व मंत्री रविकान्त गर्ग, विधान परिषद सदस्य राम प्रसाद कमल और सांसद श्री साक्षी का। कहा जाता है कि श्री साक्षी ने श्री गर्ग का टिकट पिछले चुनाव में कटवाकर रामलीला करनेवाले अपने चेले रामस्वरूप शर्मा को दिलवा दिया। वे विधायक बन गए। गर्ग की आँखों में वे खटकते हैं। कहा जाता है कि तीनों गुट हर मौके पर एक-दूसरे को नीचा दिखाते हैं।

श्री साक्षी विश्राम घाट पर करीब एक बजे आए और कलश ले जानेवाली महिलाओं के साथ घाट के सामने मन्दिर में गए। बाहर सड़क पर प्रशासन और यज्ञ स्थल बदले जाने के विरोध में नारेबाजी हो रही थी। उसी समय वर्षा होने लगी। पानी गिरना बन्द होने पर साक्षी घाट की ओर बढ़े तो उनका विरोध होने लगा। वे उसे नजरअन्दाज करके घाट पर गए। तब तक लोगों को पता चल गय कि कलश यात्रा में एक सौ आठ के बजाय पाँच महिलाओं को शामिल करने की अनुमति मिली है।

चूँकि घाट को जानेवाले दोनों रास्ते पुलिस ने रोक रखे थे इसलिए घाट पर कम लोग गए। उन्हें श्री साक्षी ने समझा लिया। उन्हें लगा कि वे सभी को समझा लेंगे। इसी ताव में वे नए यज्ञ स्थल पर गए। वहाँ पहले से रविकान्त गर्ग, विधायक प्रणपाल और रामप्रसाद कमल आदि थे। साक्षी के खिलाफ केवल नारेबाजी ही नहीं हुई बल्कि उन्हें विहिप की स्थानीय नेता, वामदेवजी की शिष्या सुरेखा श्रीवास्तव ने चूड़ी पेश की। बाद में गिरिराज किशोर उन्हें केवल भाजपा का मान रहे थे। साक्षी गुस्से में तमतमाए सड़क पर आए। वहाँ उनकी जिप्सी खड़ी थी। वहीं पास में गर्ग खड़े थे। फिर विरोध हुआ तो श्री कमल लोगों को शान्त कराने बढ़े। गुस्साएँ श्री साक्षी उन्हीं पर बरस पड़े और जिप्सी में बैठ वृन्दावन चले गए।

तीनों दिन यज्ञ में वे आए। स्थान बदलते ही विष्णु महायज्ञ केवल औपचारिक बन गया था। एक तो साक्षी का अपमान होने से स्थानीय साधु-सन्त नहीं आए दूसरे वामदेव का स्पष्ट निर्देश नहीं आने से उनके समर्थक साधु नहीं आए। इतना ही नहीं पन्द्रह को भी यज्ञ के संयोजक चतुर्भुज सर्राफ जिनका नाम ले रहे थे उननें से केवल अयोध्या के महन्त नृत्यगोपाल दास आए। साध्वी ऋतम्भरा के नाम पर 17 और 18 को कुछ भीड़ आई लेकिन वह भी ऐसी नहीं जिससे लगे कि इस यज्ञ से आम लोग जुड़े।

अगस्त 1995

मथुरा में तनाव फैलाने में प्रशासन भी पीछे नहीं

विश्व हिन्दू परिषद के साथ-साथ प्रशासन और संचार माध्यमों ने भी यहाँ तनाव फैलाया। अपनी नेतागिरी चमकाने के लिए नेताओं ने भी दनादन बयान दिए। सारा कुछ 'वोट बैंक' के लिए किया गया, बाजी मुख्यमंत्री मायावती ने मारी।

मथुरा में श्रीकृष्ण जन्मभूमि पर मन्दिर और ईदगाह सालों से है। लेकिन मथुरा में इस मसले पर कम ही तनाव है। मथुरा के लोग अयोध्या कांड के बाद जन्मस्थान पर अर्द्धसैनिक बलों की तैनाती से परेशान हैं। जन्मभूमि परिसर में अन्तर्राष्ट्रीय विश्रामगृह के दुकानदार भूखों मरने ही हालत में हैं। पिछले तीन सालों से उनकी दुकानें नहीं खुली हैं। जहाँ यात्रियों के वाहन खड़े होते थे वहाँ पुलिस के वाहन खड़े होते हैं। एक तो बिक्री नहीं होती ऊपर से पुलिसवाले परेशान करते हैं। मथुरा के दुकानदार और दूसरे व्यापारी जन्माष्टमी और 'भाईदूज' का इन्तजार करते हैं जब बाहर के लोग मथुरा में

भारी तादाद में आते हैं। जन्माष्टमी पर जो करीब पन्द्रह दिन तक पूरे मथुरा में तिल रखने की जगह नहीं मिलती है।

शहर में मुसलमानों की आबादी दस फीसदी से कम है। आबादी से अब तक एक-दो बार शहर में साम्प्रदायिक तनाव हुआ जो छिटपुट घटनाओं के बाद लोगों ने आपसी समझदारी से निपटा दिया। काशी की तरह मथुरा विवाद सोलह आने खत्म होना कठिन है, लेकिन उसे मुद्दा बनाने से रोका जा सकता है।

पिछले दिनों अशोक सिंघल ने प्रेस कान्फ्रेंस की। जिसमें जन्मभूमि स्थल पर विष्णु महायज्ञ करने के अलावा यज्ञ की समाप्ति के दिन पूरे जन्मभूमि स्थल की परिक्रमा करने की घोषणा की। इससे तनाव बढ़ने लगा। कलेक्टर देवदत्त शर्मा ने विहिप के लोगों से आग्रह करके यज्ञ स्थल बदलवाया। फिर इस मामले ने तूल पकड़ा तो कलेक्टर ने भूमि पूजन को सुलझाने की कोशिश की। मुख्यमन्त्री मायावती को असलियत का पता चल गया। माना जा रहा है कि इसी के चलते बारह अगस्त को उनका तबादला कर दिया गया। चार को प्रशासन ने परिक्रमा पर रोक लगा दी। उसके बाद सात को राज्यपाल मोती वोहरा और ग्यारह को केन्द्रीय आन्तरिक सुरक्षा मन्त्री राजेश पायलट ने तो मथुरा आकर सारे हालात ही बदल दिए।

लगा कि प्रशासन किसी युद्ध की तैयारी कर रहा है। मथुरा छावनी बन गया फिर भी मथुरा में शान्ति थी।

स्थानीय स्तर पर इतना ही सन्देह था कि अठारह को शहर में काफी भीड़ रहेगी। विहिप का पहले का यज्ञ स्थल तो ईदगाह से एक किलोमीटर था। जिस समय यज्ञ समाप्त कर वे परिक्रमा करने आएँगे ईदगाह में जुमे की नमाज हो रही होगी और उस समय एक पत्थर भी किसी बड़ी दुर्घटना का कारण बन सकता था। लेकिन विहिप के पक्ष में संख्या ज्यादा आ ही नहीं पाती। कुछ तो यह भी कहते हैं समझौता करके प्रशासन ने उनकी भी प्रतिष्ठा बचा ली।

चौमासा में अधिकांश सन्त अलग-अलग स्थानों पर रहते हैं। वे चौमासा की समाप्ति के पहले कहीं जा नहीं सकते। तमाम लोग उन सन्तों को देखने-सुनने आते हैं। दूसरे विहिप ने राष्ट्रीय स्तर पर कार्यकर्ताओं को मथुरा आने की अपील नहीं की थी। विहिप के सबसे बड़े नेता अशोक सिंघल विदेश में हैं। वे चौबीस को लौटेंगे।

फिर भी अयोध्या से सबक लेकर जो तैयारी की गई थी वह बहुत ज्यादा थी। तैयारी करने से अधिक उसे प्रचारित कर तनाव फैलाया गया। तरह-तरह के बयान मायावती और राजेश पायलट ने दिए जिसकी कोई आवश्यकता नहीं थी। इसमें राजनीति की बू आती है। तभी लोग कहते हैं भाजपा ने बसपा से दोस्ती बढ़ाने के लिए विहिप को धकियाया ताकि बसपा को मुसलमानों की सहानुभूति मिले।

अगस्त 1995

खंड-3

हल्द्वानी में दमन की हद हो गई तब लोग जूझे

जिस तरह से शहर की जनता तीन दिन से पुलिस के सामने डटी है उससे उनके भीतर पुलिस के अन्याय के प्रति छिपे गुस्से का अन्दाजा लगता है। कुछ सालों में ऐसी कई घटनाएँ घटी जिन पर लोग आसानी से उतावले हो सकते थे। लेकिन वे तभी सड़क पर आए जब हद हो गई। पाँच सितम्बर की रात में नेपाली लड़की कमला के साथ बलात्कार होना, बलात्कारी भी और कोई नहीं पुलिसवालों का होना। उनकी गिरफ्तारी की माँग करने पर पुलिस की लाठियाँ नहीं गोलियों का उन्हें सामना करना पड़ा। इसमें अब तक नौ लोगों की जान चली गई। कई मारे गए लेकिन अभी तक उनके बारे में कोई बताना नहीं चाहता। बताते हैं पुलिस ने गलियों व घरों में घुसकर लोगों की पिटाई थी।

बदले में पूरा शहर अशान्त हो गया है। सवा लाख की आबादीवाले शहर को कर्फ्यू के हवाले कर देने के बावजूद हिंसा और आगजनी में कमी नहीं आई है। शहर का कोई ऐसा मुहल्ला नहीं बचा जहाँ कुछ-न-कुछ जलाया नहीं गया हो। इसमें कुछ तो पुलिसवालों ने जलाए हैं, ऐसा आरोप जनता दल के नेता एस.एस. अधिकारी का है। उनका मानना है कि पुलिस जिन गाड़ियों के चलने पर हायतौबा मचा रही है वे नीलाम होनेवाली थीं। वे तो खुद उनमें आग लगा लोगों को पीटने का बहाना खोज रहे थे।

पुलिसवालों के खिलाफ जनता हिंसक क्यों हो गई, इसके पीछे कई कारण बताए जाते हैं। हल्द्वानी में तैनात अधिकांश अधिकारी सालों से यहीं जमे हैं। उनका अपना कारोबार चलता है और वे जनता को लूटते हैं। नैनीताल शहर पहाड़ों पर है। यहाँ साल में छह महीने अधिक ठंड रहती है। इसलिए शुरू से ही हल्द्वानी, नैनीताल जिले का अघोषित मुख्यालय बना हुआ है। सभी अधिकारियों के दफ्तर यहीं हैं। अधिकांश का काम भी यहीं होता है। यह शहर संख्या के हिसाब से नैनीताल से काफी बड़ा है। इसलिए यहाँ तैनात पुलिसवाले कहीं जाना नहीं चाहते। बताते हैं कि इनकी कमाई किसी भी इलाके से ज्यादा यहाँ होती है।

शहर में एक ही थाना कोतवाली है उसमें कल तक रहे थानेदार रामचरण सिंह पाँच

साल से यहीं थानेदार थे। उन्हें इंका सांसद सत्येन्द्र गुड़िया का आशीर्वाद मिला हुआ है। डेढ साल पहले मंगल पाड़ा के एक दरोगा ने एक मजदूर को मार-मारकर घायल कर दिया जिससे उनकी मौत हो गई लेकिन उसकी कोई कार्रवाई नहीं हुई। राज्यपाल सिंह पर बिजनौर के मालागढ़ में 80 एकड़ और फिरोजपुर तहसील में 40 एकड़ जमीन खरीदने का आरोप जनता दल के नेताओं ने लगाया है। उनके तबादले के लिए स्थानीय नेता बलवन्तसिंह चौहान ने भूख हड़ताल की लेकिन ऊँची पहुँच के कारण कोई कार्रवाई नहीं हुई। अब प्रशासन ने छह सितम्बर के गोलीकांड के लिए उन्हें दोषी माना। लाइन हाजिर करने का फैसला लिया है। उनके स्थान पर डी.पी. सिंह को थानेदार बनाया गया है। वही हाल काला ढूँगी रोड चौक के दरोगा विश्राम सिंह का है। वे 1967 से इसी इलाके में नियुक्त हैं। बीच में महीने-दो-महीने के लिए बरेली जाकर वापस आ जाते हैं। उन पर भी कई आरोप हैं। इसलिए उनकी चौकी पर कल जबरदस्त हंगामा हो गया। लोगों ने चौकी का सारा सामान बाहर निकाल कर जला दिया। ऐसे कई अधिकारी इस शहर में हैं।

स्वयं अतिरिक्त पुलिस अधीक्षक एच.सी. मलोरिया 1977 में यहाँ डी.एस.पी. थे। एक साल बाहर रहकर वे फिर यहीं एस.एस.पी. बनकर आ गए हैं। छह सितम्बर को उन्होंने अपने बॉडीगार्ड को रोडवेज के सामने कहा कि 'मारो सालों को'। उनके गार्ड ने रोडवेज के क्लर्क सन्तोष शर्मा की खूब धुनाई कर दी। उन्होंने नगरपालिका के वरिष्ठ उपाध्यक्ष अब्दुल शमीम को भी पिटवाया। कई पत्रकारों को पिटाई से बचना मुश्किल हो गया। कुछ को चोटें आईं। इस हिंसा का एक कारण और बताया जाता है। इस इलाके में जंगल की लकड़ी खरीदनेवाले ठेकेदारों और पुलिसवालों में शुरू से बनती आ रही है। ठेकेदारों ने कुछ पुलिसवालों को पटा लिया है बाकी उन्हें परेशान करते हैं। छह सितम्बर को उन्हें भी गुस्सा निकालने का मौका मिल गया।

यह बात आम हो गई है कि पुलिसवाले ज्यादती कर रहे हैं इसलिए उनका विरोध होना चाहिए। लेकिन तीन दिन तक हंगामा होने के बाद दैनिक मजदूरी करनेवाले परेशान हो रहे हैं। इससे पुलिस के खिलाफ लड़नेवालों में उत्साह कम हो रहा है। दूसरा अब इतना नुकसान हो चुका है कि उसे सहन करना सबके बूते के बाहर हो गया है वैसे अभी जो हालत बन गई है वह केवल पुलिस ही नहीं आम लोगों के हाथ से बाहर है। इतना जरूर है कि इस हंगामे के बाद प्रशासन को एक सीख जरूर मिलेगी।

सितम्बर 1989

हल्द्वानी में थानों का घेराव, हिंसा

शहर में कर्फ्यू के बावजूद जनता आज तीसरे दिन भी पुलिस के खिलाफ डटी रही। पुलिस के खिलाफ छह सितम्बर को कोतवाली थाने पर प्रदर्शन कर रहे लोगों पर हुई फायरिंग में मरनेवालों की संख्या अब छह तक पहुँच गई है। लेकिन आम लोगों के

मुताबिक नौ लोग मारे गए। सौ से ज्यादा घायलों में से दो दर्जन की हालत अभी भी गम्भीर है। पुलिस की क्रूरता आज भी देखने को मिली। छह सितम्बर की रात मजदूर अशोक को पुलिस ने राइफल के बटों से इतना मारा कि आज उसकी मौत हो गई। पुलिस ने उसके कफन खरीदनेवाले तक को भी नहीं बख्शा। हालत अभी भी बेकाबू हैं। इस घटना के खिलाफ पूरे कुमाऊ मंडल के ज्यादातर शहर आज दूसरे दिन भी बन्द रहे। कई थानों का आज भी घेराव किया गया। शहर में कई जगह आगजनी हुई और सड़कों पर पत्थर के ढेर लगाकर रोका गया।

इस हंगामे की जड़ हल्द्वानी से 70 किलोमीटर दूर मनाघेर गाँव की नेपाली मूल की कमला है। वह अपने पति रूप सिंह, ससुर और जेठ के साथ सब्जी मंडी में आलू बेचने गई थी। मंडी में ईमानदार धरमानन्द खेमानन्द के यहाँ आलू बेचकर वे उन्हीं की छत पर सो रहे थे। रात के बारह बजे सब्जी मंडी पुलिस चौकी के दीवान प्रीतमसिंह दो सिपाही–हरिशचन्द्र सिंह-महेशसिंह के साथ शराब पीते हुए वहाँ आए। पहले तो उन्होंने कमला के पति को बदमाश कहकर पिटाई की और फिर कमला को उठाकर ले गए। रातभर रूपसिंह अपने पिता और भाई के साथ पुलिस चौकी के चक्कर लगाता रहा। लेकिन शिकायत सुबह दुकान मालिक के आने पर सुनी गई। क्योंकि तब तक स्थानीय व्यापार मंडल के लोग भी इस मामले को लेकर नाराज हो गए। कोतवाली के थानेदार रामचरण सिंह उनकी शिकायत पर सब्जी मंडी पुलिस के साथ आए और तीनों पुलिसवालों को गिरफ्तार कर लिया। तब तक चौकी पर सैकड़ों लोग इकट्ठा हो गए। लोग तीनों को हथकड़ी लगाकर पैदल कोतवाली ले जाने की माँग कर रहे थे। आखिर 10 बजे थानेदार तीनों को पैदल ले जाने की बात मान गए। जैसे-जैसे वे कोतवाली की तरफ बढ़ने लगे वैसे-वैसे आसपास के दुकानदार अपनी दुकान बन्द करके उनके पीछे होते गए।

मंगल पड़ाव के नानक स्वीट हाउस के पास आते-आते लोगों की संख्या हजार हो गई। वहीं से भीड़ बेकाबू हो गई। वहीं पुलिस को हलका लाठी चार्ज करना पड़ा। ग्यारह बजे तक कोतवाली के पास पाँच हजार लोग जमा हो गए। लोगों में जनता दल के लक्ष्मणसिंह मीरा, एस.एस. अधिकारी, भाजपा के पुनीत लाल, जनता दल के हुकुमसिंह कुँवर, वकील लीलाधर जोशी के अलावा व्यापार मंडल के भी नेता शामिल थे। पुलिस ने तीनों पुलिसवालों के खिलाफ बलात्कार के बजाय छेड़खानी (धारा 354) के तहत मुकदमे दायर किए। इतना ही नहीं कमला की डॉक्टरी जाँच भी नहीं करवाई गई। इसकी सूचना मिलते ही कोतवाली पर इकट्ठे लोग नारे लगाने लगे। पुलिस का आरोप है कि पहले पत्थरबाजी की गई और लोग हिंसा पर उतारू हो गए। लेकिन लोगों का कहना है कि ऐसा नहीं हुआ।

पुलिस डंडे के जोर पर लोगों को हटाने लगी। धक्का-मुक्की में हालात खराब होते गए। एस.एस.पी. एच.सी. फ्लोरिया ने पहले लोगों को समझाया लेकिन तब तक पुलिस ने गोली चलाना शुरू कर दिया। गोली चलाने के पहले न तो आँसू गैस के गोले छोड़े

गए और न ही हवाई फायर हुए। गोली चलाने का आदेश किसने दिया इस पर बाद तक विवाद होता रहा। बाद में ए.डी.एम. ने लिखकर आदेश देने की बात स्वीकारी। गोली चलाने के समय पुलिसवालों की संख्या कम थी। जिलाधिकारी पौड़ी सुधाकर और वरिष्ठ पुलिस अधीक्षक एम.आर. नेगी घटना के समय वहाँ से 40 किलोमीटर दूर रामपुर में केन्द्रीय मंत्री के.सी. पन्त के साथ थे। गोली चलने की सूचना मिलने पर रामपुर में श्री पन्त का घेराव हुआ और उन्हें जिले के बाकी स्थानों का दौरा रद्द करना पड़ा।

घटना के समय मौजूद कई लोगों का कहना है कि पुलिस ने गोली चलाने का जबरन आदेश लिया और वह क्रूरता पर उतर आई। लोगों को दूर-दूर तक गलियों में खदेड़कर मारा। कोतवाली के पीछे पुलिस होस्टल के तीन मंजिले से गोली चली। वहाँ 24 साल का युस्करसिंह पुलिस गोली से जिला को-ऑपरेटिव बैंक के प्रांगण में ही मारा गया। वह यहाँ आठ किलोमीटर दूर कुटीया गाँव से बैंक से कर्ज लेने आया था। सब्जी मंडी में व्यापारी मस्तान खाँ का 18 साल का लड़का उस्मान खाँ खान मार्किट में मरा। वहीं एक दुकान में काम करनेवाला गिरीशचन्द्र उपाध्याय कोतवाली से 200 गज दूर पुलिस की गोली से मरा। घायलों में से कई लोग दूसरे शहरों में इलाज के लिए चले गए। घायलों में से अनवर अली बरेली इलाज करवाने जा रहा था। कल रास्ते में उसकी मौत हो गई। शेखर भी बरेली में मरा। कल रात पुलिस ने कई लोगों को पीटा। कई स्कूटरवालों के पैर तोड़ डाले। एक साइकिल वाले को मारकर गटर में डाल दिया। वह वहाँ कई घंटें पड़ा रहा। कई पत्रकारों को पीटा गया।

पुलिस ने गोली मारने के अलावा लोगों को राइफल के बटों से मारा। पी.ए.सी. की पाँच बटालियनें दोपहर बाद दो बजे बुला ली गईं। घायलों में आधों ने प्राइवेट डॉक्टरों के यहाँ शरण ली। शाम तक पुलिस की क्रूरता जारी रही। लोगों ने जगह-जगह पथराव किया और पुलिस वाहनों में आग लगा दी। लेकिन आगजनी घटना सात सितम्बर को शुरू हुई। जब लोगों ने मुखानी पुलिस चौकी से सामान बाहर निकालकर जला दिया। पुलिस गाड़ी देखते ही लोग पथराव करने लगे। सबेरे कलेक्टर शान्ति समिति की बैठक के बाद अस्पताल में घायलों को देखने गए। वहाँ उनकी गाड़ी पर पथराव हुआ। उन्हें जैसे-तैसे पुलिसवाले बचाकर लाए। उसी समय मंगल पड़ाव थाने पर पथराव हुआ। दो बजे कलेक्टर ने शहर में कर्फ्यू लगाने की घोषणा कर दी।

सितम्बर 1989

चोखे जाटव की बेटी की शादी तो बहाना थी

पनवाड़ी गाँव के चोखे जाटव की बेटी की शादी का तो बहाना था। असली मुद्दा तो कुछ और है। 1978 में हुए पहले जाटव संघर्ष के बाद यह दूसरी घटना है जिसमें अब तक लाखों की सम्पत्ति जल चुकी है। सैकड़ों लोग पलायन कर चुके हैं। 10 से अधिक मर चुके हैं और ढाई सौ से ज्यादा गिरफ्तार हो चुके हैं। सैकड़ों घायल हैं। आगरा शहर इस मामले में अनूठा है कि यहाँ जाटव सबसे ज्यादा ताकतवर हैं। उनकी ताकत हर साल बढ़ती जा रही है। यह स्थिति सवर्णों के लिए बर्दाश्त के बाहर है।

पनवाड़ी गाँव के नाम पर हुए इस भीषण दंगे का एक मुद्दा लखनपुर गाँव की 12 बीघे जमीन है। यह जमीन जाटवों की थी। उसने उसे तीन लोगों–एक जाट, एक लोधे और एक बघेल को 1972 में बेच दी थी। 18 साल बाद जाटव सरकारी कानून के तहत उस जमीन को वापस करने की माँग करने लगे और इस साल फसल काटने नहीं दी। विवाद बढ़ जाने पर पुलिस ने वह जमीन अपने कब्जे में लेकर 18 साल से जोतनेवालों को वापस दिला दी। इसके बाद से दोनों जातियों में तनाव शुरू हुआ तो कोड़मढ़ी के मसले पर दंगे के रूप में सामने आया। लेकिन इस बात को जाट ही सुनाते हैं। किसी जाटव ने इसे मुद्दा नहीं माना।

एक विवाद जनता दल के नेताओं का है। जनता दल के आगरा में सांसद अजयसिंह (रेल उपमन्त्री) जाति से जाट हैं। आगरा जिले के दूसरे लोकसभा क्षेत्र फिरोजाबाद से सांसद रामजीलाल सुमन जाटव हैं। अजयसिंह केन्द्रीय उद्योगमन्त्री अजितसिंह के करीबी हैं जबकि सुमन चन्द्रशेखर के। श्री सुमन रहते भी आगरा में हैं। इन दोनों की आपस में नहीं बनती। उनके आपसी बैरभाव ने भी विवाद बढ़ाया है। लेकिन इससे भी ज्यादा तनाव लोकसभा चुनाव में हुए उलटफेर से बढ़ा है। उस चुनाव में अजयसिंह की हालत प्रधानमन्त्री विश्वनाथ प्रताप सिंह के दौरे के बाद और खराब हो गई थी। क्योंकि उन्होंने खुले मंच से भाजपा की अवहेलना की थी। शहर में भाजपा का हर जाति पर अच्छा-खासा असर है। अपनी जीत पक्की करने के लिए गाँवों में जाटों ने खुलेआम बूथों पर कब्जा किया। जाटव इंका उम्मीदवार निहालसिंह के साथ थे। इसके बावजूद अजयसिंह जीते। तबसे जाट-जाटवों के बीच अलगाव और बढ़ गया था जिसे झगड़ा करने के लिए कोई मजबूत आधार चाहिए था। वह आधार

पनवाड़ी गाँव में मिल गया।

वैसे सांसद अजयसिंह इस आरोप को गलत बताते हैं। उनका कहना है कि उन्हें तो हर जाति के युवकों ने वोट दिए थे। यहाँ तक कि पिछली बार किसी जाट उम्मीदवार के लिए जाटव खुलकर सामने आए और चुनाव में काम किया। फिर भी यह झगड़ा गाँव की राजनीति की ही देन है। कुछ लोग जाति पर आधारित राजनीति करके अपनी रोटी चलाते हैं। उनकी ही करतूतों का यह नतीजा है। एक और राजनीतिक कारण आजाद कुमार कर्दम भी बताए जाते हैं। इंका अध्यक्ष होने के बाद से वे अपना महत्त्व बढ़ाना चाहते थे, जाटव नेता होने के बावजूद दयाकृष्ण जरारी जैसी छवि उनकी नहीं बन पाई। दूसरा राजनैतिक कारण बिचपुरी के विधायक बदनसिंह और पनवाड़ी गाँव के प्रधान बाबू का और ब्लॉक प्रमुख का झगड़ा भी है। चोखे जाटव की बेटी की शादी डेढ़ महीने पहले तय हुई थी। बारात में घुड़चढ़ी होगी यह सूचना भी 15-20 दिन पहले से विधायक बदनसिंह और दयालबाग के विधायक विजयसिंह राणा को थी। लेकिन जब तक पानी सिर से ऊपर नहीं निकल गया तब तक वे चुप रहे। पनवाड़ी गाँव में कुछ लोगों ने बताया कि बदनसिंह से अजयसिंह की नहीं बनती है। अजयसिंह की छवि खराब होने का असर अजितसिंह पर पड़ेगा इसलिए कुछ नेताओं ने यह साजिश की थी। लेकिन विवाद इतना बढ़ेगा इसका उन्हें भी अन्दाजा नहीं था। शादी 21 जून को होनी थी और जाटवों का पलायन 13 जून से ही होने लगा। यानी हंगामे की तैयारी काफी पहले से की जा रही थी। कुछ लोगों ने यह भी बताया कि घुड़चढ़ी न होने देने के लिए बजाफ्ता पंचायत की गई थी। इसके बावजूद प्रशासन और नेता पहले सक्रिय नहीं हुए। एक गाँव के कुछ लोग अपनी बिरादरी के 25000 लोगों को इकट्ठा कर लेंगे इसे कोई सही मानने को तैयार नहीं है। जमा होनेवालों में भी दूर-दूर के लोग शामिल थे। यानी उन्हें काफी पहले सूचना भिजवाई थी।

सरकार की खुफिया एजेन्सी के लोग भी यही मानते हैं कि इसकी तैयारी पहले से की जा रही थी। फिर समय से सूचना क्यों नहीं भेजी गई ? प्रशासन सचेत क्यों नहीं हुआ ? इसका कोई जबाव किसी अफसर के पास नहीं है।

घटनाक्रम से साफ हो गया कि पुलिस की मौजूदगी में पनवाड़ी गाँव में 20-25 हजार लोग जमा हुए। उनका नेता कोई एक व्यक्ति नहीं था। उत्तर प्रदेश के मुख्य सचिव अखबारवालों से नेता के बारे में पूछ रहे थे। 21 जून को उस गाँव में 20-25 हजार लोग थे। फिर 22 को भी बहुत लोग थे। यानी इन 18-20 घंटों में प्रशासन केवल समझौता ही कराता रहा। क्यों भीड़ को इकट्ठा होने दिया ? कलेक्टर कह रहे थे कि भीड़ इकट्ठी नहीं हो इसके लिए कोशिशें की गईं। अगर यह सच है तो फिर भीड़ इकट्ठी कैसे हुई।

उसके बाद प्रशासन चौकन्ना जरूर हुआ है। लेकिन अभी भी पुलिस के लिए हायतौबा मची हुई है। जाटव नेता 24 जून को कलेक्टर के पास आए थे और गाँवों में पुलिस भेजने की माँग कर रहे थे। उससे प्रशासन के दावे खोखले साबित हो रहे

हैं। प्रशासन ने जितनी गिरफ्तारियाँ की हैं उनमें आधे से ज्यादा लोग ऐसे हैं जिनसे कोई भी दंगे की उम्मीद नहीं कर सकता। उनमें बच्चे भी हैं और बूढ़े भी हैं। शहर से लेकर गाँव तक का इलाका काफी बड़ा है। अफवाहों ने ही दंगों को तेजी से फैलाया इसे सभी कबूल करते हैं। लेकिन उन पर कारगर रोक अभी तक नहीं लग पाई है।

जून 1990

मूँछ बचाने के लिए बाहरी जाटों ने पनवाड़ी में आग लगाई

पनवाड़ी गाँव के जाट तो जाटवों की बारात को गाँव के बाहर से गाजे-बाजे के साथ जाने देने को तैयार हो गए थे। वे मुन्द्रा को गाँव की बेटी मानते थे और आज भी मानते हैं। पर इलाके और बाहर के जाट भला कैसे अपनी मूँछ नीची होने देते। इसी से दंगा भड़का।

पर सवाल यह है कि बाहर से इतने जाटों को क्यों आने दिया गया ? इसका माकूल जवाब किसी सरकारी अफसर के पास नहीं है। मामला एकदम साफ है कि हालात बेकाबू होने के बाद प्रशासन की नींद खुली। फिर जातीय दंगों की आग में एस.एस.पी. की बहादुरी, पी.ए.सी. की तैनाती और अन्त में सेना का फ्लैग मार्च ज्यादा काम नहीं आया।

आगरा शहर से मथुरा के रास्ते में ठीक 18 किलोमीटर बाद पनवाड़ी गाँव आता है। गाँव की आबादी करीब चार हजार है जिसमें दो तिहाई जाट हैं। जाटव भी तीन-चार सौ होंगे। चोखेराम जाटव की बेटी मुन्द्रा का रिश्ता आगरा सदर बाजार में नमला पद्मा के रायदीन से 21 जून को होना तय हुआ था। दूल्हा आगरा शहर का था जहाँ जाटव ज्यादा हैं। इसलिए उसने घोड़ी चढ़कर गाजे-बाजे के साथ गाँव में बारात ले जाना तय किया। गाँव में जमीन भी जाटों के पास है और वे तादाद में भी ज्यादा हैं इसलिए उन्हीं का दबदबा है। उन्होंने गाँव के बीच से बारात निकालने से मना कर दिया। जाटों का तर्क था कि इतिहास में ऐसा नहीं हुआ। गाँव के जाटवों ने 21 जून से पहले स्थानीय विधायक (बिचपुरी) बदनसिंह और दयालबाग के विधायक विजयसिंह राणा से हस्तक्षेप करने की अपील की। लेकिन दोनों ने टाल दिया। दोनों जाति से जाट हैं।

इस शादी में कई बड़े जाटव नेता भी थे। इनमें अम्बेडकर दलित सुधार समिति के महामंत्री दयाकृष्ण जरारी और जिला इंका अध्यक्ष आजाद कुमार कर्दम वगैरह शामिल थे। जरारी ने बताया कि जैसे ही जाटों के फैसले की सूचना मिली, शहर में तनाव फैलने लगा। इसे सुलझाने के लिए वे लोग कलेक्टर अमल कुमार वर्मा और एस.एस.पी. करमवीर सिंह से मिले। उन्होंने इसे सुलझवाने का भरोसा दिया। सारे लोग गाँव में गए। ग्राम प्रधान और दूसरे लोगों ने बात की। जाट पहले तो सहमत नहीं थे पर बाद में गाँव के बाहर से होकर हरिजन मुहल्ले तक घोड़े पर दूल्हे को चढ़कर जाने और चोखेराम के घर तक बारात पहुँचने पर बाजा बजाने देने पर सहमत हो गए। इसी

बीच बहुजन समाज पार्टी ने इस समझौते पर एतराज करते हुए रैली निकालने की घोषणा कर दी थी।

21 जून को पुलिस को साथ लिए बारात आगरा से चली। उस समय तक पनवाड़ी गाँव में करीब 25 हजार जाट इकट्ठे हो गए थे। वे वैध और अवैध हथियारों से लैस थे। बताते हैं कि वे राजस्थान के कई जिलों से आए थे। उनमें कई नामी बदमाश भी थे। उसके चलते गाँव में आतंक फैल गया था। जाटवों के 100 परिवारों में से केवल तीन परिवार गाँव में रह गए थे। उस बारात में कलेक्टर और एस.एस.पी. भी साथ थे। उन लोगों ने उन्हें समझाने की तमाम कोशिश की लेकिन बारात गाँव के पास तक पहुँच नहीं पाई। दूल्हे को वापस सिकन्दर थाने लाकर फिर अम्बेडकर पार्क जगदीशपुरा लाया गया।

दूसरे दिन सवेरे साढ़े चार बजे कलेक्टर, एस.एस.पी. बारात ले जाने की जिद पर आ गए। उस दिन दोपहर में 35 लोगों की बारात पुलिस संरक्षण में चली। प्रशासन ने दूल्हे के लिए सरकारी गाड़ी बी.एच.एम. 1020 दी। सारे अधिकारी साथ गए। आसपास के जाटव भी इसे अपनी प्रतिष्ठा का सवाल बना चुके थे। 22 को ही जगदीशपुरा के अम्बेडकर पार्क में 25-30 हजार जाटवों की रैली हुई। जिसे सांसद रामजीलाल सुमन, दयाकृष्ण जरारी आदि नेताओं ने समझा-बुझाकर शान्त किया। उधर दो बजे बारात पनवाड़ी पहुँची और पाँच बजे तक खींचतान होती रही। वहाँ पहुँचने पर जाटों ने समझौता मानने से इनकार कर दिया।

बारात गाँव के बाहर से पाँच बजे के बाद चोखेराम के घर पर पहुँची और जैसे ही बाजे बजने शुरू हुए, गोली चलनी शुरू हो गई। जाटों की भीड़ हथियारों से लैस होकर चोखेराम के घर के पास आने लगी। एस.एस.पी. ने हवाई फायरिंग करवाई उससे भगदड़ मच गई। कुछ पी.ए.सी. के सिपाही भी भागने लगे तब एस.एस.पी. ने खुद मोर्चा सँभाला। दो की वहीं मौत हुई। डी.आई.जी. और कमिश्नर भी वहाँ मौजूद थे। दूल्हा-दूल्हन को किसी तरह बचाकर आगरा लाया जा सका। श्रीराम सोनकर नाम का आदमी गाँववालों की चपेट में आ गया। आज तक उसकी लाश नहीं मिल पाई है। बाकी बाराती छुपते-छुपाते गाँव से बाहर निकल गए।

शाम को आगरा शहर में इस घटना की प्रतिक्रिया हुई। जाटव समुदाय के लोगों ने आगजनी का तांडव किया। अब दंगे के बारे में तरह-तरह की बातें बताई जा रही हैं। कुछ का कहना है कि वह सब गाँव की 12 बीघे जमीन को लेकर हुआ। जबकि दूसरे कहते हैं कि यह जनता दल के नेताओं के आपसी झगड़े का नतीजा है।

जून 1990

जातीय दंगों के मूल में है मजदूरी

पश्चिमी उत्तर प्रदेश में जातीय संघर्षों में अचानक उफान आ गया है। एकाध अपवाद को छोड़ दें तो अमूमन हर जातीय संघर्ष में एक पक्ष सवर्ण और दूसरा हरिजन होता है। हर संघर्ष में नुकसान हरिजन का होता है। हरिजन लूटे जाते हैं, मारे जाते हैं और आखिर में पलायन करते हैं। इन दोनों जातियों में झगड़ा सालों से होता आ रहा है लेकिन पहले कभी इतने पलायन नहीं हुए। आगरा में भी नुकसान हरिजनों का ही अधिक हुआ, वे ही अधिक संख्या में मारे गए और उनके ही ज्यादा घर जलाए गए। वहाँ हरिजन ताकतवर हैं इसलिए बदले में उन्होंने भी आगजनी की, हिंसा की।

इस इलाके में जमीन जाटों और गुर्जरों के पास ही पर्याप्त मात्रा में है। उनकी जमीन पर काम हरिजन या बाकी कमजोर जाति के लोग करते हैं। बाकी जातियों जैसे पंडित, त्यागी, मुसलमान, ठाकुर आदि सम्पन्न हैं, कुछ गाँवों में तो उनके पास सबसे अधिक जमीन है लेकिन आमतौर पर वे गाँवों में प्रभावी नहीं हैं। इससे पहले इक्का-दुक्का गाँवों में हरिजनों के साथ दूसरे समुदायों का झगड़ा हुआ। पिछले साल मेरठ जिले के डोरली गाँव में ठाकुरों और हरिजनों की लड़ाई हुई। उस गाँव में संख्या और लाठी के हिसाब से हरिजन ठाकुरों से बीस पड़ते थे। इसलिए ठाकुरों की सहायता के लिए बाहर से जाट और दूसरे लोग आ गए थे।

गाँवों में जातीय संघर्ष का सबसे प्रमुख कारण मजदूरी है। प्रायः हर साल खेती के समय बढ़ती हुई महँगाई के हिसाब से मजदूर जमीन के मालिकों से मजदूरी बढ़ाने की माँग करते हैं। जमीन के मालिक उन्हें मजदूरी बढ़ाकर देने पर राजी नहीं होते। मजदूर काम करना बन्द करता है। बदले में जमीनवाले उनका आर्थिक बॉयकाट करते हैं। यानी न तो वे खेत से घास खोद सकते हैं, न ही उनके खेत के रास्ते से पानी ले जा सकते हैं, यहाँ तक कि वे शौच के लिए भी खेत में नहीं जा सकते। पिछले साल छपरौली (मेरठ जिला) में करीब दो महीने तक आर्थिक बॉयकाट में जनता दल और भारतीय किसान यूनियन के लोग सबसे आगे थे। लेकिन वे मानते थे कि सरकार उनकी नहीं है शायद इसीलिए प्रशासन का आखिर में सक्रिय होना उनके समर्थन के लिए सबसे बड़ी मजबूरी बन गई।

अब सरकार बदली। केन्द्र सरकार में पश्चिमी उत्तर प्रदेश के छह मन्त्री हैं जिनमें

तीन जाट हैं। यह जाटों के लिए सबसे उत्साहवर्धन का काम कर रहा है। चौधरी चरणसिंह और चौधरी अजितसिंह के छपरौली में इस बार अमूमन हर गाँव से हरिजन पलायन करके शहरों में भाग रहे हैं। पलायन करनेवालों में कुछ तो ऐसे हैं जिन्हें खेती के अलावा कुछ-न-कुछ काम करना आता है। बाकी यूँ ही जान बचाकर पलायन कर रहे हैं और बाकी बचनेवाले भी पलायन करने की तैयारी में हैं। 12 मई 1990 को सब्जा में छेड़खानी के मुद्दे पर दोनों जातियों में तनाव हुआ। दूसरे ही दिन आधे हरिजन भागकर बढ़ौत आ गए। पुलिस ने पलायन रोकने का काम किया लेकिन वह स्थायी साबित नहीं हुआ क्योंकि कुछ ही दिन बाद उसी गाँव में फिर झगड़ा हुआ।

वहाँ से कुछ ही दूर इब्राहिमपुर माजरा में हरिजन राजवीर को इसलिए पीट-पीटकर मार डाला गया क्योंकि उसके आठ साल के बेटे विपिन ने जाट राजाराम के अंगूर तोड़े थे। माजरा गाँव के किसी जमाने में 300 घर हरिजनों के थे। आज सात घर बचे हैं। बाकी घर आज भी खंडहर बने वहीं मौजूद हैं। उनमें रहनेवाले बढ़ौत, मेरठ या दिल्ली जा चुके हैं। अलगाँव के दोघट में भी यही कहानी दुहराई गई। सबके पीछे न्यूनतम मजदूरी है लेकिन झगड़े के लिए कोई और बहाना बन जाता है।

पिछले साल 21 मई को जंगेठी में हरिजन युवक कोमल की हत्या हुई। वह शोषित मुक्ति वाहिनी नामक संगठन में सक्रिय था इसलिए उसकी हत्या के खिलाफ महीनों आन्दोलन चले और अभी चल रहे हैं। इस साल 21 मई को उसकी पहली पुण्यतिथि भी मनाई गई। पिछले साल 25 सितम्बर को मुजफ्फनगर जिले के भोपा कस्बे में हरिजन-जाट संघर्ष में पाँच हरिजन मारे गए थे। यह खूनी संघर्ष शुद्ध रूप से मजदूरी के सवाल पर हुआ था। बाद में इसे राजनैतिक रंग देने की कोशिश की गई।

हरिजनों पर हमले या उन पर अत्याचार देश के हर भाग में हुए और हो रहे हैं लेकिन पश्चिमी उत्तर प्रदेश का मामला उनसे थोड़ा भिन्न है। इस इलाके में भी गरीब हैं लेकिन अमूमन हर किसी को दो वक्त की रोटी जरूर मिलती है। यानी सम्पन्नता दूसरे प्रदेश के या उत्तर प्रदेश के अन्य हिस्सों के मुकाबले अधिक है। यहाँ के हरिजन धीरे-धीरे हर क्षेत्र में आगे बढ़ने की कोशिश में हैं। दूसरे प्रदेशों में हरिजनों पर जुल्म होते हैं तो वे या तो चुप होकर सह लेते हैं या दूसरे लोग इसके लिए आवाज उठाते हैं। इस इलाके में खुद हरिजन आवाज उठाते हैं।

कांग्रेस के राज में भी इस इलाके के हरिजनों पर अत्याचार हुए हैं। लेकिन तब अत्याचार करनेवाले कोई भी दूसरे सवर्ण होते थे। आज दूसरे सवर्ण इक्के-दुक्के उनसे उलझते हैं। अभी हाल में बागपत के कनौलो गाँव में एक हरिजन मारा गया। वहाँ उसे गुर्जरों ने मारा लेकिन वह झगड़ा सामूहिक कम व्यक्तिगत अधिक था। शराब के पैसों के लिए झगड़ा हुआ था। इसे भी बाद में सामूहिक बना दिया गया और आखिरकार मसला मजदूरी पर अटक गया। इसके बावजूद किसी दूसरे गाँव में वह बीमारी नहीं फैली। यानी किसी दूसरे गाँव में हरिजन और गुर्जरों में झगड़ा नहीं हुआ।

आगरा कांड में मुद्दा बना पनवाड़ी के चोखेराम जाटव की बेटी मुन्द्रा की शादी।

उसके आसपास के किसी गाँव में हरिजन की बारात गाजे-बाजे के साथ आती थी कि नहीं इस पर अलग-अलग जानकारी देते हैं। लेकिन आगरा शहर में हर साल एक नहीं सैकड़ों बारात पूरी धूमधाम से निकलती रही है। यह बात स्वयं आगरा के सांसद और केन्द्रीय रेल उपमन्त्री अजयसिंह मानते हैं कि जाटों ने प्रतिष्ठा का सवाल बनाया। कुछ लोगों ने उन्हें इसके लिए प्रेरित किया। अब से पहले यानी नई सरकार बनने से पहले ऐसा कभी नहीं हुआ था। इसके पहले 1978 में आगरा में जातीय दंगा हुआ था। तब केन्द्र में जनता सरकार थी। तब चौधरी चरणसिंह समेत कई जाट नेता सरकार में सबसे ताकतवर थे। आज भी चौधरी देवीलाल या चौधरी अजितसिंह की वही हैसियत है।

अधिकांश हरिजन अब जनता दल विरोधी बनते जा रहे हैं। यह हालत भले ही पूरे उत्तर प्रदेश में न हो, पश्चिमी उत्तर प्रदेश के करीब 18 जिलों में है, जहाँ जाट आर्थिक रूप से सम्पन्न है और उनके पास सबसे अधिक जमीन है। सरकार तमाम प्रयास करके हरिजनों को जमीन का मालिक तो बना रही है लेकिन उनसे खेती नहीं करवा पा रही है। क्योंकि खेत में पानी चाहिए। पानी ले जाने के लिए रास्ता चाहिए जो दूसरे लोगों के खेतों से होकर आता है। और यह काम पुलिस तैनात करके भी नहीं हो पा रहा है।

माजरा गाँव में मारे गए राजबीर के बूढ़े पिता सीताराम का कहना था कि यह सही है कि जब तक हमारे घर के सामने पुलिसवाले बैठे रहेंगे तब तक जाट हम पर हमला नहीं बोलेंगे। लेकिन इससे भी क्या होनेवाला है। हम कैदी बनकर जी रहे हैं। घर से बाहर जाने पर हरदम मौत पीछा करती है। खेत सूख रहे हैं, उनमें पानी कहाँ से आए। बंजर पड़े खेतों पर खेती कैसे होगी। इसलिए हमें तो सरकार शहर में खड़ा होने भर के लिए जगह दे दे। हम कैसे भी अपना पेट पाल लेंगे। यह समस्या केवल सीताराम की नहीं है तमाम हरिजनों की है जो अपने गाँव में अल्पसंख्यक हैं यानी जिनके पास मजदूरी करने के अलावा कोई और उपाय नहीं है। जमीन के मालिक उन्हें नौकर मानते हैं, अब वे अपने ऊपर हो रहे जुल्म का विरोध कर रहे हैं इसलिए उनके मालिक अब उन्हें नौकर भी मानने को तैयार नहीं हैं।

अगस्त 1990

हरिजनों व गूजरों में झगड़ा

केवल दस इंच जगह के झगड़े में फलावदा थाने के गड़ीना गाँव में डेढ़ दर्जन लोग घायल हो गए। झगड़े ने जातीय संघर्ष का रूप ले लिया। पर अब दोनों पक्षों–हरिजनों और गूजरों में घटना को लेकर मलाल है। उन्हें लगता है कि घटना को जातीय रूप देने से गाँव की परम्परा उठ गई। लाठी, बल्लम और गोली से घायल लोगों में से अभी भी छह अस्पताल में भर्ती हैं। 14 अभियुक्तों को गिरफ्तार किया गया है। दो बन्दूकें जब्त करके उनके लाइसेंस रद्द कर दिए गए हैं।

मेरठ से करीब चालीस किलोमीटर दूर गड़ीना गाँव की आबादी करीब पाँच हजार होगी। उसमें हरिजन काफी हैं। गूजर उनके मुकाबले कम हैं, लेकिन सम्पन्न हैं। हालाँकि हरिजन भी गरीब नहीं हैं। जिसकी जमीन पर विवाद हुआ उस चरणसिंह हरिजन का कहना है कि लाइसेंसी हथियार हरिजनों के पास ज्यादा हैं। गाँव का प्रधान भी हरिजन ही है।

साढ़े बारह बीघे का मालिक चरणसिंह हरिजन का घर प्रताप सिंह गूजर के घर के सामने हैं। बीच में एक खड़ंजा है। इसी 31 दिसम्बर को चरणसिंह अपनी दीवार और आगे बढ़ाने के लिए नींव खोद रहा था तो प्रताप ने मना किया। बाद में दो जनवरी को फलावदा थाने में रपट लिखवाई गई। प्रताप का कहना है कि नींव खड़ंजे पर थी। जबकि चरणसिंह का कहना है कि वह जमीन उसकी है।

रपट लिखाने के बाद से ही गाँव में गुटबाजी बढ़ गई। प्रधान अमरसिंह और पटवारी ने चरणसिंह को नींव खोदने से मना किया था। 47 साल के चरणसिंह का कहना है कि वह कल सवेरे नींव भरने गया था। किसी गलतफहमी में या जानबूझकर प्रताप के भतीजे राजपाल ने उसे डंडा मारा। वह गिर पड़ा। घर के बाकी लोग निकल आए। तब तक पथराव होने लगा।

करीब साढ़े आठ बजे तक दोनों तरफ से असले निकल आए। पुलिस भी मौके पर पहुँच गई। पर हालात पर काबू करने में पुलिस को काफी कठिनाई हुई। एक बार तो थानेदार ही भाग खड़े हुए। बाद में मेरठ से पी.ए.सी. और अतिरिक्त सुरक्षा बल लेकर अफसर पहुँचे। तब तक हरिजनों के पक्ष के चरणसिंह, पवन, बिल्लू, भगवत सिंह, सुखवीर, महेन्द्र सिंह, मस्तराम, मेहंदी और गूजरों की तरफ के जयपाल सिंह, कृपालसिंह,

अजबसिंह, प्रताप, विमला नौराज, ध्यानसिंह ओमवती और ओमवती की तीन साल की बेटी घायल हो चुके थे। अधिकांश को तो मरहम पट्टी के बाद वापस घर भेज दिया। जबकि चरणसिंह (47 साल) उसका लड़का पवन कुमर, जयपाल (75 साल), नौराज (70 साल) और ध्यान सिंह (25 साल) को जिला अस्पताल में भर्ती कराया गया है। इनके अलावा इलम की पत्नी मेंहदी भोपाल सिंह नर्सिंग होम में भर्ती कराई गई हैं।

जिला अस्पताल के अधीक्षक डॉ. वी. स्वरूप का कहना था कि सबको छर्रे लगे हैं। दो-तीन दिन में सभी ठीक हो जाएँगे। जिला अस्पताल में सभी के बिस्तर पास-पास हैं। अब सभी इस वारदात से दुखी हैं। वरिष्ठ पुलिस अधीक्षक हरभजन सिंह ने बताया कि फलावदा थाने के दरोगा मेवाराम को निलम्बित कर दिया गया है।

जनवरी 1994

दो हरिजनों की हत्या से प्रशासन के दावों की पोल खुली

मेरठ में तीन दिनों में दो हरिजनों की हत्याओं ने प्रशासन के दावों की कलई खोल दी है। ये घटनाएँ सिर्फ हत्या नहीं हैं बल्कि जिस तरह से जिलेसिंह और भोपाल की हत्या हुई उससे बसपा-सपा सरकार के दावे झूठे साबित हो गए हैं। दोनों हरिजन बेकसूर थे। जिनके लिए उन्हें मारा गया उससे उनका कोई सम्बन्ध नहीं था। भोला की झाल में 8 मार्च को जिन्दा जलाए जिलेसिंह के हत्यारों पर तो सन्देह जताया जा रहा है लेकिन अग्रवाल मंडी टटीरी में फरसे से मारे गए भोपाल के हत्यारों ने उसकी हत्या केवल हरिजन होने के नाते की। अब तक की पड़ताल से यही साबित हो रहा है।

इन दो घटनाओं से पहले जिले में 5 जनवरी, 1994 को गड़ीना गाँव में जमीन के एक टुकड़े के लिए गूजर और हरिजनों के विवाद में उन्नीस लोग घायल हुए थे। उस गाँव में दोनों बिरादरी दबंग हैं। इसलिए नुकसान दोनों का हुआ। प्रशासन के लाख दावे के बावजूद समझौता प्रशासन की पहल पर नहीं बल्कि अराजनैतिक संगठन शोषित मुक्ति वाहिनी और भारतीय किसान यूनियन आदि के नेताओं की पहल पर हुआ। यह माना जा रहा था कि पूर्वी उत्तर प्रदेश के हरिजनों की तरह पश्चिम के हरिजनों की माली हालत अच्छी है इसलिए इधर हरिजन उत्पीड़न जैसे घटनाएँ नहीं होंगी। इसके अलावा प्रदेश में सत्ता में आई कांशीराम और मुलायमसिंह की सरकार उन्हें संरक्षण देगी।

सभी महत्त्वपूर्ण पदों पर हरिजनों और पिछड़ों के बावजूद जो घटनाएँ इस इलाके में कम होती थीं अब उनमें बढ़ोत्तरी हो रही है। 24 नवम्बर, 1990 को इसी भोला की झाल गाँव में डॉ. जयपालसिंह और उसके पड़ोस के गाँव गढ़ी के उपप्रधान धर्मपालसिंह की हत्या हुई थी। इन हत्याओं के खिलाफ वाहिनी ने आन्दोलन भी चलाया। लेकिन जैसी घटना अब हुई है वैसे पहले कभी नहीं हुई थीं। भोला की झाल गाँव के उपप्रधान रहे कुशलसिंह के पाँच बच्चों में जिलेसिंह सबसे सीधा और कमजोर माना जाता था। ग्राम प्रधानी के चुनाव में ख्याति प्राप्त स्वतन्त्रता सेनानी बी.डी. लंदन तोड़ (विशम्भर दत्त शर्मा) के लड़के शशिभूषण शर्मा के खिलाफ भी कुशला के बजाय लटूरीसिंह ने चुनाव लड़ा था। उस चुनाव में जिलेसिंह की कोई भूमिका नहीं थी।

प्रधान पक्ष के लोगों पर आरोप लगा है कि सबसे कमजोर को निशाना बनाया गया। इसे अगर सही न भी माना जाए तो प्रशासन इस कांड को जिस तरह रफा-दफा करने में लगा है उससे प्रशासन की नीयत पर शक हो रहा है। जिलेसिंह को जिन्दा जलाया गया इस पर कोई विवाद नहीं है। वाहिनी ने प्रधान सतीश नवल का कहना है कि हत्या किसने की यह तो सही जाँच से पता चलेगा। पर शासन जाँच के पहले ही फैसला देने लगा है।

इस घटना को राजनैतिक रंग भी दिया जाने लगा है। प्रधान शशिभूषण शर्मा कांग्रेस के सक्रिय नेता हैं। कांग्रेसी उन्हें बचाने में लगे हैं। जबकि भाजपा नेता जिलेसिंह और भोपाल के परिवारवालों को बतौर मुआवजा केवल दस हजार रुपए दिए जाने का विरोध करते हैं। उनका कहना था कि उन्हें कम-से-कम पाँच-पाँच लाख रुपए दिए जाएँ। लेकिन घोषित तौर पर हरिजनों को पटानेवाले सभी दलों के नेता चुप हैं। केवल शोषित मुक्ति वाहिनी खुलकर सामने आई है। श्री नवल ने बताया कि वे रविवार को बैठक कर आन्दोलन की घोषणा करनेवाले हैं।

कांग्रेस में होते हुए भी सांसद और अनुसूचित जाति-जनजाति आयोग के सदस्य चौधरी हरीसिंह ने इस कांड को सीधा हरिजन उत्पीड़न माना। प्रशासन इसे हरिजन उत्पीड़न नहीं मानता है। फजीहत से बचने के लिए प्रशासन ने जनता दल के नेता रामविलास पासवान और शरद यादव के प्रस्तावित दौरे को स्थगित करवा दिया। वे भोला की झाल का दौरा करनेवाले थे। प्रशासन को हरीसिंह से कुछ और उम्मीद थी। इसीलिए ईद करीब होने का बहाना बनकर जनता दल नेताओं के दौरे स्थगित करवा दिए गए।

जिलेसिंह की हत्या के बाद गुरुवार को टटीरी में मारे गए भोपाल की हत्या कम वीभत्स नहीं है। भोपाल का कसूर केवल यह था कि उसने अपने हितैषी रामफल को पुलिस में रिपोर्ट लिखाने की सलाह दी और खुद उनके साथ पुलिस चौकी जाने लगा। उसे यह कहकर लखमीचन्द आदि ने मार डाला कि हरिजन होकर हमारे बीच में क्यों आता है। सपा-बसपा सरकार का समीकरण पिछड़े और हरिजन को मिलाने का है। लखमीचन्द खाँ राजपूत (पिछड़ी जाति) है और उसके लोगों ने भोपाल हरिजन की हत्या कर दी।

भोपाल रामफल का किराएदार था और उनके दुख-सुख में शामिल था। अब चाहे लखमीचन्द जो बयान दे वास्तविकता यही है कि केवल रामफल की तरफदारी करने और हरिजन होने के नाते उनकी हत्या हुई। इस कांड के पहले जैसा कि टटीरी के लोग बताते हैं भोपाल बातचीत में दबंग होते हुए भी वह कभी किसी आपराधिक मामले में शामिल नहीं हुआ था। अपने बच्चों को भरपेट रोटी दिलाने के लिए वह कोई बीस साल से फैजपुर नीनाना से आकर टटीरी में किराए के मकान में रहता था। तीन साल के अजब से लेकर 20 साल के समुन्दर सेन तक उनके छह बच्चे अनपढ़ माँ कमलवती के सहारे जीने पर मजबूर कर दिए गए। घटना के तीसरे दिन तक उनके आँसू पोंछने कोई

सामाजिक क्रान्ति करने का दावा करनेवाला नेता नहीं गया।

इन दो घटनाओं ने आम लोगों को बुरी तरह से झकझोर दिया है। अगर प्रशासन की लीपापोती जारी रही तो हालात विस्फोटक हो सकते हैं। अभी तक उन गाँवों में सुरक्षा बल तैनात है। सम्भव है तब तक लोगों का गुस्सा थमा रहे लेकिन उसके बाद कहीं जातीय संघर्ष का रूप न ले ले यह आशंका सतीश नवल समेत कई लोगों ने जताई है।

मार्च, 1994

अम्बेडकर की मूर्ति के पीछे मंशा जमीन हथियाने की ही थी

पहले कीमती जमीन हथियाने की जमीन माफिया की कोशिशों के कारण शेरगढ़ी में हिंसा हुई और अब हस्तिनापुर उपचुनाव के कारण हो रही है। पहली बार हरिजनों को उनके नेताओं ने इतना आक्रामक बना दिया है कि वे सीधे पुलिस पर हमले कर रहे हैं। शासन ने हिंसा शुरू होने के पहले दो दिन हरिजन नेताओं की जरूरत से अधिक ध्यान देकर उन्हें विवाद बढ़ाने का एक तरह से न्यौता दे दिया था। कल से उनकी पूछताछ खत्म होने के बाद विरोध का तरीका भी बदल गया है। अब सीधे पुलिस पर हमले नहीं हो रहे हैं पर दूसरे वर्ग को उकसाया जा रहा है। उसका नतीजा और खतरनाक हो सकता है।

मेरठ शहर में दर्जनों मुहल्ले सरकारी और गैर-सरकारी जमीन पर कब्जा करके बसाए गए हैं। दूसरे शहरों की तरह इस शहर में भी अतिक्रमण करके बने मुहल्लों के नाम इन्दिरा नगर, राजीव नगर, संजय नगर, दीनदयाल नगर, भीम नगर, अम्बेडकर नगर आदि रखे गए हैं। जो नेता 30 मार्च के शेरगढ़ी कांड के बाद नेतागिरी कर रहे हैं उनमें से ज्यादातर ने अतिक्रमण किए हैं। जेल चुंगी के सामने बने राजीव नगर को बसवाने में लोकदल से कांग्रेस, कांग्रेस से जनता दल और जनता दल से समाजवादी पार्टी में जानेवाले नेता आशाराम इन्दू की बड़ी भूमिका रही है। उस जमीन के मालिक सुभाषचन्द गुप्त अदालतों का चक्कर लगाने के बाद भी न्याय की उम्मीद में हैं। पर इन्दू उनके दावे को झुठलाते हैं। यही नहीं वे इस कब्जे को जायज भी मानते हैं।

इन्दू की तरह भाजपा नेता धर्मवीर और अम्बेडकर उत्थान परिषद के हरभजन सिंह आदि नेताओं का कहना है कि शेरगढ़ी के सामने आवास विकास परिषद का पार्क वास्तव में ग्रामसभा की जमीन पर है। उसे वहीं शास्त्री नगर आदि हथियाना चाहते थे पर उनके इस दावे के सबूत अभी तक नहीं मिले हैं। उत्तर प्रदेश पुलिस के ए.डी.जी.पी. श्रीराम अरुण का कहना है अगर वास्तव में ऐसा था तो उन्हें शिकायत करनी चाहिए थी। बाबा साहेब अम्बेडकर की मूर्ति वहाँ रखकर उस पर कब्जा करना ठीक नहीं था।

श्री अरुण ने परसों अपनी पहल पर दर्जनभर नेताओं को बातचीत के लिए बुलाया था। हरिजन नेता पुलिस के खिलाफ मुकदमा कायम करवाने की जिद पर अड़े रहे। अतिरिक्त पुलिस महानिदेशक ने साफ कह दिया कि जमीन हमारी, हमारे लोगों को पीटा गया और हमारे लोगों के खिलाफ मुकदमा कायम हो, यह सम्भव नहीं है। उन्होंने कमिश्नर की जाँच के बाद दोषियों के खिलफ कार्रवाई करने का आश्वासन दिया। इस पर हरिजन नेता बिदक गए। लेकिन कल से शासन के सख्त रवैया अपनाने पर अब वे संयम की मुद्रा में आ गए हैं। कल के सभी गिरफ्तार लोगों को फतेहगढ़ और बरेली जेल भेज दिया गया।

इस बीच बसपा नेता मायावती ने सरकारी जमीन पर मूर्ति लगाने को गलत बताया है और शासन की कार्रवाई को उचित ठहराया है। आज मेरठ आए बसपा नेता अैर प्रदेश के समाज कल्याण मन्त्री राज बहादुर ने भी उसी तरह का बयान दिया। वे मानते हैं कि मूर्ति के सहारे जमीन पर कब्जा किया जा रहा था। उनके मुताबिक प्रशासन को मूर्ति नहीं लगने देनी चाहिए थी। वे प्रशासन के कदम को सही मानते हैं लेकिन हिंसा पर खेद जता रहे थे।

मेरठ की हिंसा का पूरा मामला जमीन पर कब्जा करने का था। वह साबित करने की अब जरूरत नहीं है। करीब डेढ़ हजार गज का वह पार्क और तीन हजार गज में तालाब की कीमत करीब पचास लाख रुपए होगी। उसी तालाब के एक किनारे पर मुख्य सड़क से एक तरफ डॉ. अम्बेडकर की मूर्ति पहले से लगी हुई है। अन्तर यही है कि वह मूर्ति पड़ोस के कुट्टी गाँव के हरिजनों ने लगाई थी। वहाँ हरिजनों में दो गुट हैं। एक गुट उस मूर्ति का अनावरण रामविलास पासवान से और दूसरा मायावती से कराना चाहता था। इस झगड़े में वहीं एक और छोटी मूर्ति रख दी गई थी। काफी दिन तक चले आपसी हंगामे के बाद एक मूर्ति हटा ली गई।

शेरगढ़ी मुहल्ला सुधार समिति के अध्यक्ष विजयपाल सिंह इस कांड के नायक माने जाते हैं।

मेरठ में डॉ. अम्बेडकर की मूर्ति लगाने के सवाल पर 30 मार्च को हरिजनों व पुलिस के बीच शुरू हुआ दंगा 12 थाना क्षेत्रों में कर्फ्यू लगने के बावजूद 31 मार्च को भी जारी रहा। आज शहर में कई जगहों पर पथराव हुआ और पुलिस को फिर फायरिंग करनी पड़ी। इसमें पाँच लोगों के घायल हो जाने की खबर है। 58 लोगों को गिरफ्तार किया गया है। इस घटना को लेकर उत्तर प्रदेश विधानसभा में आज जोरदार हंगामा हुआ। कांग्रेस (इ), जनता दल और भारतीय जनता पार्टी के सदस्यों ने घटना की अदालती जाँच कराने और पुलिस फायरिंग में मारे गए लोगों के परिवारवालों को पाँच-पाँच लाख रुपए मुआवजा देने की माँग की। उन्होंने कहा कि पुलिस फायरिंग में कम से कम पाँच लोग मारे गए। पर संसदीय कार्य मन्त्री बेनी प्रसाद वर्मा ने कहा कि सरकारी रिपोर्टों के मुताबिक मरनेवालों की संख्या दो है। पाँच पुलिसवालों समेत दस लोग घायल हुए हैं।

मेरठ के 12 थाना क्षेत्रों में बेमियादी कर्फ्यू लगा दिया गया। शहर के दर्जनभर स्थानों पर हरिजनों और पुलिस के बीच संघर्ष हुआ। ब्रह्मपुरी थाने पर पथराव और गोली चला रहे हरिजनों और पुलिस में हुए संघर्ष में पाँच लोग घायल हुए। अब तक 58 लोगों को गिरफ्तार किया जा चुका है। प्रशासन ने घटना की जाँच मजिस्ट्रेट से कराने की घोषणा की है। मृतकों के परिवारवालों और घायलों को मुआवजा दिया जा चुका है।

कल दोपहर पौने 12 बजे मेडिकल थाने के शेरगढ़ी में पुलिस और हरिजनों में हुए संघर्ष में दो हरिजन बिट्टू (18 साल) और ऋषिपाल (20 साल) की पुलिस गोली से मौत हो गई और तीन दर्जन घायल हुए। घायलों में दो की हालत अभी भी गम्भीर बनी हुई है। घायलों में अंचल अधिकारी शिवसागर सिंह, उनके अंगरक्षक परमेन्दर और सी.आर.पी. के लांसनायक मनोहरलाल समेत दर्जन भर पुलिसवाले शामिल हैं। शास्त्री नगर आई ब्लॉक और हरिजन बाहुल्य शेरगढ़ी गाँव के बीच आवास विकास परिषद की जमीन पर परसों रात हरिजनों ने डॉ. अम्बेडकर की मूर्ति लगा दी थी। उसे हटाने गई पुलिस पर उन्होंने हमला किया। जवाब में पुलिस ने गोली चलाई।

शहर के विभिन्न हरिजन आबादीवाले इलाकों और शहर के विभिन्न गाँवों में इस घटना की प्रतिक्रिया होनी शुरू हो गई। शाम को जाटव क्षेत्र और भगवतपुरा में पुलिस पर पथराव हुआ। कलेक्टर मोहिन्दर सिंह ने बताया कि कल रात हरिजनों ने मेरठ बन्द कराने और घंटाघर पर सभा करके शहर में जुलूस निकालने का फैसला लिया था। इसे देखते हुए परतापुर थाने को छोड़कर शहर में सभी 12 थाना क्षेत्रों में सवेरे पाँच बजे से कर्फ्यू लगा दिया गया ताकि बवाल और न बढ़े। रात में ही इस घटना की जाँच ए.डी.एम. (वित्त) सी.एल. पुरस्कार से कराने का फैसला लिया। शासन ने मृतकों के परिवारवालों को एक-एक लाख रुपए, गम्भीर रूप से घायलों को 25-25 हजार रुपए और बाकी 17 घायलों को दो से नौ हजार तक मुआवजा देने की घोषणा की।

कर्फ्यू के बावजूद आज सवेरे से ही हरिजन मुहल्लों में काले झंडे लगाकर हंगामा शुरू हो गया। पौने आठ बजे तेजगढ़ी चौराहे पर पथराव हुआ। साढ़े आठ बजे डिग्गी में हरिजनों ने पुलिस पर पथराव किया। वहाँ से सात लोगों को गिरफ्तार किया गया। सोफीपुर में रास्ता जाम किया गया। सराय काजी मोड़ पर गोकुलपुर, कलियागढ़ी, कमालपुर, हसनपुर, मुरलीपुर, अब्दुल्लापुर, बक्सर आदि गाँव के सैकड़ों लोगों ने दिनभर रास्ता जाम किया। खबर लिखे जाने तक वहाँ सैकड़ों की तादाद में हरिजन खड़े थे। वहाँ बड़ी संख्या में पुलिसवाले तैनात थे। वे मायावती को बुलाने की माँग कर रहे थे।

दोपहर बारह बजे ब्रह्मपुरी थाने के बाहर भगवतपुरा और हरे राम नगर के हरिजनों ने काले झंडे लगाए थे। उन्हें हटवाने गए थानेदार जगदीश सिंह की गाड़ी उन्होंने घेर ली। वे जान बचाकर भागे। फिर आधे घंटे तक पथराव हुआ और गोली चली। जवाब में पुलिस ने गोली चलाई। इसे प्रशासन मान नहीं रहा है। उसमें 14 साल का हरिजन युवक अमित गम्भीर रूप से और राजेश सामान्य रूप से घायल हो गए। पुलिस के तीन

जवानों को भी चोट आई। अमित को मेडिकल कॉलेज में भर्ती कराया गया।

सी.ओ. शिवसागर सिंह और उनका अंगरक्षक अभी भी लोकप्रिय नर्सिंग होम में भर्ती हैं। मेडिकल कॉलेज अस्पताल में कल 33 लोग भर्ती कराए गए थे। उनमें 20 को आज घर जाने दिया। 13 वार्ड में भेजे गए। दस को गोली लगी है। 13 अभी भी अस्पताल में हैं। अमित को मिलाकर अभी 16 लोग अस्पताल में भर्ती हैं।

एस.एस.पी. बीएस सिद्धू ने बताया कि अब तक 58 लोग गिरफ्तार किए जा चुके हैं। उन्हें कर्फ्यू उल्लंघन करने के आरोप में गिरफ्तार किया गया है। आज दोपहर भारी सुरक्षा-व्यवस्था के बीच दोनों मृतकों का सूरजकुंड में अन्तिम संस्कार कर दिया गया। शहर में छह कम्पनी अतिरिक्त फोर्स के अलावा तीन सौ नए रंगरूट तैनात किए गए हैं। आज प्रदेश के अतिरिक्त पुलिस महानिदेशक (कानून व्यवस्था) श्रीराम अरुण ने शहर का दौरा किया। अभी कर्फ्यू में कोई ढील नहीं दी जा रही है।

प्रशासन अगर पहले पहल करता तो इतने भयंकर हालात नहीं होते। अब तक इस शहर में हिन्दू-मुसलमान झगड़े होते रहे हैं। पहली बार हरिजन बनाम पुलिस दंगा हुआ है। जिस तरह से हालात पर अभी भी काबू नहीं पाया जा सका है और शहर के हरिजन बहुल इलाकों में भीड़ निकलकर पुलिस पर हमला कर रही है उससे लगता नहीं है कि हालात जल्दी सामान्य होंगे। शहर में कर्फ्यू लगाकर भी प्रशासन भीड़ को बाहर निकलने से नहीं रोक पा रही है। तेजी से यह बवाल आसपास के गाँवों में फैलने लगा है।

विवाद आवास विकास परिषद की कुल डेढ़-दो हजार गज जगह के लिए शुरू हुआ। शास्त्रीनगर आई ब्लॉक के हरिजन बहुल शेरगढ़ी गाँव के बीच यह जमीन पार्क मानी जाती है। गाँववालों का कहना है कि मुख्य सड़क और पार्क के बीच का तालाब भी उनका है। उन्हें इसका मुआवजा नहीं मिला है। वे 1984 में किसी अधिकारी के आश्वासन के बाद पार्क को भी अपनी जमीन मान रहे हैं।

पुलिस के मुताबिक 29 मार्च की रात उस जमीन पर चबूतरा बना कर डॉ. अम्बेडकर की मूर्ति स्थापित की गई। गाँववालों के मुताबिक मूर्ति दस से पन्द्रह दिन पहले स्थापित की गई थी। चबूतरे के मलबे को देखकर लगता है कि कम-से-कम एक दिन पहले मूर्ति लगाई गई होगी। अब वहाँ केवल मलबा है। मूर्ति पुलिस के कब्जे में है। कल साढ़े आठ बजे पुलिस को इस मूर्ति की सूचना मिली, जैसा कि अब बताया जा रहा है। पुलिसवाले (मेडिकल थाने के) वहाँ पहुँचे और नाली खोद रहे दो लोगों को उठा ले गए।

इसकी सूचना मिलने पर गाँव के करीब डेढ़ हजार लोग हथियार समेत वहाँ इकट्ठे हो गए। इसकी जानकारी मिलने पर अतिरिक्त नगर मजिस्ट्रेट प्रभात कुमार और सी.ओ. शिवसागर सिंह सवा दस बजे वहाँ पहुँचे। भीड़ नहीं हटने की सूचना पर ए.डी.एम. (सिटी) एस.पी.एस. चौहान और एस.पी. (सिटी) वी.पी. त्रिपाठी दो कम्पनी फोर्स लेकर पौने ग्यारह बजे वहाँ पहुँचे। उन्होंने लोगों को समझाने का प्रयास किया। देवेन्द्र कुमार समेत चार लोगों को अलग बुलाकर बात की। वे वापस लौटकर भीड़ को

समझाने लगे। क्या हुआ, इसका सही अन्दाजा किसी को नहीं है। अलबत्ता भीड़ पीछे लौटकर वापस मुड़ी और पथराव होने लगा।

पुलिस फोर्स तालाब के किनारे और आई ब्लॉक की तरफ थी। भीड़ दो तरफ से थी। आई ब्लॉक के कोने पर सी.ओ. शिवसागर सिंह दो पुलिस जवानों के साथ खड़े थे। अचानक भीड़ ने उन्हें घेरकर मारना शुरू किया। उनके जमीन पर गिरने के बाद उन्हें बचाने उनके अंगरक्षक परमेन्दर आगे बढ़े तो उनके सिर पर वार किया गया और उनकी राइफल छीन ली गई। वहीं खड़े सी.आर.पी. के लांसनायक मनोहरलाल को पीटकर उनसे राइफल की मैगजीन छीन ली गई। इतनी भगदड़ मची कि पुलिसवाले भाग खड़े हुए। लेकिन पुलिसवाले अपने सहयोगियों को घायल देखने के बाद पागल जैसे हो गए।

फिर पुलिस ने कहर बरपा दिया। अन्धाधुन्ध लाठी चार्ज के बाद कई राउंड गोली निशाना साधकर चला दी गईं। हरिजनों ने भी देसी कट्टों से गोलियाँ चलाईं। साढ़े बारह बजे तक शेरगढ़ी गाँव में कोहराम मच गया। पुलिसवालों ने घरों में घुस-घुसकर हरिजनों को मारा। 18 साल के बिन्दू और 20 साल के ऋषिपाल की वहीं मौत हो गई। माया, बाला, देवेन्द्र, परमेश्वरी, जयपाल, विजय, सुमित्रा, जुगनू, सत्यप्रकाश, धर्मवीर, कुन्दन, केला, शीला, शेखर आदि गम्भीर रूप से घायल हुए। दोनों तरफ से कम-से-कम तीन दर्जन लोग घायल हुए। यह सिलसिला शेरगढ़ी तक ही नहीं रुका। रातभर हरिजन बहुल इलाकों—भगवतपुरा, जाटव गेट, डिग्गी आदि क्षेत्र में प्रदर्शन हुए। पुलिस ने कई लोगों को गिरफ्तार किया। कल रात काला दिवस मनाने का फैसला किया गया। इसे देखते हुए प्रशासन ने आज सवेरे पाँच बजे से परतापुर थाना क्षेत्र को छोड़कर सभी 12 थाना क्षेत्रों में कर्फ्यू लगा दिया।

कुछ लोग जबरन इस कांड को हरिजन बनाम पुलिस के बजाय हरिजन बनाम सवर्ण बनाने में लगे हुए हैं। शेरगढ़ी गाँव के पास कल के कांड में आरोप है कि होमगार्ड के एक रिटायर कमांडेंट ने गोली चलाई थी। यह भी आरोप लगाया जा रहा है कि उसके कहने और आसपास के सवर्णों की शिकायत पर पुलिस डॉ. अम्बेडकर की मूर्ति हटाने गई थी।

माना जा रहा है कि अगर पुलिस पहले ही दिन शहर के प्रभावशाली नेताओं के प्रयास से शेरगढ़ी के गाँववालों से बात करती तो यह नौबत नहीं आती। यह सही है कि सी.ओ. पर जानलेवा हमले के बाद पुलिस ने जवाबी कार्रवाई की। लेकिन क्या गोली सीधे चलाना ही विकल्प था ? यह भी माना जा रहा है सपा-बसपा सरकार के चलते हरिजनों का मनोबल बढ़ा है। जैसा अब उनकी शिकायत है कि हरिजनों की सरकार में उन पर गोली बरसाई गईं। लेकिन जिस तरह से शासन ने घटना के कुछ ही घंटों में दंगाइयों को मुआवजे देने की घोषणा की उसमें उनके मनोबल गिरने के आसार नहीं लग रहे हैं।

मेरठ में कल की हिंसा की जाँच के लिए सदन की समिति बनाने का आश्वासन

न मिलने पर कांग्रेस और भारतीय जनता पार्टी के सदस्यों ने उत्तर प्रदेश विधान परिषद से वाकआउट किया। सदन के नेता रमाशंकर कौशिक ने सदन की समिति मेरठ भेजने की माँग यह कहकर नामंजूर कर दी कि इसमें तकनीकी समस्याएँ हैं। जब श्री कौशिक आयुक्त के जरिए जाँच का आदेश देने को तैयार हो गए तब कार्यवाहक अध्यक्ष नित्यानन्द स्वामी ने सरकार को निर्देश दिया कि वह राज्य राजस्व मंडल के वरिष्ठ सदस्य से जाँच कराए। इसके लिए उन्होंने एक समयसीमा तय करने को कहा पर उन्होंने काम रोको प्रस्ताव ठुकरा दिया।

इससे पहले विपक्षी सदस्यों ने काम रोको प्रस्ताव लाना चाहा और निहत्थे लोगों पर पुलिस फायरिंग की निन्दा की। सदस्यों की माँग थी कि पूरे मामले की जाँच सदन की समिति करे या कोई जज। शिक्षक कोटे से विधायक ओमप्रकाश शर्मा ने कहा कि पूरे मेरठ शहर में बेमुद्दत कर्फ्यू लगा है और मजिस्ट्रेट के आदेश के बगैर फायरिंग से शहर में तनाव है।

श्री कौशिक ने माना कि मेरठ के लोग कड़े सुरक्षा इन्तजामों में रह रहे हैं। लेकिन उन्होंने कहा कि ऐसा पुलिस पर हमले की खबरों के मद्देनजर है। उन्होंने विपक्ष के इस आरोपों का खंडन किया कि सत्तारूढ़ गठबन्धन में हिस्सेदार बहुजन समाज पार्टी सरकारी जमीन पर भी अम्बेडकर की मूर्ति लगाने में शामिल थी। कांग्रेस, जनता दल व निर्दलीय विधायकों ने माँग की कि सरकार एक आदेश जारी करके जिला मजिस्ट्रेट को हिदायत दे कि सार्वजनिक स्थान पर बिना इजाजत या अवैध रूप से कोई प्रतिमा न लगाई जाए।

विपक्ष के काम रोको प्रस्ताव के नोटिस को ठुकराते हुए नित्यानन्द स्वामी ने सरकार को आदेश दिया कि वह न्यायिक जाँच करवाए। लेकिन कुछ सदस्यों ने राजस्व मंडल के किसी सदस्य से जाँच करवाने की माँग की जिसे मंजूर कर लिया गया।

नई दिल्ली में जनता दल ने मेरठ कांड की न्यायिक जाँच की माँग की है। पुलिस फायरिंग की निन्दा करते हुए पार्टी के नेता रामविलास पासवान ने कहा कि पाँच सांसदों के दल को प्रशासन कर्फ्यूवाले इलाकों का दौरा नहीं करने दिया। इस दल में श्री पासवान के अलावा हरिकेवल प्रसाद, केसरीलाल, सोमपाल और सुखदेव भी थे। श्री पासवान ने कहा कि मेरठ में चार लोग मारे गए हैं और 60 घायल हुए हैं। छह घायलों की हालत नाजुक है।

अप्रैल, 1994

अम्बेडकर भवन के लिए भूमि हथियाने से तनाव

डॉ. अम्बेडकर के नाम पर भवन बनाने के लिए अब्दुल्लापुर के पास रैसना गाँव के हरिजनों ने ठाकुरों के कब्जे की जमीन पर कब्जा कर प्रस्तावित भवन का बोर्ड लगा दिया। उन्हें रोकने की हिम्मत न कर पाने पर ठाकुरों ने पुलिस में इसकी शिकायत की। रातभर पुलिस ने दोनों पक्षों को थाने में बिठाए रखा। दिनभर प्रयास करके दोनों पक्षों में समझौता कराया। लेकिन गाँव के हालात देखकर लगता नहीं कि वह समझौता मान्य होगा। गाँव में तनाव है। हरिजनों से अधिक ठाकुर डरे हुए हैं। गाँव में भारी तादाद में पुलिस बल तैनात हैं।

शहर से करीब बीस किलोमीटर दूर अब्दुल्लापुर के पास रैसना गाँव है। इसकी आबादी करीब तेरह सौ की है। गाँव में हरिजन, गड़रिया और ठाकुर लगभग बराबर हैं। गाँव के शुरू में ठाकुरों के घर हैं जो अपेक्षाकृत सम्पन्न हैं। वैसे गाँव मध्यवर्गीय लोगों का है। करीब दस साल पहले हरिजनों ने अपने इलाके में ग्रामसभा की जमीन पर डॉ. अम्बेडकर की मूर्ति लगा दी थी। पास में एक बोर्ड भी लगा था जिस पर 'डॉ. भीमराव अम्बेडकर युवा शोषित समाज सुधार समिति (रजिस्टर्ड) उत्तर प्रदेश सरकार, क्रीड़ास्थल और भवन निर्माण हेतु' लिखा हुआ था।

हरिजन गंगाशरण ने बताया कि गाँव में सार्वजनिक भवन न होने से सभी को परेशानी होती थी। हफ्तेभर पहले गाँव के हरिजनों की उसके घर पर बैठक हुई। इस बैठक में ठाकुर धर्मवीर सिंह के सामने खाली पड़ी जमीन को समतल करके भवन बनाने का फैसला किया गया। उनके मुताबिक वह जमीन ग्रामसभा (अब नगर महापालिका) की है। उस जमीन के एक कोने पर कभी हरिजनों का कुआँ था। दूसरे तरफ ठाकुरों और गड़रियों (पाल) की जमीन थी। जमींदारी के समय वह जमीन ठाकुरों के उपयोग में आती थी। अब उस जमीन पर जगह-जगह गड्ढे थे और उपले पाथे जा रहे थे।

ठाकुरों का कहना है कि उस जमीन के मालिक गोपालसिंह, रामजीलाल, धीरसिंह और रामस्वरूप आदि हैं। उसी जमीन पर कोल्हू चलता था और ठाकुर लगान देते थे। उस जमीन में एक हिस्सा धर्मवीर सिंह के बेटे सुखपाल का भी था। वहीं उनके पशु आदि बँधते थे।

कल शाम अचानक हरिजन फावड़ा लेकर वहाँ पहुँच गए और जमीन को समतल

करने लगे। गंगाशरण और जयप्रकाश का कहना था कि सुखपाल सिंह ने उन्हें सहयोग दिया और अपनी जमीन देने की पेशकश की। उन्होंने गाँव के पिछवाड़े लगे बोर्ड को वहाँ लाकर लगा दिया और बोर्ड पर डॉ. अम्बेडकर का फोटो भी लगा दिया। उस जमीन के दोनों तरफ नगर महापालिका नाली बनवा रही है। यह गाँव नगर महापालिका का आखिरी गाँव है और वार्ड तीस में आता है। महापालिका के चुने सभासदों का कार्यकाल खत्म हो चुका है।

बोर्ड लगने के समय करीब रात दस बजे नौ ठाकुर–सुखपाल, हुकुमचन्द, राजू, राजवीर, जगपाल, मुन्ना उर्फ वीरेन्द्र, सुभाष, बिरजू और जयगोपाल ने मेडिकल थाने में जाकर शिकायत की। साढ़े 11 बजे पुलिस गाँव में आई तब तक बोर्ड लग चुका था। गंगाशरण का कहना था कि थाने में रपट करने की जानकारी मिलने पर वह डालचन्द के साथ थाने गया। उसका आरोप है कि पुलिस ने डालचन्द को थाने में बन्द कर पिटाई की जबकि सभी ठाकुर थाने में थे।

सवेरे गाँव के बाकी लोग भी थाने गए। वहाँ वरिष्ठ अधिकारियों ने दोनों पक्षों से बात करनी शुरू की। अधिकारियों ने हरिजनों से वायदा किया कि अगर जमीन महापालिका की हुई तो प्रशासन उन्हें भवन बनवाकर देगा। उनसे हफ्तेभर की मोहलत जाँच के लिए ली। दोपहर बाद दोनों पक्ष गाँव लौटे। गाँव में पुलिस तैनात कर दी गई। अतिरिक्त अनुमंडलाधिकारी विशाल श्रीवास्तव गाँव में जमीन की जाँच करने पहुँचे। पटवारी से पड़ताल करवाई गई। नक्शे में यह जमीन ऊसर है लेकिन इस पर कब्जा ठाकुरों का था।

यह प्रशासन की जाँच रिपोर्ट नहीं है। रिपोर्ट तो अभी आनी है क्योंकि इसे मानने को हरिजन तैयार नहीं हैं। अब वहाँ से बोर्ड हटवाना उसी तरह कठिन है जिस तरह शेरगढ़ी से मूर्ति हटवाना और आई.टी.आई. के प्राचार्य कक्ष से फोटो हटवाना। गाँव में लोगों से बात करने पर सारी परिस्थितियाँ बदली हुई लगती हैं। उस विवादित जमीन के आसपास ठाकुरों के घर हैं। वहाँ हरिजन उस जमीन पर अपना दावा जता रहे थे जबकि कोई भी ठाकुर न तो अपना नाम बता रहा था न ही सार्वजनिक रूप से कुछ कहता था। एक ने बताया कि अगर भवन ही बनाना है तो हरिजनों ने जो जमीन पहले घेरी है उसी पर बनाते।

लेकिन शेरगढ़ी कांड के बाद गाँव के सवर्ण और अधिकारी इतने डरे हुए हैं कि पूरी बात बताने से भी कतराते हैं। प्रशासन इसे ले-देकर दबाने में लगा हुआ है। सभी इसे सामान्य घटना मान रहे हैं। लेकिन गाँव में जाने पर तस्वीर का दूसरा ही रुख दिख रहा है। अभी हरिजन पूरे तेवर में हैं, ठाकुर डरे कुछ हैं इसलिए कल रात से अभी तक कोई वारदात नहीं हुई लेकिन हालात बदलते हुए भी हो सकता है। इस कांड से जुड़े ठाकुर गायब हैं। गंगाशरण जिस ठाकुर सुखपाल को हरिजनों का मददगार बता रहा था वह भी गाँव में नहीं मिला।

अप्रैल 1994

नरेन्द्रपुर (बुलन्दशहर) में दो को जिन्दा जलाया

नरेन्द्रपुर (नृत्यपुर) गाँव के गड़रियों ने ठाकुर कुँवरपाल सिंह के घर पर कब्जा करने के लिए हथियारों के साथ कल दोपहर उनके घर पर हमला कर दिया। बाद में घर में पेट्रोल छिड़ककर आग लगा दी जिससे कुँवरपाल का लड़का सत्यपाल और उसके भतीजे यतेन्द्र (14) जल कर मर गए। कुँवरपाल की पत्नी, दूसरा लड़का हृदेश और प्रेमपाल गम्भीर रूप से घायल हो गए। मौत का नंगा नाच पूरे गाँववालों ने देखा, लेकिन किसी ने बीच में पड़ने की हिम्मत नहीं की। कल से नरेन्द्रपुर और आसपास के गाँवों में भयंकर तनाव है। नरेन्द्रपुर गाँव में भारी संख्या में सुरक्षा बल तैनात किए गए हैं। बुलन्दशहर से करीब 55 किलोमीटर दूर शिकारपुर थाने का यह गाँव सड़क से कटा हुआ है। इस गाँव में जाने के लिए वाहन और पैदल दोनों ही तरह के रास्ते मुश्किल हैं। खुर्जा से आगे करौरा और रनाइच के आगे नरेन्द्रपुर, जिसका वास्तविक नाम नृत्यपुर है, की आबादी करीब तेरह सौ की है। इस गाँव में आधे ठाकुर और आधे गड़रिया (पाल) और जाटव हैं। नरेन्द्रपुर आमतौर पर इतना पिछड़ा है कि वह पश्चिमी उत्तर प्रदेश का गाँव नहीं लगता। लेकिन सभी खाते-पीते हैं।

गाँव के शुरू में ठाकुर के घर हैं और पीछे गड़रिया और जाटवों के। कुँवरपाल सिंह (60 साल) का घर ठाकुरों के बीच है। लेकिन उनके रिश्तेदार दिवंगत बाबू सिंह दीवान का घर गड़रियों के बीच में था। जिसे उन्होंने मरने के पहले लिखित में कुँवर पाल की पत्नी श्यामवती (52 साल) को दे दिया। कुँवरपाल ने वहाँ तीन छतदार कमरे बनवाकर उसे अपना घेर (दालान) बनवा दिया। कुँवरपाल के पाँच लड़के हैं। उनका भतीजा प्रेमपाल (40 साल) भी उनके बेटे की तरह उनके साथ रहता है। करीब दस साल पहले कुँवरपाल ने अपने घेर को निरंजन बघेल (गड़रिया) से बदल लिया था। निरंजन ने ठाकुरों के बीच की जमीन उससे लेकर अपना घेर दे दिया। यह समझौता जबानी हुआ। कुछ समय पहले बदलनेवाले कुँवरपाल की जमीन के सामने के हिस्से पर ठाकुर महिपाल सिंह की पत्नी गंगादेवी ने अपना होने का दावा कर दिया। इस झगड़े को सुलझाने के बजाय कुँवरपाल वापस अपने घेर को पाना चाहते थे। बात नहीं बनने पर परसों उन्होंने जबरन निरंजन से अपना घेर खाली करवा लिया।

इससे नाराज होकर निरंजन ने गड़रियों को इकट्ठा किया। प्रेमपाल का कहना था

कि कल दोपहर करीब बारह बजे वे उनकी चाची श्यामवती, सत्यपाल (जिसे 'डॉक्टर' कहते थे क्योंकि वे कुछ डॉक्टरी करते थे); हृदेश अपने घेर में था। कुँवरपाल किसी रिश्ते की बात के लिए खुर्जा गया था। कुछ समय पहले प्रेमपाल को घर से बुलाने उनका बेटा यशपाल उर्फ यतेन्द्र घेर पर गया हुआ था। उसी समय 40-45 की तादाद में गड़रियों और उनके साथ कुछ जाटव आदि ने उनके घेर पर धावा बोल दिया। उनके मुताबिक गड़रियों के वाहन से आए तीन रिश्तेदार बन्दूक और कट्टे लिए हुए थे। उन्होंने आते ही गोली चलाई। गोली सत्यपाल को लगी। तो बाहर बैठे सभी लोग भागकर घर में चले गए। इतने में मारो-मारो की आवाज करते हुए चारों तरफ से पत्थर-ईंट चलने लगे। घेर का दरवाजा टूट गया। भीड़ ने घेर में घुसते ही पेट्रोल छिड़ककर आग लगा दी। मार खाते हुए प्रेमपाल बाहर भाग लिए। श्यामवती और उनका छोटा बेटा हृदेश भी घायल हालत में वहीं से निकलने के रास्ते में फँस गए। उन पर फरसे और लाठियों से वार किया गया। लेकिन डर से भीतर छुपा यशपाल और घायल सत्यपाल उसी घेर में जलकर मर गए।

इस भयंकर हादसे के बावजूद कुल 50 कदम दूर ठाकुरों के घरों से कोई निकलकर नहीं आया। गड़रिए उन्हें मारपीट और जलाकर शिकारपुर थाने उल्टे शिकायत करने पहुँच गए। उन्होंने अपनी शिकायत में कहा कि ठाकुरों ने निरंजन के घर से सामान निकालकर उस पर कब्जा कर लिया। उसकी पड़ताल करने पाँच बजे पुलिस गाँव में आई। तब तक कुँवरपाल गाँव आ गए थे। वे बुग्गी पर घायलों को अस्पताल ले जानेवाले थे। बाद में पुलिस ने घायलों को बुलन्दशहर अस्पताल पहुँचाया। अभी श्यामवती और हृदेश अस्पताल में हैं। प्रेमपाल अपने बेटे का अन्तिम संस्कार करने आज दोपहर घायल अवस्था में गाँव आया था। तभी डी.आई.जी. बुआसिंह, एस.एस.पी. के.एल. मीना का काफिला गाँव पहुँच चुका था। पुलिसवाले इस घटना को कुछ गड़रिया बनाम कुँवरपाल बनाने में लगे हुए हैं। 23 गड़रियों के खिलाफ रात शिकारपुर थाने में नामजद रपट दर्ज कराई गई। जिनमें से निरंजन, वीरपाल, सोहनपाल, बक्की, चन्द्रपाल, साहबसिंह, खानसिंह, कुखवीर, मनवीर, हरपाल और कृपाल को अब तक गिरफ्तार किया जा चुका है। गाँव में मुंशीसिंह के घर, घटनास्थल और गाँव के बाहर भारी तादाद में पी.ए.सी. और पुलिस बल तैनात कर दिया है।

गाँव में मरघट जैसा आलम है। ठाकुरों के घरों में एक ओर तो पुरुष के अलावा रोती औरतें दिखती हैं, तो गड़रियों के घरों में कोई नहीं दिखता। कुँवरपाल के घेर में कल लगी आग से अभी तक धुँआ निकल रहा था। उस घर को जलाने की कोशिश में पड़ोस के एक गड़रिया के घर को भी जला दिया गया। तीसरे घर, जिसके ऊपर पुलिसवाले थे, में एक बूढ़ा बीमार व्यक्ति और एक औरत दिखी। लेकिन वह कोई बात करने को तैयार नहीं हैं। कुँवरपाल कहता है कि उसकी किसी ने मदद नहीं की। जबकि कई ठाकुरों का कहना था कि उन्होंने अपने मन से घर बदली किया और झगड़ा अपने सिर ओढ़ लिया।

लेकिन इतनी बड़ी घटना की किसी को उम्मीद नहीं थी। पहले कभी इस गाँव में ऐसी वारदात नहीं हुई। पुलिस प्रशासन के डर से कोई भी ठाकुर खुलकर बोलने को तैयार नहीं थे। पड़ोस के रनाइच में फँसी अपनी गाड़ी को निकलवाने के लिए जुटाए लोगों से बात हुई तो वे कहते थे वह अभी शान्त नहीं होगा। करौरा से लेकर शिकारपुर तक कई गाँवों में बड़ी तीखी प्रतिक्रिया थी। लेकिन इतनी बड़ी घटना होने पर किसी ने बीच-बचाव करने का प्रयास क्यों नहीं किया, इस पर एक दो लोगों ने कहा कि क्या हमें मरना था। लेकिन अब वे सपा-बसपा की सरकार के डर से कुछ बोलने को तैयार नहीं हैं। कुँवरपाल की लड़की कहती थी कि अब बताने के लिए बचा क्या है। गाँव में मातम का आलम है। लगता ही नहीं कि गाँव में लोग भी रहते हैं।

जून, 1994

ठाकुर के घर में आग लगानेवाले ज्यादातर गड़रिए अभी फरार

ठाकुर बहुल नरेन्द्रपुर में कुँवरपाल सिंह के घर में आग लगाकर उनके दो परिजनों को जिन्दा जलानेवाले गड़रिए अभी तक फरार हैं। नामजद 23 लोगों में केवल 11 की गिरफ्तारी हुई है। हजारों की सम्पत्ति जल जाने, दो लोगों की जान जाने और तीन के घायल होने के बावजूद कुँवरपाल को कोई मुआवजा नहीं दिया गया है।

पूरा प्रशासन 18 जून को दोपहर गाँववालों के सामने हुई इस घटना को जातीय संघर्ष न मानने पर तुला हुआ है। पुलिस प्रशासन के खौफ से गाँव के ठाकुर चुप्पी साधे हुए हैं।

नरेन्द्रपुर (नृत्यपुर) ही नहीं पड़ोस के रनाइच, करौरा आदि कई ठाकुर बहुल गाँव हैं। सम्पन्नता के लिहाज से भी ठाकुर आगे हैं। नरेन्द्रपुर गाँव में लगभग एक तिहाई गड़रिए (पाल) हैं। उन्होंने निजी लड़ाई को पूरी बिरादरी की लड़ाई बना दी। इसे प्रशासन मान नहीं रहा है। ठाकुर कुँवरपाल सिंह ने अपना घेर निरंजन से बदल लिया था। नई जमीन के कुछ हिस्से पर एक-दूसरे ठाकुर का दावा होने के चलते वे अपना घेर वापस लेना चाहते थे। सालभर से वे इसकी कोशिश में थे।

आखिर में 17 जून को उन्होंने निरंजन का सामान बाहर फेंककर उस पर कब्जा कर लिया। विवाद कुछ पैसों के लिए था, जिसे लेकर निरंजन घेर छोड़ना चाहता था। सामान फेंके जाने के बाद निरंजन ने पूरी बिरादरी को इकट्ठा किया। नए राजनैतिक समीकरण ने इस इलाके की अगुआ बिरादरी जाटवों ने उनका साथ दिया। रिश्तेदारों को हथियारों के साथ बुलाया गया और 18 जून को दोपहर 12 बजे कुँवरपाल के घर पर हमला कर दिया गया। गोली मारी गई, सरिए मारे गए और उससे भी सन्तोष नहीं हुआ तो पूरे घर को आग लगा दी गई। इससे कुँवरलाल का बेटा सत्यपाल और उनके भतीजे प्रेमपाल का लड़का यशपाल मारे गए। प्रेमपाल, कुँवरपाल की पत्नी और दूसरा लड़का घायल हो गए।

गड़रियों ने उस हमले के बाद शिकारपुर थाने पहुँचकर उलटे आरोप ठाकुरों पर लगा दिए। उसकी जाँच करने आ रही पुलिस को शाम को असलियत का अन्दाजा लगा। पुलिस की देर से हुई कार्रवाई का फायदा उठाकर अभियुक्त भाग गए। जो थाने में नेतागिरी करने गए थे और जो गलती से आसपास रह गए थे, ऐसे 11 लोगों को पुलिस ने गिरफ्तार कर लिया।

ठाकुरों ने भी कुँवरपाल की मदद नहीं की। कुँवरपाल का घेर (दालान) गड़रियों के सात-आठ घरों के बीच में है लेकिन ठाकुरों के घर भी वहाँ से बमुश्किल दो सौ कदम दूर होंगे। सभी ने केवल तमाशा देखा। वैसे तो गाँव के लोग बात करने को तैयार नहीं थे, लेकिन करीब आधा दर्जन लोगों ने जो कुछ बताया उससे नहीं लगा कि उन्हें गड़रियों से डर कम और प्रशासन का डर अधिक था। इसी कारण कोई बचाने नहीं आया। वैसे कुछ लोग इस बात से भी नाराज थे कि बगैर किसी को साथ लिए कुँवरपाल ने निरंजन से जगह बदली और फिर वापस वहीं आना चाहते थे।

प्रशासन कुछ भी कह ले यह घटना जातीय संघर्ष ही है। अगर निरंजन और कुँवरपाल का झगड़ा था तो पूरी बिरादरी और दूसरी जातियाँ निरंजन के साथ कैसे हो गईं। मेरठ में शेरगढ़ी से पिछड़ों में आक्रामक रुख की जो शुरुआत हुई है उसकी एक परिणति नरेन्द्रपुर कांड है।

जून 1994

मसीहा बनने के लिए खून-खराबे का सहारा

कमेले (पशुवधशाला) का झगड़ा और मुसलमानों के चौधरी बनने की होड़ में हिंसा और आगजनी कराई गई। ये विवाद जितने पुराने हैं उसी हिसाब से इनका निपटारा होगा। यह तो तय है कि अब वहाँ से कमेल को हटना ही पड़ेगा। पर नेतागिरी की होड़ ने मुसलमानों में नई जातिवादी राजनीति तेज करा दी। पहले जो हिसाब कमरे में लगाए जा रहे थे वे सड़कों पर पहुँचा दिए गए।

मेरठ शहर की आधी आबादी मुस्लमानों की है। उसमें करीब सत्तर फीसदी अंसारी (बुनकर जुलाहा) हैं। करीब बीस फीसदी कुरैशी (मांस का व्यापार करनेवाले) और बाकी दस फीसदी में मुसलमानों की अन्य जातियाँ। इस शहर के मुसलमानों में सम्पन्नता अंसारियों के पास रही है जबकि सत्ता गैर-अंसारियों के पास। पूर्व चेयरमैन अयूब अंसारी के विधायक बनने का मौका आया तो एक बार वे फिर हार गए। दूसरी बार चुनाव रद्‌द हो गया। कुरैशी हाजी अखलाक एक ही बार में विधायक बन गए।

इतना ही नहीं बहुजन समाज पार्टी के जिला अध्यक्ष नूर इलाही कुरैशी और कांग्रेस के शहर अध्यक्ष यूसुफ कुरैशी हैं। अयूब अंसारी कांग्रेस में जाकर और बेजान हो गए। सपा के महानगर अध्यक्ष अतीकुर्रहमान अंसारी ने शायद इसी की थाह लेकर अंसारियों को टटोलना शुरू किया है। चुनाव साम्प्रदायिक हो जाने से पिछले चुनाव में भले ही अंसारियों ने हाजी अखलाक को वोट दिए लेकिन वे उन्हें नेता मानने को तैयार नहीं हैं। हाजी अखलाक भी सपा में हैं।

इसमें एक विवाद कमेला का भी सालों से चला आ रहा है। सालों पहले करीम नगर के सामने नगर निगम ने यह कमेला बनाया था। तब न तो इधर आबादी थी और न ही जानवरों के काटे जाने के अलावा यहाँ कोई और धन्धा होता था। अब हापुड़ रोड के किनारे हापुड़ चौराहे से आगे दर्जनभर मुहल्ले मुसलमानों के बस गए हैं। उसके आगे शास्त्रीनगर जैसी पॉश कॉलोनी है। कमेले के आसपास हड्डी, चर्बी, चमड़े के कारखाने लग गए। मुर्दा मवेशी को लाकर काम की चीजें निकालने के बाद बेकार चीजों को वहीं फेंका जाता है। अफसरशाही की स्थिति के आगे ये सभी चीजें पहले शायद न दिखी हों।

ये सारे कारोबार तो कुरैशी लोगों के पास हैं। यही काम करके बहुत से कुरैशी

करोड़पति बन गए। कहा जाता है कि आयकर के अलावा यहाँ होनेवाले कारोबार से सरकार को लाखों की आमदनी होती है। पर विवाद सड़े मांस आदि बदबू का है जो मीलों लोगों का जीना दूभर कर रहा है। इस बदबू को झेलना पड़ता है गैर कुरैशियों को क्योंकि आसपास कुरैशी हैं ही नहीं। एक तो लोगों को रहने में कठिनाई होती है। दूसरे उनका कारोबार प्रभावित होता है।

कमेले के आसपास की पूरी आबादी अंसारियों की है। उनका कहना है कि इस बदबू से कपड़े के व्यापारी हमारे यहाँ नहीं आते। फायदा कुरैशी लें और बदबू हम झेलें। शास्त्री नगर में हिन्दू भी उनके साथ हैं। सालों से प्रशासन पर दोतरफा दबाव पड़ता रहा है और कमेला हटने-न-हटने पर विवाद चलता रहा है। अब तो खुद कुरैशी बिरादरी के लोगों ने भी कमेला हटाने की माँग की है। इतना ही नहीं उन्होंने नया कमेला बनाने के लिए एक करोड़ रुपए जुटाकर प्रशासन को देने का वायदा किया है।

लेकिन नई जगह तलाशने का भी संकट है। जहाँ भी बनाने की बात चलती है हिन्दू संगठनों का विरोध आड़े आ जाता है। आज नगर निगम के प्रशासक कमेले को देखने आए थे। ए.डी.एम. (सिटी) असगर अली नकवी कह रहे थे कि यह कमेला हटाने की प्रक्रिया की शुरुआत है। कमेला हटाने की माँग के पीछे कारण यह भी है कि लोग कुरैशियों के अमीर होने से परेशान लगते हैं।

आए दिन किसी-न-किसी बहाने लड़ाई होती रहती है। हाजी अखलाक हों या यूसुफ कुरैशी या नूर इलाही सभी इस कमेले से सीधे प्रभावित हो रहे हैं। जिस तरह अंसारी नेता उसे ही मानेंगे जो कमेले की आलोचना करे। उसी तरह उलट कुरैशियों में है। एक लड़का कुछ रुपए के लेन-देन के झगड़े में मरा। उसके मुजरिमों की गिरफ्तारी के लिए सड़क जाम हो गई।

इतने तक तो बात समझ में आती है। पर उसके बाद कमेले को जलाना, गोदामों को फूँकना, किसी को मारना तो साजिश ही लग रही है झगड़ा बढ़ाने की। कल रात से अब तक पुलिस प्रशासन की अकर्मण्यता से कानून-व्यवस्था का नंगा नाच हापुड़ रोड पर हुआ। उसकी शहर में भारी प्रतिक्रिया हुई।

सितम्बर, 1995

सिर्फ अंसारियों के खिलाफ कार्रवाई होने से उनमें नाराजगी

अंसारियों के खिलाफ एकतरफा कार्रवाई होने से तनाव बढ़ता ही जा रहा है। संवेदनशील गोला कुआँ चौराहे पर हजारों अंसारी मुसलमानों ने तीन घंटे तक जाम लगा दिया। वे गिरफ्तारी का विरोध कर रहे थे। प्रशासन ने आज मिन्नत से जाम खुलवाया लेकिन तनाव कम नहीं हुआ। एक तरफ अंसारी और कुरैशी नेता शान्ति व्यवस्था कायम कराने के वायदे कर रहे हैं दूसरी ओर अपनी बिरादरी को ललकार रहे हैं। हापुड़ चौराहे से कमेले (बूचड़खाने) तक आज भी अघोषित कर्फ्यू का माहौल बना हुआ है।

समय से निर्णय न ले पाने के कारण यह अंसारी-कुरैशी का झगड़ा बढ़ता ही जा रहा है। 22 अंसारियों को आगजनी और 42 को शान्ति भंग करने के आरोप में गिरफ्तार किया गया है। इन गिरफ्तार लोगों में एक भी कुरैशी नहीं है जबकि आधा दर्जन वारदात अंसारियों के खिलाफ भी कुरैशियों ने की है। इस झगड़े की राजनीति भी खुलकर सामने आ गई है। सपा के शहर के विधायक हाजी अखलाक को सपा के ही शहर अध्यक्ष अतीकुर्रहमान अंसारी ने आज गोला कुआँ पर हजारों की भीड़ में ललकारा।

उन्होंने कहा कि अगर हाजी अखलाक में जरा-सी भी अखलाक (नैतिकता) बची है तो वे इस्तीफा देकर फिर चुनाव लड़ जाएँ। अंसारियों के सबसे ताकतवर नेता पूर्व चेयरमैन अयूब अंसारी रात के समझौते को पूरा करवाने पूरे दिन कमेले पर रहे। आज भी कमेले की सफाई नहीं हो पाई। रात प्रशासन के लोगों को कुरैशियों का गुस्सा झेलना पड़ा। आधी रात को हुई बैठक में हाजी याकूब ने कहा कि चार हजार की भीड़ देखकर प्रशासन डर गया और कार्रवाई नहीं की, तो वे कल चालीस हजार की भीड़ इकट्ठी करेंगे। इस पर कलेक्टर ने कहा कि हम गोली चलाने से नहीं चूकेंगे। याकूब ने कहा कि आप जितनी गोली चलवाएँगे उससे अधिक गोलियाँ वे अपने हाथ से चला चुके हैं। इस पर कलेक्टर चुप होकर समझौते की बात करने लगे।

रात की बैठक में तय हुआ कि जिन कुरैशियों का नुकसान हुआ है वे सवेरे अपने गोदाम और फैक्ट्री का जायजा लेकर सिविल लाइंस थाने में नुकसान का ब्योरा देंगे। सवेरे से कमेले की सफाई का काम चेयरमैन अयूब अंसारी की अगुआई में ठेकेदार हाजी यूनुस के आदमी करेंगे। उनके साथ अंसारी बिरादरी के प्रमुख लोग होंगे।

तीसरी चीज यह तय हुई कि कमिश्नर नगरपालिका और जिला प्रशासन के अधिकारियों के साथ बैठकर कमेला हटाने और नए स्थान पर कमेला बनाने की योजना बनाएँ। इसमें से केवल तीसरी बात हो पाई। यानी कमिश्नर ने बैठक की, लेकिन उसमें भी कुछ तय नहीं हो पाया। शहर विधायक हाजी अखलाक ने कल कहा था कि वे आज कमेले का काम शुरू करा देंगे और सांकेतिक तौर पर एक भैंसा काटा जाएगा। प्रशासन के आग्रह पर उन्होंने अपना प्रस्ताव एक दिन के लिए टाल दिया। आज विधायक के भी तेवर बदले हैं।

उन्होंने कहा कि एक तरफ तो शान्ति की बात हो रही है और पुलिस के सामने जाम के दौरान गोला कुआँ पर दो कुरैशियों की दुकानें लूटी गईं। वे यह मानने को तैयार नहीं कि किसी अंसारी का कोई नुकसान हुआ है जबकि अयूब अंसारी और अतिकुर्रहमान अंसारी पूरी सूची बताते हैं। ऊँचा सद्दाम नगर की सायरा बानो ने आज लिसाड़ी गेट थाने में चार कुरैशियों के खिलाफ नामजद रिपोर्ट लिखाई। उनका होटल और घर लूटा गया। दो दूधवालों की दुकान लूटी गईं। इन नेताओं का कहना है कि बेकसूर लोगों को पकड़ा गया। हालात सामान्य बनाने के लिए पूर्व सभासद इरशाद ने अपना कारखाना कल खोल दिया तो पुलिस उसके कारीगरों को पकड़कर ले गई।

खुद अतीकुर्रहमान के खिलाफ नौचन्दी थाने में डॉ. शमीम और मेहर इलाही ने

मुकदमे कायम कराए। लिसाड़ी गेट थाने में गोदाम जलाने और कारखाने में तोड़फोड़ करने के आठ मुकदमे दर्ज कराए। गिरफ्तारियों का सिलसिला न थमता देख अंसारियों ने आज इस्लामाबाद के मुँहाने पर गोला कुआँ चौराहे पर तीन घंटे जाम लगा दिया। जाम साढ़े बारह बजे खुला। एस.एस.पी. आज भी घर से नहीं निकले। जाम के दौरान एक बार तो लगा कि हालात बेकाबू हो जाएँगे। करीब चार हजार की भीड़ की अगुआई अतीकुर्रहमान कर रहे थे। जाम हटाने के बाद भी उनके घर पर भाषणों का दौर चलता रहा।

दूसरी ओर अयूब अंसारी वायदे के हिसाब से सवेरे सात बजे से ही कमेले की सफाई और लोगों को समझाने-बुझाने में लग गए थे। बदबू के कारण उस इलाके में खड़ा होना कठिन था। आज सफाई नहीं हो पाई। काँच के पुल से करीम नगर तिराहे को आनेवाले रास्ते को सील कर उस पर आर.ए.एफ. को तैनात किया गया। आज भी करीम नगर, हवाई नगर, जैदी, अर्य आदि मुहल्लों में कर्फ्यू का माहौल रहा।

प्रशासन के ढुलमुल रवैए के चलते ही लूटे हुए कुरैशी दावा करने आज सिविल लाइंस थाने में नहीं गए। यहाँ तय समय के बाद भी कुल दो अर्जियाँ आई थीं। बसपा के जिला अध्यक्ष हाजी नूर इलाही थाने में बैठे थे। उनका कहना था कि कुरैशियों का भारी नुकसान होने के बावजूद वे किसी के पक्ष में नहीं हैं।

सितम्बर, 1995

मेरठ में हिंसा के बाद अंसारी और कुरैशी में बँट गए मुसलमान

कल की हिंसा के बाद शहर के मुसलमान कुरैशी और अंसारी खेमों में बँट गए हैं। बूचड़खाना जलकर राख हो जाने पर उसे हटाने या आधुनीकृत किए जाने के मुद्दे उठने लगे हैं। आज भी बूचड़खाने के सामने एक लड़के को चाकू मारकर गम्भीर रूप से घायल कर दिया गया। कल रात जब अंसारियों के मुहल्ले में कुरैशियों की दुकानें जलाई जा रही थीं तो पुलिस तमाशबीन बनी रही। आधी रात के बाद बातचीत से हिंसा रुकी और आज दोपहर बाद पुलिस ने सख्ती शुरू की। आधे शहर में अघोषित कर्फ्यू और तनाव का माहौल है।

इस हिंसा की शुरुआत करीम नगर के यामीन हत्याकांड से हुई। यामीन की परचून की दुकान थी। उधार सिगरेट लेने पर उसकी बनी सराय के शबाब, शमशाद और अहमद नगर के नौशाद से कहासुनी हुई। ये तीनों कुरैशी हैं जबकि यामीन अंसारी है। सुलह कराने के लिए रविवार की शाम करीम नगर की आबिद उर्फ बॉबी यामीन (20) को अपने घर लाया। वहाँ उन्होंने यामीन को चाकुओं से गोद डाला। जिससे उसकी मौत हो गई। इन चारों के खिलाफ नौचन्दी थाने में नामजद रिपोर्ट लिखाई गई। अब तक आबिद और नौशाद गिरफ्तार किए गए हैं। अंसारियों का आरोप है कि बसपा के जिला अध्यक्ष नूर इलाही कुरैशी के दबाव से बाकी दोनों की गिरफ्तारी नहीं हो रही है।

कल पूरे दिन इस्लामाबाद, हवाई नगर, करीम नगर, जैदी फार्म, बुनकर नगर, भवानी नगर, सद्दीक नगर वगैरह हापुड़ रोड के किनारे बसे अंसारी मुहल्लों में इससे तनाव फैलता रहा। कल दिन में सड़क जाम करने की योजना बन गई थी। अंसारियों के सबसे असरदार नेता अयूब अंसारी झगड़ा शुरू होने के बाद दिल्ली से आए।

शाम को पोस्टमार्टम के बाद यामीन का शव लेकर कमेले (पशुवधशाला) के सामने लिसाड़ी गेट पुलिस चौकी के ठीक सामने तिराहे पर रखकर अंसारियों ने हापुड़ रोड जाम कर दिया। जाम की सूचना मिलने पर पुलिस आई लेकिन वह तमाशा देखती रही। करीब साढ़े सात बजे 'कुरैशियों की गुंडागर्दी नहीं चलेगी' वगैरह नारे लगने लगे। तब तक भीड़ पाँच-सात हजार की हो गई। बूचड़खाने के आसपास हड्डी, चर्बी, चमड़ा और गोस्त के करीब 50 गोदाम और कारखाने हैं। सभी के मालिक कुरैशी हैं। आसपास के इलाके में अंसारी हैं।

भीड़ सीधे कमेले पर चढ़ गई। सारे गोदाम जला दिए। रातभर आग लगाने का सिलसिला चलता रहा। रात ग्यारह बजे ब्रह्मपुरी और लिसाड़ी गेट के थानेदारों ने शव हटवा दिया। लेकिन भीड़ ने दमकल गाड़ियों तक को भीतर नहीं आने दिया। साढ़े आठ बजे नूर इलाही के चाचा करीम इलाही के गोदाम में आग लगा दी। वहाँ खाली खड़े चार ट्रकों को फूँक दिया। करीब सौ भैंस बँधी थी उन्हें भीड़ ले गई। कमेले के पास मुरादाबाद से आए यू.पी. 01-5196 और काँच के पुल पर खड़े एक मिनी ट्रक में आग लगा दी। जानवरों के खून से बननेवाले डेक्सोरेंट सिरप के कारखाने में भी आगजनी हुई। नाले के दूसरी तरफ बूचड़खाने और गोदामों में लगी आग आज दोपहर तक बुझाई नहीं जा सकी थी।

ए.डी.एम. (सिटी) अली असगर नकबी, एस.पी. (सिटी) विनोद कुमार, सिटी मजिस्ट्रेट कुँवर सिंह वगैरह भीड़ को गली में जाने का आग्रह करते रहे और भीड़ आगजनी करती रही। संयोग से उधर कुरैशी आबादी नहीं है वरना वही प्रतिक्रिया होती। उसकी प्रतिक्रिया सराय बहलीन, पोदीपाड़ा, ऊँचा सद्दीक नगर, सराय बनी सराय वगैरह में हुई। वहाँ अंसारियों की पिटाई की गई और उन्हें लूटा गया। कसाइयोंवाली मस्जिद पर रास्ता जाम करने की कोशिश हुई। जब लोगों का गुस्सा थमा तब आगजनी रुकी।

कलेक्टर दीपक सिंघल ने दोनों बिरादरियों के नेताओं की बैठक आधी रात के करीब शुरू करवा दी। इसी से झगड़ा रुका। तड़के साढ़े तीन बजे तक बैठक चली। उसमें दोनों पक्षों के पाँच-पाँच नेताओं को जिम्मेदारी सौंपी गई। कलेक्टर, एस.एस.पी. रात को मौके पर नहीं गए। एस.एस.पी. विजयसिंह तो आज भी नहीं मिल पाए।

आज सवेरे फिर वही कहानी शुरू हो गई। सैफी जाति के गयासुद्दीन का बेटा कबीर बूचड़खाने की तरफ आया था। किसी ने उसे चाकुओं से गोद डाला। गम्भीर हालत में उसे मेडिकल कॉलेज अस्पताल में भर्ती कराया गया। दूसरी वारदात करीम नगर में बताई जाती है। लेकिन उसकी पुष्टि नहीं हो पाई है। पर आज दिन में अंसारी

मुहल्लों में कुरैशियों की दुकानें जलाई गईं। दोपहर बाद सख्ती हुई। ए.डी.एम. (सिटी) और एस.पी. (सिटी) ने करीम नगर की गलियों में घुसकर लाठीचार्ज कराया। धड़ाधड़ गिरफ्तारी हो रही हैं। गिरफ्तारी की सही संख्या की जानकारी नहीं मिल पाई है। डेढ़ कम्पनी आर.ए.एफ. और चार कम्पनी पी.ए.सी. तैनात की गई हैं। ए.डी.एम. (सिटी) नकबी ने कहा कि किसी को गली से निकलने नहीं देंगे। वे खुद लाठी भाँज रहे थे। कलेक्टर दीपक सिंघल ने बताया कि हालात को देखते हुए तनाववाले इलाके को सात सेक्टरों में बाँटकर सेक्टर मजिस्ट्रेट और क्षेत्राधिकारी की तैनाती की गई है। रात में सख्ती न करने के पीछे उनका तर्क था कि उस समय हालात खराब थे। गोली चलती तो कई दर्जन मारे जाते। जबकि दंगाइयों ने आगजनी की, लूटपाट की, बम फेंके और गोली चलाई। बूचड़खाना हटाने पर भी गम्भीरता से विचार किया जा रहा है। कुरैशी बिरादरी ने नए कमेले के लिए एक करोड़ रुपए जुटाकर देने का प्रस्ताव प्रशासन से किया है। आज कुरैशियों ने अपना कारोबार बन्द रखा है। खंदक और सूत मार्केट भी बन्द हैं।

पूर्व चेयरमैन अयूब अंसारी का कहना था कि अगर प्रशासन सख्ती करता तो गिरफ्तारी हो जाती। मामला यहाँ तक जाता ही नहीं। शहर विधायक हाजी अखलाक का कहना था कि यह कमेले को हटाने की साजिश के तहत किया गया है। करोड़ों का नुकसान हुआ है। शहर कांग्रेस अध्यक्ष यूसुफ कुरैशी ने भी कहा कि प्रशासन ने सारी रात आगजनी होने दी। हर साल केवल मेरठ बुचड़खाने से लाखों रुपया सरकार को मिलता है और इस व्यापार से करोड़ों डॉलर की विदेशी मुद्रा मिलती है। हम तो खुद आधुनिक वधशाला बनवाने के पक्षधर हैं लेकिन प्रशासन पहल ही नहीं करता।

सितम्बर, 1995